「大丈夫、怖がらないで」
手をかざして
治癒の生活魔法を使う。
犬の体を淡い光が包み、
みるみる内に傷が治っていく。
これで血が止まり、
傷が塞がったはずだ。
JN074506

トウヤ
女神様の使徒。
異世界を巡る
旅に出る。
ジャック
商会の会長。
トウヤに
命を救われる。
レイ
トウヤの従魔。
お肉が好物。

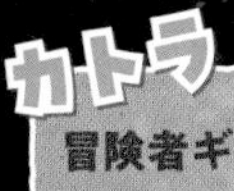

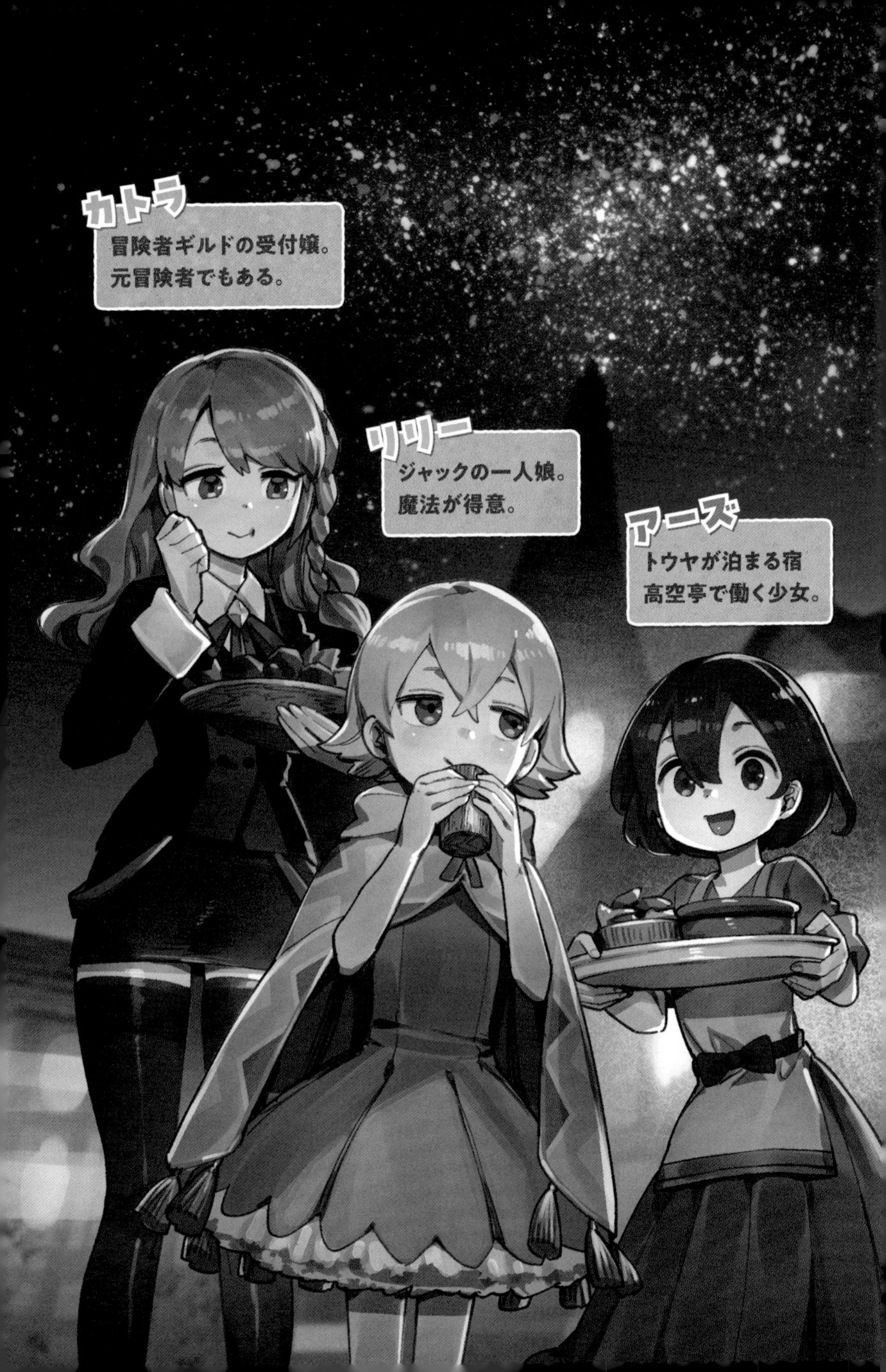
カトラ
冒険者ギルドの受付嬢。
元冒険者でもある。
リリー
ジャックの一人娘。
魔法が得意。
アーズ
トウヤが泊まる宿
高空亭で働く少女。

「アタシの使徒として
世界を旅してほしいんだ」
レンティア
生命と愛を司る
女神（多忙）。
美味しい貢物を
欲している。

神の使いでのんびり異世界旅行

～最強の体でスローライフ。魔法を楽しんで自由に生きていく！～

Wamiya Gen
和宮玄
illust. OX

As an apostle of god.
———Have a nice trip to another world !

CONTENTS

As an apostle of god,
——Have a nice trip
to another world !

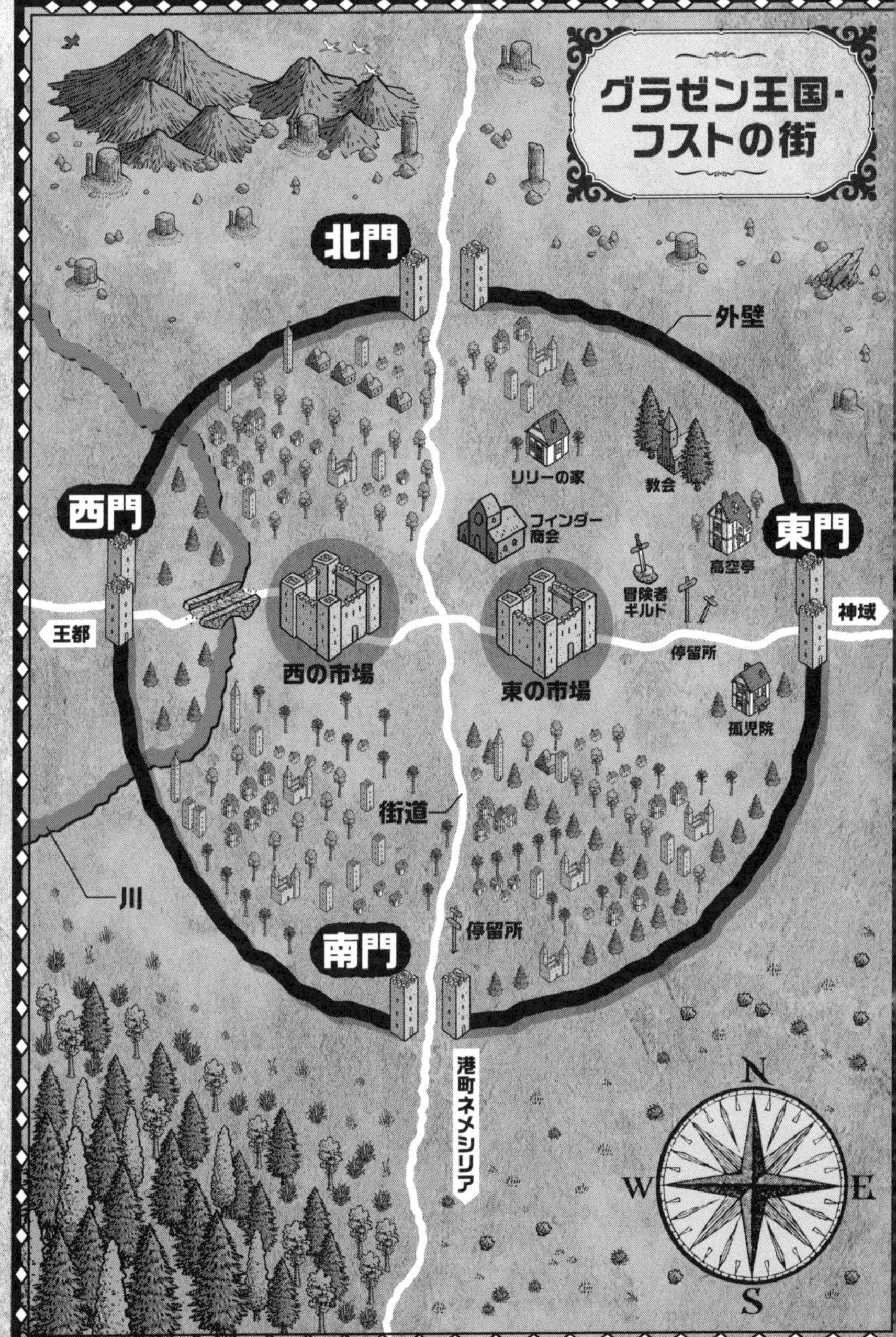

グラゼン王国・
フストの街
北門
外壁
リリーの家
教会
西門
フィンダー
商会
東門
高空亭
冒険者
ギルド
王都
神域
停留所
西の市場
東の市場
孤児院
街道
川
停留所
南門
港町ネメシリア
N
W
E
S

第一章

女神様の使徒として異世界へ

気付いたら真っ白な空間に立っていた。

三十八歳、独身。女神様曰く、どうやら僕は死んだらしい。

「……はあ。異世界に転生、ですか」

「あれ？　なんか冷静だな」

「い、いいえ。もちろん驚いてはいるんですが……その、自分がなんで死んだのか思い出せなくて。まだ気持ちが追いつかないというか、なんというか」

記憶がぼんやりしている。

女神様はどこからともなく現れた椅子に座って、脚を組んだ。

年は二十代前半くらいだろうか。若く見える。燃えるような赤い長髪に、健康的な褐色肌。スタイルが良く、肢体はすらりと伸びている。

「どこまで覚えてるんだい？」

「えーっと、たしか終電間際に残業を切り上げて……」

いつもと同じ帰り道だったはず。ただ、いつもとは違って酷い嵐だった。

「電車に乗り遅れないように、後輩と一緒に慌てて駅に向かって…………あっ」

そうだ。その時だった。

激しい風に飛ばされたのだろう。どこの店の物だったのか、巨大な鉄の看板が宙を舞って前から来たのだ。

夜遅くにやっと仕事を終え、気怠さを感じながら家に帰ろうとしていた僕は、残された力を振り絞った。後輩だけでも守ることができればと横にいた彼女を押し飛ばして……。

なるほど、そういうことか。なんだか気恥ずかしくなって頭を掻く。

「思い出しました。い、いや〜まさか自分がこんな形で死ぬことになるだなんて。……っと、そういえばご挨拶が遅くなり申し訳ございません。私、街見透也と申します」

「ああ、名前は知っているよ」

「……あの、一点だけお聞きしたいのですが、彼女……私の後輩の安否は?」

「怪我もなく、アンタのおかげで無事だったようだね」

そうか……。良かった、最後の行動が無意味に終わらなかったのなら。死んだことに対するショックがないと言えば嘘になるけど、誰かのためになれたのなら、ちょっとは報われたかな?

女神様がニカッと微笑んでくれる。

「あの子が救急車を呼んでくれたが、間に合わずにアンタはお陀仏さ。申し訳なさを感じていたが、それと同じくらい感謝して悲しんでくれていたよ」

「…………」

思わず目が潤む。女神様は湿っぽい空気を断ち切るように手を叩いた。

「まあ、死んだことを理解してくれたらあとは早い。ちなみにアタシは生命と愛を司る女神レンティアだ。あんまり時間もないし先に進もう」

「あ。えっ？　……は、はい」

「さっきも言ったんだけどね、アンタにはアワロッドという地球とは異なるアタシたちの世界に来てほしいんだよ。別に断ってもいいが、その場合は記憶を失って地球で赤ん坊からの再スタートになる」

　僕の感傷を余所に、レンティア様は話を進める。

「アンタにも悪い話じゃないだろう？　異世界に行けば人生が続くんだ」

「ま、まあ。たしかに有り難いお誘いですが……」

「詳しく説明すると魂の転移、肉体の転生だ。あっちではアタシが作った肉体に入ってもらう形になる。体を作る上でアタシにも能力に限界があってね。なるべく作りやすい十歳くらいの子供になる感じなんだが……子供だったら身元不明でも大人より警戒されにくいだろうし、色々と都合はいいはずさ」

「なるほど……。あの、ちなみに何か使命などはあるのでしょうか？」

「ああ。それがアンタを選んだことにも繋がるんだけどね、アタシの使徒として世界を旅してほしいんだ」

「使徒として、旅を？」

「生前から休みがあれば旅行に出たいと強く思っていただろう？　旅をしたがっている魂を探して

いたら、ちょうどアンタを見つけてね。考える暇もない咄嗟の行動で、アンタは誰かを助けて死んだんだ。その点からも、使徒として最適な人柄だとわかる。素直に人生を楽しんでもらっていい。のんびりと自由気ままに、自分のペースで異世界を旅してくれたらいいんだが……どうだい？」

平日は仕事に行き、家に帰ったら眠るだけ。休日は休日で、仕事の疲れを癒やすため、基本的に家の中で過ごすことが多かった。特にどこへ出かけたりするわけでもなく、ダラダラと。

しかし、実はそうなのだ。

ここ最近増えた旅などのアウトドアを題材にした漫画やアニメ。それらに影響され、ここ最近の僕は旅行欲が高まりに高まっていた。ビルに囲まれた町を出て、空気が澄んだ場所へ行きたい。美味しいものが食べたい、雄大な自然や異文化に触れてみたい。

まあ結局なかなか良いタイミングが見つからないだとか、休日が明けたらまた仕事だからだとか自分に色々と言い訳して、先延ばしにした結果一度も行動に移さないまま死んじゃったんだけど。

だから、ちょっと後悔もある。

せっかく異世界に行けるのなら、僕も様々な場所を見て回りたい。今度は同じような毎日を繰り返すのではなく、なるべく自由に。

「……わかりました。お引き受けします」

「お、本当かい！　実は天界での仕事に追われて、下界を観察する時間がなくてね。特別に百年に一人だけ、こうやって自分の使徒を送る権利を貰ったんだよ。大まかに世界を見るよりも、一人の人間がいる場所を観察する方が楽でね」

　女神様も仕事に追われたりするんだな……。

「アタシたちの世界は魔物が存在する剣と魔法の世界だ。使徒特典として、高い身体能力と魔法の才能を授けておこう。これでかなり生きやすくなるはずさ」

「ありがとうございます」

「けど……本当にいいのかい？　こんなにすんなりと」

「はい。趣味で元々こういう話は好きだったので。それに近しい親族もいないので、それほど未練もありませんし。現実味はありませんが、次の人生があるというなら楽しみな気持ちの方が上回ります」

「そうか。じゃあ、新たな人生を満喫してくれ」

「あの、旅をする以外にもしなければならないことはありますか？」

「うーん……そうだな。主(おも)には旅をするだけでいいんだが、行く先々で困っている人間がいたら自分の裁量で力を貸してあげてくれ。アタシも生命と愛の女神をやっているからね。その使徒として頼むよ。あ、それと各地で貢物を送ってくれると嬉(うれ)しいが……ま、こちらから語りかけることはできるから、やり方は実際にその時になったら説明しよう」

「わかりました。そのくらいでしたら、もちろんさせていただきます」

　頷(うなず)くと同時に、僕の体が淡い光に包まれた。

「おっと、限界ぎりぎりだったようだね。危ない危ない。人間の魂はここに長居できないんだ」

「……時間、ですか」

「ああ。最初に着くのは人がいない神域と呼ばれる森の中だ。近くにある祠(ほこら)の中に生活できる環境、魔法や世界の常識に関する書物を用意している。小さくなった体に慣れるまではそこで暮らすといい」

「本当にありがとうございます。第二の人生をくださった上に、そこまでしていただいて」

次第に光が強くなっていく。

「それじゃあ、良い人生を！」

レンティア様の言葉を最後に、僕の視界は眩(まばゆ)い光に覆(おお)われた。

そして、意識がぷつんと途切れたのだった。

◆

目を開けると木々に囲まれた場所にいた。

深い森の中、円形にぽっかりと開けた空間のようだ。背丈の低い草が一面を覆っている。心地よい暖かな日差しを受け、所々に生えている色とりどりの花々。その近くには飛び交う美しい蝶(ちょう)の姿も見える。静かだな。聞こえるのは、草木が風に揺れる音だけだ。

とりあえず歩こうとして、僕は強い違和感を覚えた。

……そうか。

足下を見下ろすと、身長が三十センチ以上も小さくなっているみたいだった。

手も足も子供のもの。何度か手を握ったり、開いたりしてみる。次に屈伸。

うーん。

「早く慣れないとなぁ……」

しばらくは苦労しそうだ。この体に適応するまでのために、レンティア様が生活環境を整えてくださっていて助かった。本当に有り難い。

今一度深く感謝して、辺りを見回す。

空間の中央、小高くなった場所にある一本の大木。その下に祠のようなものが見えた。

あれか。

でも……祠って、なんかめちゃくちゃ小さいんだけど、あの中で暮らせるものなのかな？

まあ、とにかく行ってみるか。


ふぅ。

ゆっくりと歩いて、なんとか大木のもとに辿り着くことができた。歩幅が小さいし、まだ動きが不自然で大変だ。じんわりと掻いた汗に、爽やかな風が気持ちいい。

そして件の祠だけど、近くで見てもやっぱり小さかった。十歳児の体になった今、なんとか僕一人がすっぽり入れるくらいの大きさだ。

この中に生活できる環境が？　レンティア様が言ってたのって、本当にここのことだよな？

念のために大木の周りをぐるりと回って、確認してみる。

……他には何も見当たらなかった。

じゃあ、間違いないのか。魔法がある世界だと言っていたし、もしかすると。

祠にある小さな両開きの扉。それを開け、腰を屈（かが）めて中を覗（のぞ）いてみる。すると中には、豪邸のような景色が広がっていた。

おおっ！

海外のウッド調の家みたいだ。広いリビングルームに大きなソファー、奥には二階に続く階段が見える。これは凄（すご）いな。走り回れるくらいの広さがある。

もしかして、祠の中の空間が拡張されてるのかな？

常識を打ち破る光景に興奮しながら、癖（くせ）で靴を脱ぎ早速中へ入る。

埃（ほこり）もなく清潔で、過ごしやすい室温だ。

こんな別荘を持っていたら最高だっただろうな。ただのサラリーマンには絶対に手が届かなかったとは思うけど。

奥に進むと、今の体にピッタリの高さのアイランドキッチンがあった。隣にある扉の先は食料庫（パントリー）だろうか。

扉を開けてみると、僕が住んでいた家全体よりも広い一室に、食材が置かれた木棚がずらりと並べられていた。食材の一つ一つが、空間が歪（ゆが）んだような透明な膜に覆われている。

これ、全部好きに使っていいってことかな……？　ぜ、贅沢（ぜいたく）すぎる。

次に行ったのは浴室だ。

のびのびと入れるサイズの浴槽に、いかにも高価そうなシャンプーやリンスなどが置かれていた。

そして脱衣所の鏡で、初めて新しい自分の姿を確認することができた。

鏡の中には、黒髪の少年が映っている。特別オーラがあったりはしないけれど、そこそこ整った顔立ちの少年だ。

これが……僕か。やっぱり顔が違うと変な感じがするなぁ。

二階に上がると、他にもいちいち豪華な造りの寝室などがあった。

試しに巨大なベッドに飛び込んでみる。ふかふかなのに程よい反発……うん、最高の寝心地だ。

肉体が変わったこともあり身体的な疲労はない。しかし、精神はそのままなので残業終わりの気怠さは健在だ。

………。

そうか。もう仕事にも行かなくていいんだな。やっぱり現実味がない。

異世界で新たな体を手に入れて、新たな人生を送る……か。

ぼうっと天井を見る。

一応使命としてはこの世界を旅することになったけど、無理に焦る必要はないらしいからなぁ。

うーん。

早く旅に出たいと逸る気持ちもある。だけど、この現実を受け入れるためには少し時間が必要だ。

レンティア様がせっかく世界のことや体に慣れるまでの期間を下さったのだし、やることはしっかりとやりつつ、この快適な家でしばらくはのんびり過ごさせていただくことにしよう。

このくらいはいいですよね？　レンティア様。

心の中で言葉にしてみたけれど、返事はない。必要があれば語りかけると仰（おっしゃ）っていたし、問題はないのだろう。多分。

……じゃあよし、っと。

勢いをつけてベッドから起き上がる。このまま寝転がっていたら眠ってしまいそうだ。

これで一通り家の中を回り終わったはずなので、リビングに戻る。するとソファーの前にある低めの机に、革張りの大きな本が二冊置かれていた。

「あれ？」

さっきまでなかったはずなのに……。

手に取って表紙を見る。ふむ。まったく見たことがない言語で書かれている。

だけど何故（なぜ）か問題なく読めるな。これもレンティア様のサポートなのだろうか？

二冊のうち片方は、この世界――アワロッドの常識や誰でも知っているような歴史について。レンティア様がわざわざ僕のために作ってくれた物らしい。サバサバした感じだったけど、ここまでしてくれるなんて本当に優しいお方だ。

軽く目を通してみる。

パラパラパラ……。

なるほど。基本的には僕が趣味で楽しんでいた作品群と似た、『テンプレ』な世界のようだ。良かった。これなら必要なのは細かいすり合わせくらいだろう。

じゃあ次に、もう一冊の本。

……おっ、これは！

生活で使える簡単な魔法について！

体が子供に戻ったからなのか、それとも単に自分にも童心が残っていたからなのか。すでにここまで空間を拡張しているような光景を見てきたとはいえ、やはり自分が魔法を使えるとなるとより一層ワクワクしてくる。

さて、なになに……。広々としたソファーに座り早速表紙を開くと、一枚の紙が挟まれていた。

『魔法に興奮してこっちから読まないように。せめてもう片方の第一章は先に読み終えるんだぞ』


あ……。み、見抜かれてる。

レンティア様の予想通り、真っ先に魔法書を読もうとしてしまったが、まあそうだな。ある程度はこの世界の概要を知っておかないと。魔法の練習がスムーズにいかないかもしれない。

ここは大人しく指示に従って、本を取り替える。

どちらの本も紙が分厚いので、ページ数はそこまで多くない。まず初めに読んでおくべき第一章とやらは、さくっと読み終えることができた。

まあ内容がいろんな作品で使われている所謂テンプレだったから、理解しやすかったという部分もあるけど。こんなところでネット小説の知識が役立つとは。毎日通勤中に読んでいて助かった。

書かれていたのは大まかに次の二点だった。

・定番の鑑定とアイテムボックスのスキルを持っている。
・僕は自分のステータスが見られる。

レンティア様の指示は、魔法の練習をする前にステータスを確認しておいた方がいい。そっちの方が色々とわかりやすいはずだ、と考えてのものだったみたいだ。

異世界ものの定番。ステータスに鑑定、アイテムボックスかぁ。本当に使えるようになってるのかな？　あんまり実感はないけど。

疑問に思いつつ、高くなった少年らしい声で本に書かれている文言を呟いてみる。

「ステータスオープン」

【名前】トウヤ・マチミ
【年齢】10
【種族】ヒューマン
【レベル】1
【攻撃】3000
【耐久】3000

【俊　敏】３０００
【知　性】50
【魔　力】５０００
【スキル】鑑定　アイテムボックス
【称　号】女神レンティアの使徒

おお！

目の前に半透明のウィンドウが現れた。わざわざ声に出さないといけないのは照れくさいけど、これは凄い。ウィンドウに触れることはできないようだ。

「十歳か……って、なんだこの数値っ⁉」

攻撃、耐久、俊敏が３０００。魔力が５０００。一方、知性が50。

たしかに賢くなった気はしないが……アンバランスすぎる。知性が低すぎるのか、それとも他が高すぎるのか。知性が低いわけじゃないと信じたいところだ。


スキル『鑑定』。

これのおかげで僕はいつでもどこでも、自分のステータスを表示できるらしい。表示できるのは自分か魔物のものだけで、他人のステータスを見ることはできない。

これは僕が使徒だから特別に持っているスキルで、この世界では魔法の道具——魔道具を使ってステータスを確認するのが普通なのだとか。

しかし鑑定の魔道具は巨大で、数もそう多くはないそうだ。

試しに何か鑑定できないかな……。スキルは魔力を消費しないみたいだから、自由に、そして直感的に使える気がする。

ステータスウィンドウから視線を外そうとすると、称号の項目に反応があった。

『女神レンティアの使徒』の部分から新たに一回り小さいウィンドウが二つ表示される。

【使徒の肉体】

女神レンティアによって授けられた特殊な肉体。使徒として人間離れしたステータス値を誇る（知性を除く）。

【魔法の才能】

女神レンティアによって授けられた桁外れ（けたはず）れの魔法センス。努力次第でかなりの腕前に成長することができる。

なるほど、レンティア様が言ってたもんな。高い身体能力と魔法の才能をあげるって。

使徒の肉体＝強いフィジカル。

魔法の才能＝センスと膨大な魔力量。

そんなところでこうなったんだろう。

でも、人間離れしたステータス値って……。もしも知性まで含まれていたら、僕が僕じゃなくなっていたのかもしれない。だから、これで良かったのかな？　……うん。

じゃあ、早速。

魔法書を開く。記されていた通りの手順で進めていくと、僅か数分後。

「『炎よ』」

人差し指の先からポッと小さな火が出た。

「できた……っ！」

◆

あれから結構、日が経ったと思う。

僕は本に書かれていた全ての魔法を使えるようになった。まあ全てと言っても、生活魔法に分類されるいくつかの小規模な魔法だけだけど。

また別に、一般魔法と呼ばれる日常生活では滅多に使われない大きな規模の魔法があるそうだ。でもそれらについては詳細な説明がなかったので、現段階での習得は叶わなかった。

魔法を使用する際に大事なのは、イメージと体内の魔力を注意深く感じることだ。

魔力とは人によって量は異なるが、誰もが必ず体内に有しているものらしい。たとえ使い果たしたとしても、体力みたいに時間が経てば自然と回復する。

その魔力を体の外に出し、望む現象に変化させる。それが魔法だ。

練度を上げるには、地道な練習をひたすら繰り返すしかない。時間をかけ、何度も何度も繰り返す。集中を乱し手を抜いては意味がないので、毎回全力で。

トライ&エラーの連続だった。

しかし、決して嫌な時間ではなかった。

架空の存在だったはずの魔法を今、自分が使っている。その感動が僕を夢中にさせた。

時々気分転換に祠の外に出て、体を動かしたのも良かったのかもしれない。この体に慣れるのと並行して、魔法の練習は順調に進められたのだった。

……と、いうわけで。

おかげで現在、僕はこの快適さを手に入れた。外での運動の後、食器棚からグラスを取り出す。

「『水よ』」

そう呟くと、空のグラスに突然水が溜(た)まっていく。

「『氷よ』」

次にちゃぷんと氷が三つ。

ゴクゴクゴク……カランッ。ぷはぁー、最高だな。

生活魔法は長々とした詠唱が必要ない。そのため一言で、この便利さ。頑張って研鑽(けんさん)した甲斐(かい)があったというものだ。

大魔法を使ってみたいという気持ちもあるけれど、元日本人の僕にはこれくらいがちょうどいいのかもしれない。魔物と戦ったりとかは、いまいち想像できないもんなぁ。

さて、次は食料庫からステーキ肉を取ってきてっと。

脂身が多くても胃もたれしない体が嬉しい。ライスと一緒にペロリと平らげ、少し休憩。

仕事に追われる生活から解放され、この素敵な環境で心を癒やすように暮らしていると、生活リズムが整った。早寝早起きの毎日。美味しい料理を食べ、適度の運動もしている。

うん、健康なことはいいことだ。しかしその影響か、まだ夕方だというのに瞼(まぶた)が重くなってきた。いけない。お風呂(ふろ)に入って今日はもう寝るとしよう。

浴槽にお湯を張り、服を脱ぐ。

そういえば、この家は全体に魔法がかかっているみたいで、日付が変わると全てがリセットされるようだ。

使ったバスタオルやシャンプー、食器なんかは新品に戻る。

洗濯の必要もなく、物が尽きることもない。その上、埃なんかも溜まらないという親切設計。

ただ……食料庫にある物だけは例外らしい。

食品を覆っているあの透明な膜。あれが中にある物の劣化を防ぐ代わりに、また別の空間として家から切り離しているのだと思う。まあでも、まだまだ食品類には余裕があるから安心だ。

体を洗い終え、大きな浴槽に身を沈める。

どういう原理なのかはわからないけど、浴室にある窓からは外の風景が見えた。

薄暗くなった空には、大小二つの月が浮かんでいる。

あの月たちを見るたびに、ここが地球ではなく異世界なんだと理解させられた。外には灯り一つないため、この時間帯でも月は煌々と、どこか神秘的に輝いている。

…………うーん。この体にも、もうばっちり慣れた。

『のんびりと自由気ままに、自分のペースで異世界を旅してくれたらいい』

レンティア様がそう言ってくれたとはいえ、さすがにそろそろ出立を考えないとなぁ。

でも、試しにこの家にある物をアイテムボックスに入れてみようとしたら、反発して上手くいかなかったし。外に生えている花は普通に入れることができたので、この家にある物はやっぱり特別なのかもしれない。

つまりだ。ここを出るということは、この生活に別れを告げるということになる。

何一つ不自由ない快適な住居に、美味しい食材。これらをスパッと手放す決意を、なかなか固められずにいた。

だけど、だからと言ってここでダラダラし続けるのは違う。

僕自身、歴史などを軽く勉強して、早くこの世界を見てみたいという想いが強くなってきている。

よし。じゃあ、あと一週間だけ……か、もしくは二週間くらいだけ。

と、とにかく、もう少ししたら旅に出るとしよう。うん、決めたぞ。

さすがにここに来てまだ一ヶ月は経っていないだろうし、このくらいだったらレンティア様も許してくださるはずだ。

今後のことを決め、僕がお風呂から出るため立ち上がろうとしていると……。

『いやいやっ、アンタまだそこにいたのかよ⁉』

いきなり、脳内に声が響いた。

レンティア様の声だ。にしても――

『もう三ヶ月も経ってんだぞ！』

え？　…………さ、三ヶ月？


「お、お久しぶりです」

とりあえず声に出してみる。これで、会話できるのかな？

どこを見て話せば良いかわからないので、何となく視線は斜め上に向けてみた。

『ああ久しぶりだな。しっかし三ヶ月だぞ、三ヶ月！　天界に比べてそっちは時の流れが速いから、とっくに近くの街に到着して、この世界に馴染み始めた頃合いかと思ってたんだけどね！』

「すっ、すみません……」

『まったく。仕事を終えて久しぶりに見てみたら、まだスタート地点にいるとは。まあ別に謝らなくてもいいんだけどさ？　さ⁉』

まさかそんなに時間が経ってたなんて。信じられないが……語尾を強めるレンティア様に、ただ申し訳なくなる。

でも言われてみると、たしかに三ヶ月くらい経っていても不思議じゃなかったかもしれない。

生活魔法をマスターするまでは時間を忘れるほど練習に熱中してたし。さらに最近は健康的な毎日が楽しくなって、早寝早起きして魔法の練習や運動をただひたすら繰り返してたもんなぁ。

『はあ⁉　ってあれ？　……うおっ！　あ、アンタ。なんでこんなに生活魔法に磨きがかかってるんだよっ！』

ん？　あれ、もしかして声に出さなくても聞こえてるんですか？

『ああ。どっちも聞こえてるよ。で、どうして生活魔法をそこまで練習したんだい！　……アタシが魂の漂白作業で忙しくしてるってのに、使徒のアンタは気持ちよさそうに風呂に入ってさ』

「うえっ？　す、姿まで見えてるんですか⁉」

『そうだけど……なにアンタが驚いてるんだよ』

「ああもう！　プライバシーの保護だけは今後もしっかりお願いできないですか⁉　お風呂とかトイレでも見られてる可能性があったら気が休まらないので！」

『んー、そういうものかい？　ま、わかったわかった。人間の感覚を考慮して、アタシも少しは配慮すべきだったね。すまないよ。今後は状況を選んで音声だけにするからさ』

……じゃ、じゃあ。それでよろしくお願いします。

隠したいところを手で隠し、鼻の下までお湯に浸かった僕は口からブクブク息を吐く。

「ぷはっ。もう、音声だけになりましたか？」

『なったよ。それで、なんで生活魔法を極めてるんだい？　アタシとしてはある程度使えるようになったら、二週間くらいでそこを出るだろうっていう想定でいたんだけどさ』

「えっ？」

……あ。そ、そうか。旅をしながら魔法の練度を上げていっても良かったのか。

『まさか、思いもしなかったって言うんじゃないだろうね⁉』

「えっと……す、すみません。魔法が楽しかったのと、やればやるほど上達するのが嬉しくて、つい。あと、ここの環境が心地良すぎて……」

『はぁ……アンタねぇ……。いいから早く街に出て旨いもんを送ってくれよ！　それだけが楽しみでアタシは仕事を頑張ってるんだからさっ！』

「そ、それが本音ですか……」

敬う気持ちを忘れてはいない。

だけど一気に俗っぽくなったレンティア様、なんか親近感が湧くなぁ。

『あぁ、ったく！　心の声も聞こえてるんだからさっ。親近感がどうとか言うんじゃないよっ！　まったく、いい生活環境と魔法のセンスを与えたことがこんな結果に繋がるとはね……』

「あ、あはは……」

仰る通り過ぎる。仕事もなく、努力すれば確実に成長する魔法技術。突然、楽しい長期休暇を得たような気でいた。

しかし、それでも三ヶ月は長い休暇にもほどがあるだろ……自分。

旅をしたいのに、つい家でダラけてしまう。これじゃ日本にいた頃と同じだ。何もできないまま、気付いたら時間だけが経っていく。

心の底では旅に出たい、色々な景色を見たい。様々な文化、料理を楽しみたいと思っているのに。今は行かなければいけない会社もないし、あとは自分の心次第だ。

だから、これ以上ダラけていてはいけない。さっきはあと一、二週間はここにいようとか思ってたけれど、もう決めたぞ。

「……明日にでも、ここを出ようと思います」

『お！　なんだ、随分といきなりじゃないか』

「思い切って出発しないと、僕の旅はなかなか始まらなさそうなので。情けない話ですが……」

『なるほど……そうかい。じゃあ、ついにだな。わかってるとは思うが、そこの物は外に持って行けないからね。その代わりに出立の心づもりで外に出ると、いくらか金なんかが届く段取りになってる。だから頑張りな』

そんなサポートまでしてくれてたんだ。それなのに僕は……。

『っと、聞きたいことは聞けたし、アタシは失礼するよ。まだ仕事が残ってるんでね。それじゃあ、また！』

やっぱりレンティア様はお忙しいらしい。その言葉を最後に、ぷつりと声は聞こえなくなった。

もしかして、天界ってブラックなのかな……？

◆

次の日。僕は夜明けとともに家を出ることにした。

手荷物はない。この上なく身軽だ。

自由気ままに過ごしているうちに、三ヶ月もお世話になっていたらしい祠の中にある我が家。玄関から見える光景は、初めて足を踏み入れたときから何も変わっていない。

ただ、今は愛着があった。少し寂(さび)しい気もした。けれど、僕は思い切って外に出た。

これ以上ここにいたら、ずっと住んでいたくなってしまうかもしれない。

それはそれで寂しい話だ。人がいなくて、孤独を感じて。

世界中を旅して、またいつか。またいつか思い出の地として再びここを訪れよう。

外に出ると、祠の前に小さな籠が落ちていた。

これか、レンティア様が言ってたのは。

なになに……。

中には紙に包まれたサンドイッチが一つ、硬貨が入った小さめの袋、それと折りたたまれた手紙が入っていた。手紙には、ここから最も近い街までの道のりが描かれている。レンティア様が描いてくれたのか、線が少なく大雑把(おおざっぱ)な地図だ。

「……ん？」

なんか、街まで百キロ近くあるらしいんだけど。

見間違いかと思ったが、何度見ても変わりはない。その上、レンティア様は文面で『すぐ着くと思うからパパッと行ってくれ』と事も無げな様子で語っている。

えーっと……どうなんだ、これは？

それに出立のサポートまでしてもらっているから非常に言いにくいけれど、百キロを軽食一つでって。

……いや、待てよ。そうか。

日々の運動で把握している今の身体能力でなら、もしかするともしかするのかもしれない。あまり考えても意味はないから、とにかく試してみよう。

まずはアイテムボックスと念じる。すると、手元にあった籠がふっと消えた。

よし。家の物とは違い、これはちゃんと収納できるみたいだ。

あとは好きなときに取り出したいと思えば、再び手元に現れる。

いくつかの検証の結果、別の時空に収納している間は物体の時間が止まり、劣化しないことがわかっている。本当に、かなり便利なスキルだ。一応容量制限があるとはいえ、膨大な量を収納できるし。

僕は最後に巨木を見上げてから、祠に手を合わせた。

そして手紙に書いてある方向に向かって、朝露で濡（ぬ）れた草を踏みしめ、歩き出した。

白い花が群生する一角を抜け、密集した木々の中へと入っていく。

周囲には大木ばかり。祠の傍（そば）にあった巨木よりは小さいが、ここにある一本一本が日本で生活している頃はなかなかお目にかかれなかったレベルの大きさだ。

高い木々の隙間（すきま）から差した木漏れ日（こもび）。澄んだ空気。神聖な雰囲気が漂う森を進む。

不安定な足場に慣れると、軽く走り出してみた。

少しずつ、スピードを上げていく。段々とそれは速くなり、そしてやがて……。

風を切り、森の中をばく進する。

車輪のように回転する脚。自分でも非現実的な足の速さだと思う。

ゴォオオオッと耳元で風が過ぎる音がした。

予想的中だ。たしかに、この速さだったら百キロくらいそんなにかからないかもしれない。

今までは祠の周りを軽く走るくらいだったから、こんなにグングンと前に進め、長い距離を移動できるとは思ってもみなかった。

前の景色が、次の瞬間には後ろに流れていく。まだまだバテることはない。爽快だ。

楽しくなり夢中で走っていると、周りの木々が普通サイズに近づいていった。少しずつ森の中が明るくなってくる。

そして突然、木々が途切れ視界が開けたかと思うと、目の前には大地の裂け目のような風景が広がっていた。

「――うわっ」

寸での所で足を止め、急停止する。あ、危なかった……。

目と鼻の先は断崖絶壁だ。気がつくのがあと少しでも遅かったら、落下していたかもしれない。

崖下を見下ろすと、底までは高層ビルが丸々収まっても足りないほどの距離があり、その下にはまた森が広がっている。

裂け目の対岸は……数百メートルくらいは離れていそうだ。しかしその間に、二十メートル間隔ほどで点々とそびえ立った岩柱がある。

この場所、もしかして？

いや……でも、まだ一時間くらいしか走ってないはずなんだけどなぁ。

心当たりがあるので、アイテムボックスからレンティア様に貰った手紙を取り出し、街までの地図を再確認してみた。

やっぱりだ。目印になる場所として、この裂け目が地図に描かれている。

お世辞にも上手いとは言えない絵で描かれた、大地に入った亀裂と、その間に立つ岩柱。今、視認できるギリギリまで右から左に広がっている光景と似ている。

……じゃあ、ここがやっぱりそうなのか。

祠から四、五十キロの位置にある大地溝。神族の許可なしでは人類が立ち入ることのできない神域と、その外を隔てる場所で間違いないらしい。

今もまだ、太陽は完全には昇りきっていない。

と、いうことはだ。僕は四、五十キロをそんな短時間で走ったと？

たしかに考えられないくらい足は速かったし、息切れもしてないくらいだけど。女神様の使徒の体って、一体どうなってるんだろ……。考えると、ちょっと怖くなってくる。

だけど、ここまでこの短時間で来られたのは、予想以上に順調な結果だ。

街まではあと半分。もうここまで来たら、一気に街を目指そうかな。

最初はどういうことだと頭を捻（ひね）ったが、この身体能力でなら手紙に書かれているレンティア様オススメの大地溝の越え方も、実際に問題なくできそうだし。まあ、結構怖いけど。

手紙をアイテムボックスに片付け、一度後ろに下がる。

すぅーはぁー。よーし、いくぞっ。

息を整え、覚悟を決めて全速力で走り出す。

崖の手前。走り幅跳びの要領でタイミング良くジャンプすると、重力に反するように僕の体は、ぶわぁっと空中に投げ出された。

不思議なくらい長い浮遊感。着地したのは二十メートルほど先にそびえ立っていた岩柱の上。

おっとっと……。

なんとかバランスを崩さず上手く着地して、そのままの勢いで次の岩柱へと跳んでいく。

ビョーンという浮遊感に、スーパーパワーか何かに目覚めたような気分になる。およそ普通の人間じゃ絶対にできない移動方法が楽しくて、思わず叫んでしまった。

跳躍を繰り返し対岸に到着すると、さっきまでいた神域の外に出たんだと実感することができた。

まず、明らかに空気が違う。神聖さみたいなのがなくなっている気がする。

それにこっちは雑多な気配を感じるな。

最後に神域の方を見て、また走り出す。引き続き全力疾走で行こう。この調子だと獣道を抜けるといっても、正午くらいには街に辿り着けそうだ。

三十分ほど走ると、遠くの小高い場所に街道が見えた。

いよいよ異世界の街、人々とのファーストコンタクトか。高鳴る胸に急かされながら街道を目指そうとする。

と、そこで視界の端に何かが入った。

目を向けてみると、街道の左手の空に大きな鳥――ではなく、小さめのドラゴンのような生物が飛んでいる。空中を旋回しながら、地上の何かを襲ってる？

標的にされているのは……え、大変だ。馬車、それに人だ。

神域を出てから動物の気配が増えた気はしていたが、もしかするとあれも魔物だったのかな。地球にいた頃には見たことがない生物を見て、思わずギョッとしてしまう。

しかし、今はそれどころではない。大丈夫、一見ただの大きな鳥だ。

そう思うと急速に恐怖心がなくなっていった。

自分でも不思議なくらい冷静になる。そもそも日本では、人が動物に襲われているところすら見たことがないのに。なのになんで、怖くないんだろう？

それは多分、自分が女神様の使徒だからだ。

今の僕は超人的に体が強いみたいだし、あの魔物も本能的には危険だと思えていないのだろう。

とはいえ警戒を怠ってはダメだ。

ドラゴン風の魔物を鑑定……はできないか。距離が遠すぎる。

足早に街道に向かいながら、考える。

このままあの馬車を無視して街を目指してもいい。むしろ安全のことを考えるならそれが正解だ。いきなり自分から首を突っ込むのは得策じゃない。

だけどなぁ……うーん。レンティア様も、困っている人がいたら可能な限り助けてあげてくれって言ってたし。

さて、どうしたものか。

日本生まれ日本育ちの僕が、初戦であんなのに挑むなんて馬鹿(ばか)げている。いくら恐怖心がなくなったと言っても、戦闘技術はないのだから尻込(しりご)みもしてしまう。

だけど、この世界で初めて見た人を見殺しにするのも……。

街道近くの木の後ろに隠れる。そこからそっと顔を出して様子を見てみると、馬は倒れ、剣を持った男性が空中の魔物を牽制(けんせい)していた。他にも二人、少し離れた場所で地面に倒れている男性たちの姿があるが、彼らはまったく動く気配がない。すでに意識を失っているのだろう。

最後の一人となり、上空の魔物に剣先を向けている人も脚を負傷していて、ほぼ座り込んだ状態だ。息も絶え絶えの状況を見るに、かなり長い時間戦っていたらしい。このままだと、あと少しで男性側がやられてしまうことは火を見るよりも明らかだった。

「…………よし、まあやるだけやってみよう」

やっぱり、流石(さすが)にここで見捨てるのは寝覚めが悪すぎる。

あくまで自分の安全が第一。それだけは譲らないようにして、とりあえず今は距離が離れたここからできる限りのことをやってみよう。あの人を助けられればラッキー、ダメだったとしても何もしないよりはマシだった。そう思えばいいんだ。

「『氷よ』」

木に隠れたまま、まずは生活魔法で野球ボール大の氷を作る。念のため足下に十個用意して……。

もう一度木の陰から顔だけを覗かせ、魔物に察知されないように息を殺してタイミングを窺う。

……今だ！

ドラゴンが空に上がったので、僕は氷ボールを強く握った。冷たいが我慢だ。

一直線に魔物を狙って、全力投球する。

以前までだったらボールは届かなかっただろう。だけど、現在の肩の強さなら問題はない。

ビュンッと音がして、綺麗に飛んでいった。

けれど肩が強くてもコントロールが上達しているわけではないので、氷ボールは魔物に掠りもせず横を通り過ぎていく。

……ダメか。次だ。

すぐに木の後ろに隠れ、次のボールを手に取る。

ちらりと見ると、怪我を負った男性はどこからボールが飛んできたのか、戸惑って周囲を見回していた。目視しづらい速さだもんな。きっと、何かが飛んでいったくらいにしか見えていないだろう。あの魔物も同じような感じだったはずだ。僕の位置を特定される前に打てる手は全て——

「あ」

バッチリ、目が合ってしまった。二球目を投げようと顔を上げたら、魔物がこっちを見ていた。

………。

な、なんで。嘘だろ。あの一瞬で、バレた？

ヒヤッと冷たい汗が背を伝う。

遠くからでもわかるビー玉のような黒い目。恐怖を感じていなかったはずなのに、次第に恐ろしくなってくる。ど、どうしよう。

後退しようとしても足が動かない。

動けずにいると、魔物が一度こっちに来ようとした。息が止まる。しかし、すぐに気が変わったのか、僕の目をジッと見たドラゴンは旋回すると、そのまま空の彼方に消えていってくれた。

その瞬間、どっと汗が出る。自分が危機を脱したと気付けたのは、それからだった。

ポテンシャルの差を見抜き、逃げていってくれたのだろうか。

肩で息をしながら心に決める。

この世界で生きていく上で、魔物との戦いに巻き込まれることもあるかもしれない。だけど、もしも自分がポテンシャルで勝っていたとしても、強そうな魔物に手を出すのはなるべく避けよう。

まずは弱いのから。少しずつ慣れてからだ。本当は平穏に世界を回れるのが一番だけど。

初戦の相手選びに失敗したことを反省していると、馬車の方からバタリと音が聞こえてきた。

……あっ。

さっきまでは上体を起こしていた男性が、倒れている。

近くに寄ってみると彼は肩に、馬車を引いていた馬は腹部に、爪で引っ掻かれたような深い傷を負っていた。意識がなさそうな他の二人には目立った外傷はない。

「さ、先ほどのは君が……？」

「今は喋らないで。『治癒よ』」

僕が使えるのは生活魔法だけ。本格的な回復の一般魔法についての知識はない。

だからレンティア様が与えてくださった魔法書に書いてあった治癒の生活魔法を、苦しそうに質問してくる男性を制してから使用した。

魔法書の説明によると、傷を治す生活魔法では表面上の治癒しかできないと書いてあった。血を止め皮膚を戻したりするだけで、動かなくなった脚や古傷を治したり、失われた体力などは戻らないと。

ちなみに練習では指先に針を刺し、それを治していただけ。魔力で体を守らないとステータス上の耐久は効果を発揮しないらしい。やろうと思えば普通に怪我することもできたけど、それ以上の傷を自分につけるのは気乗りしなかった。だからこの魔法が、どこまで効果があるのかは不明だ。

願うように右手を男性に、左手を馬に向けて魔法を発動する。

光の粒子が、傷口に集まっていく。

そして……それらが消えると、傷は綺麗さっぱり跡形もなく完全に治っていた。

ふぅ。よ、良かったぁ。治ったか。

「ウゥ……あ、あれ？　傷がっ⁉」

玉のような汗を浮かべていた男性が、目を丸くして体を起こし、自分の肩をペタペタ触っている。

年齢は前世の僕と同じくらい、四十手前といったところだろう。さらりとした金髪に整った顔。身長は高く、海外のイケメンって感じだ。

なのに僕には流暢な日本語を話しているように聞こえるので、違和感が凄い。

隣にいた馬も、鼻を鳴らして立ち上がった。

続けて倒れている男性二人のもとに行って確認すると、息はあり、やはり気を失っているだけのようだった。目立った外傷はないけど、念のため彼らにも治癒の生活魔法をかけて……よし。

ひとまず誰も命に別状はないみたいで良かった。もしも骨折をしていたら治せていないはずだから、まだ予断は許されない状況だろうけど。

「君は一体……いや」

僕を見て呆然としていた金髪の男性は、すぐにハッとした表情になって頭を下げた。

「ありがとう。君は私の命の恩人だ。まずは何よりも初めに、この感謝を伝えさせてくれ」

「い、いえ。ちょうど通りかかっただけなので。それよりもお体の方は大丈夫ですか？」

「通りかかった……？　こんな場所を？　ああいやっ、体については問題ないと思うよ。ほら、この通り！　少しずつ痛みも引いてきたからね」

男性が肩を回してみせる。

「それは良かったです」

どうやら迅速な対応が功を奏したようだ。

「あの方たちは……」

倒れている男性たちに問題はないかと尋ねるように目を向ける。

「激しい体当たりにあってね。彼らは私なんかよりも丈夫だから、しばらくしたら何の問題もなく目を覚ましてくれると信じているが……やはり心配だ。馬車に乗せて、街を目指しながら様子を見ることにするよ」

たしかに二人とも、落ち着いてから見ると筋骨隆々でかなり体が大きい。元気に起き上がってくれるといいが。

「私はジャックだ。我々を助けてくれたこと、改めて深く感謝するよ」

目の前の男性が視線をこちらに戻し、手を差し出してきたので握手に応じる。

「マ……トウヤです」

危ない。癖で名字を名乗りそうになってしまった。

たしかレンティア様の本によると、今いる国では貴族や大商人などの良家しか姓は持っていないはず。ここは下の名前だけにしておこう。

「トウヤ君か。この辺りにいたってことは、君もフストへ？」

「はい。ちょうど向かっているところでした」

フスト。手紙にあった街の名だ。

「そうか……じゃあせっかくだし、君も私の馬車に乗っていくかい？　この程度で恩返しになるとは思わないが、まだ少し距離があるからね。それにこの辺りはあまり安全とは言えないし。まあ君ほどの魔法使いであれば問題はないだろうが」

「……魔法使い？」

「あれ、違ったかい？　凄まじい回復魔法だったからそう思ったんだけど――あっ、ごめんよ。別に詮索はしないから、無理に話さなくても構わないからね」

生活魔法が使えるくらいで凄い魔法使いみたいな扱いをされたので、つい聞き返してしまった。けどまあ、そうだよな。

こんな場所に十歳の子供が一人でいるだけで、色々と勘ぐってしまうだろう。その上レンティア様に貰った【魔法の才能】があるものだから、魔力も多く、そこそこ魔法のセンスが良いときた。もしかしてジャックさん、僕が他人に言いたくないような過去があるとでも思ってるのかな？うん、多分そうだ。

詮索しないと言ってくれるのなら、ここは話を合わさせてもらっておこう。自分が女神様の使徒だと言ったところで、「そういう年頃か」と思われるだけかもしれないし。

「ありがとうございます。いえ、ただ初めて人に魔法使いと言われたので……」

「そ、そうか。申し訳ないね、嫌なことを思い出させてしまったのなら。それで、どうするかい。君も馬車に乗っていくかい？」

嘘は言っていない。だけど逆に、やっぱりなんか思い出したくもない過去があると取られてしまったようだ。申し訳ないな。結果として、嘘をついたみたいな形になってしまって。

「では、お言葉に甘えて。よろしいですか？」

街まではあと少し。特に急いでいるわけでもない。

旅の始まりでもあるフストの街では、準備などに時間がかかるはずだ。この世界の街での生活に慣れたいし、ある程度はお金も貯めておきたい。祠にいたのと同じ、三ヶ月くらいになるだろうか？

ジャックさんは悪い人じゃないみたいだし、せっかくだ。この出会いを大切にしてみよう。

「ああ、じゃあ行こうか。……っと、ユードリッドも助けてくれた君のことを気に入ったみたいだ」

「え？　――わっ」

静かにしていた馬が近づいてきたと思うと、頭を擦りつけてきた。それから僕の顔を見てブルッと唸る。

子供の身長だから、黒く引き締まった体が余計に大きく見えて、ちょっと怖いなぁ。

恐る恐る手を伸ばし撫でてみると、ユードリッドと呼ばれた馬は気持ちよさそうに目を細めてくれた。……なんだ、かわいいヤツめ。

気絶している男性たちを馬車に乗せるのを手伝ってから、僕もジャックさんが座った御者台の後ろ、幌が張ってある荷台にお邪魔することにした。

荷台にはいくつか積み荷があり、木箱が並べられている。

話を聞くと、ジャックさんは商人らしい。

「用事で街を離れていたんだけど、それが長引いてしまってね。今晩フストで人との約束があるから遅れないように戻っていたんだ。彼ら二人はその護衛で、この箱は出先でついでに仕入れた物でね」

ジャックさんがそう言いながら合図をすると、馬車がゆっくりと動き出した。

「だが途中で、道の先に盗賊がいるって他の商人から聞いて。迂回路のここを通ろうとしたんだ」

「それで、ここに」

「うん。この付近は魔物がよく出るとはいえ、私も剣の腕にはそれなりに自信がある。それに何より護衛が二人もいるからね。問題はないと思っていたんだが……まさか、ワイバーンが出るなんて。この時期に目撃したという情報はなかったから驚いたよ」

あの魔物、ワイバーンだったのか……。

「初めにユードリッドが襲われて、その衝撃で私は馬車から落下し脚を怪我してしまってね。逃げることもできないなか、護衛の彼らは命を懸けて守ってくれたんだ。しかし先ほども言ったように、最終的にはワイバーンの体当たりに吹き飛ばされて気を失ってしまって。本当に、死を覚悟したよ」

ふと見えた手綱を握るジャックさんの手が、震えていた。冷静そうに見えたけど、心の内はそうではなかったらしい。

情けない形だったかもしれないけど、なんとか助けることができて良かったな。事なかれ主義で、スルーしなくて本当に良かった。

ジャックさんが指示を出し、ユードリッドが少し速度を上げる。

馬車は一定のリズムで揺れながら進む。

空は青く澄み渡り、心地よい気温だ。さぁっと爽やかな風が吹き抜ける。

森の匂（にお）いがした。鼻をくすぐる土の香り、草の香り。

こうして馬車に揺られていると、この辺りが危険というのが嘘みたいだ。のんびりした道に思えてくる。

しかし時折、木に爪痕（つめあと）のようなものがあるのが見えた。

熊かな？　いや、それにしては大きい。じゃあ、やっぱり魔物？

駄目だ。ワイバーンのあの目を思い出して、僕まで震えそうになる。日本の町中って、かなり平和だったんだな……。と、とにかく、もうこのことはあまり深く考えないでおこう。

遠くの空に浮かぶ大きな雲を見つめながら、僕はそう決意した。


しばらくすると森を抜けた。どうやらジャックさんと出会ったのは、迂回路というあの街道の端の方だったようだ。

今、一面には美しい草原が広がっている。

神域の周りに深い森があって、草原、街といった具合なのだろう。なだらかな丘の先には、市壁に囲まれた街が小さく見える。距離はまだかなりありそうなのに、ここから見てあのサイズならフストは結構大きな街なのかもしれない。

「トウヤ君はどうしてフストに？」

やはりずっと気になっていたのか、これまで自分のことを主に話していたジャックさんがそれとなく探りを入れてきた。

初めに言った通り他には何も訊かれていないし、最低限これくらいは答えておかないとな。でも、なんて言ったら……。

「えーと、今までいた場所を出ることになったので……他の街に行こうと思ったんです。家族もいないですし、いろんな所を見て回りたくて」

「……そうか、なるほどね」

十分な答えだったのか、それ以上ジャックさんが詮索してくることはなかった。振り向くと、僕に優しい微笑みを向けてくれる。

「その年でそれだけ魔法が使えたらなんとかなるだろうけど、一人では不安もあるだろう？」

「は、はい……正直」

「フストにいる間だけでも、なんでも私を頼ってくれていいからね」

「え、でも」

「大丈夫さ。わからないこともあるだろうし、なにしろ君は私の恩人だ。それに、大人じゃなくても街に入るためには身分証が必要なんだけど、ちゃんと持っているかい？」

「身分証っ!?　ああいえっ、も、持ってません。お金は持ってるんですが……」

「うん、お金があるなら問題はないよ。いくつか手続きをすれば街に入れるさ。冒険者なんかになれば、新たに身分証代わりの物も発行できるしね」

良かった……。そっか、市壁があるくらいだもんなぁ。街に入るために検問があっても当然か。かなり手厚いレンティア様のサポートでも、手が届かない箇所があったようだ。もしかすると最初は元々お金を使って街に入る手筈だったけど、その説明をされ忘れたとかかもしれないな。何しろレンティア様、かなり忙しそうだったし。

「とまあ、こんな感じで手助けできることもあるだろうしね？　安心してくれ。これでも私は一人の子の親なんだよ。トウヤ君は何歳かい」

「十歳です」

ただし、この世界では。と注釈がつくが。

「お！　それじゃあうちの娘と同い年だ。十歳が一人で……まあほら、だからぜひ頼ってくれよ」

十歳の娘さんがいるのか。立派だな、ジャックさんは。

同世代である前世の僕なんか独身だったし、さらに今はその同世代のジャックさんに優しくしてもらってるというのに。

「本当にいいんですか？」

「ああ。これでも街では結構顔が利くしね」

「じゃ、じゃあ……申し訳ありませんが、よろしくお願いします」

異世界での最初の街だ。頼れる知り合いがいれば助かることもたくさんあるだろう。

街が近づくと、門番の人にジャックさんが僕の事情を説明してくれ、早速手続きを行うことに

なった。詰所の前で馬車から降りようとしていると、荷台で横になっていた護衛の二人がほぼ同時に目を覚ました。彼らは体に不調はないと元気な姿を見せ、感謝を伝えてくれる。

無事で良かった。僕はほっとしながら、ジャックさんと一緒に詰所へ入ることができた。

さて、いよいよ街に到着だ。

第二章

最初の街・フスト

街に入るための手続きはすぐに終わった。

大銅貨一枚を支払い、詰所で犯罪者ではないか確認するために水晶玉に触れるだけだったからだ。

ちなみ犯罪者の場合、水晶玉は赤く光るらしい。僕が触ると青く光った。

これで問題ないと判断され、証書を発行。

ついでに門番さんから、国を跨いだギルドに入ったら大半の街を無料で出入りできるようになると教えてもらった。

魔法を感じる水晶玉に感動しながら詰所を出ると、ジャックさんが話しかけてきた。

「トウヤ君はいずれ旅をするつもりなんだろ？　その魔法の腕もあるし冒険者に向いていると思うんだけど、よければこのまま登録しに行くかい」

「え、お急ぎなんじゃ……？」

「迂回路を通ったからね。あんな目に遭ってしまったが、おかげで予定がある晩まではまだ時間もあるし構わないよ。それに私が通行料を払うのも断られてしまったことだ。身分証と宿の手助けぐらいはさせてほしいんだ」

義理堅いなぁ。商人だからなのかな？

ジャックさんだってあんなことがあった後だ。精神的に相当疲れているだろうに。

しかし、それでも構わないと言ってくれ、僕はせっかくなのでこのまま冒険者ギルドに行き、宿を紹介してもらうことになった。街の中を馬車で移動する。

本でこの世界にも冒険者がいると知っていたため、元々なりたいとは思っていた。世界を旅するという目的にも適しているし、何しろワクワクする。ファンタジーの王道だ。

商人ギルドに登録して行商人になる、という手もあったがこれは厳しいだろう。何しろ今の僕は十歳児だからなぁ……。子供だから助かることもあれば、不便なこともある。

遠目から見ていた時にも思ったけど、中に入るとフストの街はやはりかなり大きい。

こぢんまりとした印象はなく、どこまで続いているのか見渡すことができないほど。イメージでは『日本の町』をまるごと一つ、数メートルくらいの高さがあるレンガ造りの市壁で囲んだ感じだ。

街並みはいわゆるザ・テンプレで、道に敷かれた石畳がいい雰囲気を出している。それに高い建物がないので空が広く感じるな。

門から真(ま)っ直(す)ぐに続く大通りは、結構人が行き交っていて賑(にぎ)わっている。麻で作られたようなシンプルな色の服を着た人が多い。

久しぶりだな、こんなに人を見たの。祠(ほこら)に引きこもっていたから実に三ヶ月ぶりだ。

まあでも、日本の都市部に比べると全然人口密度は低いんだけど。

道行く人の中には、ケモ耳をつけた獣人らしき人の姿もあった。僕が目を輝かして彼らや、街の様子を見ているとジャックさんが泣きそうな顔をして微笑(ほほえ)んできた。い、一体どんな印象を持たれてしまったのか……不安だ。

冒険者ギルド最寄りの停留所でジャックさんは馬車を停めた。そして護衛の方たちに「しばらくここで待っておいてくれ」と伝えると、馬車を残して僕を連れ歩き出した。

ユードリッドたちと別れ、少し歩くと『剣と盾』の看板が見えてきた。あそこが冒険者ギルドか。

「大きいですね」

「冒険者ギルドは、商人ギルドなんかに比べても人の出入りが多いからね。魔物の素材買取所も併設しているし、大概の支部には酒場もあるから」

ジャックさんは慣れた足取りで中に入っていく。

僕は少し緊張したが、時間帯もあるのかギルド内の人影はまばらだった。それに、思ったよりも清潔感がある。

全体的に床も柱も焦げ茶色の木が印象的だ。

広々とした造りで、左手には酒場が続いていた。

すれ違った人にちらっと見られただけで、絡まれることもなく明るいエントランスを抜ける。

受付窓口は三つのうち二つが空席だった。時間帯的に少し早い昼休憩中なのだろう。

真ん中の席でただ一人、手元に視線を落として何か事務作業をしていた女性は、僕たちが近づくと顔を上げた。

「あら、ジャックさん！　どうしたの。ここに来るなんて珍しいわね」

「やあ。ちょっと、この子の登録を頼みたくてね」

ジャックさんの知り合いの方だったらしい。

ウェーブがかった茶髪に端正な顔立ち。大人っぽく見えるけど、結構若いような気もする。多分二十歳くらいかな？

女性はカウンター越しに僕を見下ろすと、その大きな目を丸くした。

「まあ、可愛らしい新人さんね。私は受付嬢のカトラよ」

「トウヤです。よろしくお願いします」

「ふふっ。これからよろしくね、トウヤ君」

な、なんだろう、この大人の余裕は。僕なんかよりも断然肝が据わっている気がする。

話を聞くと、カトラさんはジャックさんの古い知人の娘さんだったようだ。

「じゃあここ、登録用紙に記入をお願いできるかしら。文字が書けない場合は代筆もオーケーよ」

レンティア様のおかげで文字は問題なく書けるので、ペンを受け取って羊皮紙に名前などを書いていく。

武器については未定。魔法を少々っと。

ジャックさんたちは代筆になると思っていたのか、僕が項目を埋めていくのを見てかなり驚いた様子だった。もしかすると識字率はあまり高くないのかな？

登録料は銀貨三枚。街門で通行料を支払う時は断ったが、ここはどうしてもとジャックさんに押し切られてしまい、払ってもらうことになってしまった。

「そんなに気にしないでくれ。これは冒険者になる記念に、私からのプレゼントだよ」

「……わかりました。ありがとうございます！」

謙虚ぶるのと、誠実であることはまた別の話だ。ここは深く感謝して、有り難くプレゼントを受け取らせていただいておこう。

手続きを終えると、カトラさんから木が嵌められたドッグタグのような物を渡された。

これがギルド証なんだそうだ。

指先に針を刺し、そのギルド証に血を垂らす。すると淡く発光した。

これで登録は完了。ランクは一番下のＥからスタートになるらしい。

また、カトラさんが懇切丁寧にしてくれたギルドについての説明を簡単にまとめると、

・冒険者のランクはＥ～Ｓの六段階ある。

Ｅ→Ｄ→Ｃ→Ｂ→Ａ→Ｓの順で昇格していく。

・受注できる依頼は基本的に自分と同じランクまで。

しかし、パーティの場合は一つ上のランクまで可能になる。

・常設以外の依頼に失敗すると違約金が発生する。

・ランクによって定められた期限内に最低一つは依頼をこなしていなければ登録が抹消される。

Ｅランクの期限は一ヶ月以内である。

・犯罪行為をしたと発覚した場合は除名処分になる。

とのことだ。

そしてもう一つ、僕にとって重要なのが……。

「ギルドには十歳から登録できるけど、自己責任で自由に活動できるようになるのは十三歳からよ。間違ってもギルドの審査なしで依頼を受注する、なんてことがないように気をつけてちょうだいね？」

「わかりました。薬草採取などの常設依頼に関しても、ですよね？」

「うん、よろしい！　じゃあ説明は以上。規則を守ってこれから冒険者として頑張ってね。応援してるわ」

どうやら十三歳になるまでの冒険者は見習いのような扱いで、ギルドの職員によって実力に見合った依頼しか受けさせてはもらえないそうなのだ。

子供が無謀な挑戦をしないために設けられたルールなんだろう。

だけど、意外だったな。このあたりの配慮が行き届いているなんて。

まあ、もしもここで職員に実力を認めてもらえたとしても、これから支部を転々とすることになるであろう僕にとっては困った話だけど。

「よし。トウヤ君、それじゃあ行こうか。ありがとうね、カトラちゃん」

ジャックさんに促され、僕たちはギルドを出ることにした。

次に向かうのは宿屋。ギルドからも徒歩で行ける距離にあり、ジャックさんの顔なじみが営んでいる場所だそうだ。

ギルドを出て五分ほどで到着したのは、閑静な住宅街にある宿屋だった。

看板には『高空亭（たかぞら）』と書かれている。

「ここが一番料理が美味（お）しくて部屋もいいと思うよ。もちろん、トウヤ君が気に入らなければ別の宿も紹介するが……。ずば抜けて便利な立地ではない代わりに、夜も静かだし私のオススメさ」

「あの、料金の方は……」

「良心的だよ。たしか、夜と朝の食事付きで一泊大銅貨三～五枚程度だったはずだ」

おお、本当だ。悪くない……ような気がする。

まだ正確に物価を把握できていないけれど、ギルドに登録する際に三枚必要だった銀貨が一枚で、大銅貨十枚分だということはレンティア様の本から教わっている。

街に入るために支払ったのが大銅貨一枚だったから……。おそらく、比較的楽に稼げる日給くらいで一泊ってところかな？　食事付きみたいだし。

よし。だったらあとは中の雰囲気次第だ。

「ちょっと覗（のぞ）いてみて、それから決めてもいいですか？」

「うん、そうするといい。宿選びは重要だからね」

木の扉を開けて中に入ってみると、チリンとドアベルが鳴った。高空亭は日が差し明るく、よく手入れされている印象を受けた。

入ってすぐ正面にフロント。そして左に広がる一階部分は食堂になっているようだ。

その奥には二階に続く階段が見える。

「いらっしゃい。宿泊か――って、ジャックじゃねえか」

フロントの前から奥を見ていると、食堂の向かいにある厨房から大柄な男性が出てきた。刈り上げた茶髪に、筋骨隆々の体。一九〇センチくらいはあると思う。近くで見上げると首が痛い。に、にしても迫力満点の強面だな。思わず後ずさりそうになってしまった。

この人が……ここの主人？

「つうことは食事か？」

「ああいや、今日は違うんだ。この子に宿を紹介しにね」

「なんだ。見ねえ顔だがどこで知り合った？」

ジャックさんが事の経緯を軽く説明する。話を聞くと、男性は太い声で愉快そうに笑った。

「ジャック。お前、死にそうになったのか。こりゃあこの坊主に感謝しねえとな。……で、どうだ。宿はうちに決めたか？」

知人が死にかけたというのに、この反応……。異世界、スゴイ。

宿屋の主人に問われ考える。この人も一見怖いが悪い人ではなさそうだ。それに何より、宿自体の雰囲気が落ち着く感じでいい。

「まずは一泊、お願いできますか？」

「おう！　んじゃあ大銅貨三枚……なんだが、ジャックの恩人っつうことでお前さんは二枚でいいぜ。もちろん、今後があったらそん時もな」

「え！　い、いいんですか⁉」

「気にすんな気にすんな。つうか、お前さんみたいな坊主から金儲けしねえといけないほど俺は困ってねえよ。いいから、ほい。とにかくここに記帳してくれ」

「ありがとうございます！」

大銅貨二枚を払い、記帳に名前を書く。

僕は部屋に案内してもらうことになり、ジャックさんとはここで別れることになった。

「今日のところはここまでですまないね。また後日、時間を作って私の方から必ず出向くよ。本当に、今日はありがとう。……本当に。では、また」

落ち着きを払ってはいたが、本当はあまり時間に余裕がなかったのだと思う。晩に用事があるとしても、前もって準備したりしなければならないこともあるだろうし。

宿の扉が閉まると、ジャックさんが足早に駆けていく音が微かに聞こえた。

新しい世界に、新しい街。なんだか一気に心優しい人たちと出会えた気がするなぁ。

二人きりになると宿屋の主人が話しかけてきた。

「坊主、俺はグランだ。ジャックのやつは忙しいからな、勘弁してやってくれ」

「いえいえ。むしろジャックさんにはここまで色々としてもらって、僕の方が感謝しないといけないくらいですから。僕はトウヤです。グランさん、お世話になります」

「おう。部屋はこっちだ」

食堂を抜け、階段を上る。

グランさんもフランクで優しく、接しやすい人だな。岩山のような強い存在感があるから、ふと気圧されそうになるけど、もう怖くは感じない。

「にしてもお前さん、文字も書けて、その年でワイバーンを追い払ってジャックを治癒したんだろ？　安心しろ。十分に一人でもやってけると思うぜ」

グランさんは「それに、俺たちもいることだしよ」と小さく続けた。実質孤児状態の僕を心配してくれているみたいだ。

案内されたのは、二階の一番奥の部屋だった。

外出時には鍵をフロントで預けることや、夕食と朝食の時間帯、体を洗うときの井戸の使い方などを説明される。

……そ、そうか。シャワーや浴槽はない、と。文明の差だな。

同じ世界であっても、祠ライフが特異なだけだったのか。まあ、あそこは日本にいた頃よりも快適だったくらいだし。仕方がない。

説明を終えたグランさんが部屋を出ていき、一人になる。

ふぅ。

なんか、時間としては実際そこまで経っていないけれど、朝に祠を出てから随分と色々あったな。順調すぎるくらいで助かってはいるが、疲れた。

窓からは宿の裏庭が見え、日当たりは良好だ。室内にはベッドと小さめの机と椅子、クローゼットなんかが置いてあり、全ての調度品がかなり上質な物を揃えているように感じる。

いずれはレンティア様に貰ったお金も底を尽きるだろう。

とにかく今は稼がないと。快適な旅を実現するには、資金が必要だ。

まったく、異世界に来てまで仕事かぁ……。でも、これからは自分で労働時間を決められるんだし、せっかくだから効率なんかも考えて上手くやっていかないとな。

……ぐぅうううううううう。

………。

そういえば、朝から何も食べてなかったな。まだ夜ご飯まで時間があるし、昼食昼食っと。

ベッドに腰掛け、レンティア様に貰ったサンドイッチを食べる。それから僕は、夕食までの時間を使って宿の近隣を軽く見て回ってみることにした。

早速グランさんに声をかけ、鍵を預ける。

宿を出て住宅街を抜けると、店が並ぶエリアに来ることができた。武器屋があったので、立ち寄ってみる。何か、自分に合う物が見つかればいいんだけど。

しっかし凄いなぁ。ファンタジー感満載の店だ。

剣に斧、弓矢などなど。これを使ってみんなは魔物と戦うのかぁ。

だけどワイバーンによって魔物の怖さを痛いほど知ったばかりの僕は、フストの市壁内で武器の扱いを練習するのが関の山だ。しばらくは討伐に挑戦する気はない。

それに身長が身長だし。長剣なんかを上手く使いこなして戦うこともできないと思う。だったら実用的で、武器を振ったりする楽しさも味わえる短剣くらいがちょうどいいのかな。薬草採取にも使えて、護身用としてもバッチリだろうし。

えーっと……じゃあ鑑定、鑑定、鑑定。

鑑定をすれば簡単な説明書きが出るので、それを頼りに店頭にある短剣を全て手に取って、良さげな物がないか探してみる。

おっ、これがいいかな？　シンプルなデザインだが頑丈そうなやつがあった。値段も悪くない。

……と、いうことで購入してみた。

初めてのマイ武器だ。ルンルン気分のまま、もう少し近場を巡ってから高空亭に戻る。

そろそろ夕食の時間帯とのことだったので、僕は先に井戸に行って水浴びをすることにした。

部屋からは見えなかった裏庭の一つ奥まった所に、いくつか木の衝立(ついたて)が置かれた場所があった。ここに入ったら人が来ても目隠しになって大丈夫なようだ。

井戸から水を汲(く)み、服を脱ぐ。

あ、そうだ。炎の生活魔法を応用して温水にできないかな？

試してみた。だけど、ダメだった。ちゃんと練習すればなんとかなるだろうけど、服も脱いでるし今やる気にはなれないな。よし、じゃあとりあえず今日は腹を括(くく)って……。

ざばぁー。

「うわっ」

つ、冷たい！

体のついでに服もゴシゴシ洗って、風の生活魔法で乾かした。震えながら食堂に向かう。

今日のメニューはパンとポトフのような料理、それとサラダと小鉢が一つだった。ジャックさんの情報通り、グランさんの料理はめちゃくちゃ美味しい。

ポトフのじゃがいもはホクホクで、冷えた体がよく温まる。料理も最高だし、これは忘れないうちに宿泊期間を延ばしたいと伝えておかないとな。あとで部屋に上がる前に言っておこう。

◆

朝。

フストでの二日目。思いのほか疲れが溜まっていたのか、目が覚めたのはいつもより遅めだった。

裏庭へ行き、井戸の水で顔を洗う。

全身じゃなければ、気温的にもこのくらいの冷たさが気持ちいいんだけどな。まあ、実はあれから部屋に戻って我慢ができず温水を作る練習をした。なので水温の調整はまだまだだけど、今晩からはもう冷水を浴びる必要はなさそうだ。

高空亭の宿泊客は旅人や冒険者など、朝が早い人たちが多いらしい。僕が行った頃には、食堂では眠そうな目をしたおじさんが一人、のんびりと食事をしているだけだった。

「おはようございます、グランさん」

「おう、来たか坊主。朝メシはここから好きな物を取ってくれ。飲み物は水に牛乳、あとは珍しいがコーヒーっつうのもあるぜ。うちは商人から特別に仕入れていてな」

挨拶(あいさつ)をすると、グランさんが厨房から顔を出して説明してくれる。

ふむふむ。朝から品数が豊富だな……って。

「こ、コーヒーがあるんですかっ?」

「おっ、なんだ知ってんのか？　この辺りじゃまだ珍しいが、昔から俺が好きでな。ま、お前さんにはちと苦いだろうが――」

「貰いますね」

「だ、大丈夫か……？　これは大人の飲み物だぞ」

窺(うかが)うような目を向けられながら、僕はカップに湯気が立つコーヒーを注(そそ)ぐ。そして並べられたスクランブルエッグや野菜スープを素通りして、紙に包まれたホットドッグを手に取った。

席につき頬張(ほおば)ると、パキッと割れるソーセージ。

うーん、ちょっと塩(しょ)っぱいかな？　パンも日本の物に比べると硬い。

だけど、十分に美味しい。

それに……うん。ホットコーヒーの味は一緒だ。日本や祠で飲んでいた物と同じ。まあ、と言っても好きなだけで特別コーヒーに詳しいわけでも、微妙な味の差がわかるわけでもないんだけど。

ずっと興味ありげにこっちを見ているグランさんに、食事を終えてから視線を送る。

「やるじゃねえか」

「は、はあ……」

すると、何故か感心されてしまった。コーヒーを飲めてってことかな？

昨日のうちに追加で十日分の宿泊代を払ったので、硬貨が入った袋は随分と軽くなった。

どのくらいフストの街に滞在するかは未定だけど、ここでは旅の支度を調えたい。収入源の確保は絶対だ。

早く、冒険者としての生活に慣れていかないとな。

よし、じゃあ……。今日は早速ギルドに行ってみよう。

レンティア様から呼びかけがあるまでは、とにかく一日一日を楽しんで生活するしかない。貢物はまだ方法を教わってないから送れないし。


今日も天気は晴れ。買ったばかりの短剣を腰に携え、日が照り影ができた道を進む。

ギルドに到着したのは昨日と同じくらいの時間帯だった。冒険者の数は少ない。右側にある大きな掲示板の前に行く。

この掲示板には、ギルドに寄せられた様々な依頼について書かれた紙が貼られている。今は時間が遅いからか、紙が剥がされた跡ばかりだった。

初めての仕事だし今回は常設の薬草採取なんかをやろう。そう思って来てみたけど、ふと端の方にある『ドブさらい』の文字が目に入った。

……そうか。依頼と言っても、街の中でのお手伝い系もあるみたいだ。

これなら安全だし、今の僕にピッタリの仕事かもしれない。しっかりと内容を確認してから、掲示板から紙を剝がし受付に持って行く。

「あら、トウヤ君。今日は一人なのね」

「はい。早速仕事をしようと思って。カトラさん、これお願いします」

今日は他の受付嬢の方もいたが、やっぱり見知った人の方が気楽にいける。カトラさんに紙を渡し、この依頼を僕が受けても問題ないか確認してもらう。

「うん、これなら大丈夫そうね。時間はかかるだろうけど頑張って」

「はい！　あの、この依頼の場所って……」

「あっ、ちょっと待ってて。説明するから地図を……っと、これこれ」

僕は道のりを教えてもらってからギルドを出ることになった。

カトラさんによると、この依頼はなかなか受け手が見つからず困っていたそうだ。

たしかに、お手伝い系の依頼は他にも結構残ってたもんなぁ。魔物討伐なんかが人気で、もしかしたらフストの街にはお手伝い系を受ける冒険者が少ないのかもしれない。

ギルドから十数分。教えてもらった道のりを辿（たど）ると、古いレンガ造りの家の前に着いた。

ここだな。コンコンコンッ。

「すみませーん。冒険者ギルドで依頼を受け伺いましたー」

扉をノックして呼びかける。だが、反応がない。

えーっと……。なんて思っていると、家の裏手から声が聞こえてきた。

「はーい。今行きますねー」

しばらくしてやって来たのは、人が良さそうなおばあさんだった。

「はじめまして。冒険者ギルドから来ました、トウヤと申します」

「まあ、本当に！　助かるわ。雨が降るたびに私一人で対処してたのだけれど、もう限界でね。こっちよ」

依頼書を確認してもらい、家の裏に案内される。ちょうど今も対処中だったのか、木板が外された側溝の中にたっぷりと汚泥が溜まっているのが見えた。

こ、これは……凄い量だな。僕が黙っていると、おばあさんが気まずそうに口を開く。

「やっぱり、あなた一人じゃ難しいわよね？　ごめんなさい。旦那がいる頃だったら良かったのだけど……」

話を聞くと、どうやら旦那さんが亡くなり、おばあさんはここで一人暮らしをしているらしい。

この街を以前に襲った豪雨の際、運悪く側溝に土砂が詰まり、それ以来悩まされていたのだとか。

僕は前世で営業職だったわけでもないので、直接お客さんと接する仕事は不慣れだ。それに特別コミュニケーションに自信があるわけでもない。

しかし、こういう時にスマイルは大事。

「大丈夫ですよ！　精一杯頑張らせていただきます」

だから相手に不安を抱かせないよう意識的にハキハキと喋り、笑顔で答える。

嘘(うそ)は言っていない。多分だけど本当に大丈夫なはずだ。

さて、じゃあパパッと終わらせちゃおう。

僕は側溝に近づき、屈(かが)んでドブに手のひらを向けると……アイテムボックス、と念じてみた。

すると一瞬で、側溝に詰まっていた全ての汚泥が消えた。

おお。良かった、思っていた通りだ。せっかくだし、生活魔法で汚れも落としておこう。

「『水よ』」

さすがに水圧だけで掃除はできないから、ここにさらに……。

「『炎よ』」

もう片方の手で上手く炎を操作し、昨夜習得したばかりの温水、というか熱水を作って流す。

よしよし、成功だな。

あらかた側溝の掃除も終わり綺麗(きれい)になったので、依頼書に達成確認のサインを貰うため腰を上げて振り返る。すると後ろで待っていたおばあさんが、目を丸くして口をパクパクさせていた。

あれ、何かまずかったかな？

「あ、あの……」

おかしいな。アイテムボックス持ちは、この世界にもそこそこいるはずなんだけど。

僕が一人で不安になっていると、困惑気味のおばあさんがクスッと笑った。

「ごめんなさい、驚かせてしまったわよね。そのアイテムボックス……商人の方でも、今の量をその速さで収納できる人は滅多(めった)にいないのよ？　それに、貴方がまさかそこまでの魔法使いだとは思わなくて。つい、驚いちゃったわ」

「あ、ああ……なるほど」

良かった。特に問題はなかったらしい。

でも生活魔法を使っただけで、またこの反応だ。ジャックさんの時と同じ。僕の生活魔法は他の人が使うのとそこまで違うのだろうか。

「そうだわ！　側溝掃除までしてもらったんだから、追加報酬を出さないとね」

おばあさんがパチンと手を合わせる。

「え？　いやっ、そ、そんな……」

「いいのよいいのよ。ここまでしてもらったのだし」

「でも」

「ほら、お礼にうちでお茶と焼き菓子でも食べていって。そこで依頼書にサインを書くから」

うっ。そ、そう言われるとなぁ……。

結局、僕はお年寄り特有の優しさに根負けし、家にお邪魔することになった。ついでに焼き菓子をいただきながら、汚泥の処理方法を教えてもらう。処理できる場所は街の外れにあるそうだ。

検証の結果、アイテムボックス内で物同士が触れ合うことはないとわかっているが、当然汚泥をずっと収納しておくというわけにもいかない。なので、袋に詰めた焼き菓子をお土産に貰って、僕はその処理場に寄ってからギルドに帰ることにした。

依頼書には追加報酬の旨と、達成確認のサイン。

こうして初仕事は、思いのほかあっさりと終わったのだった。

レンティア様が与えてくださったもののお陰で、やり方によっては十分にこの世界でもやっていけるかもしれない。そう安堵と達成感を覚える。

まあ、とりあえず一つは不安が解消されたかな？


ギルドに戻ってきて、受付窓口。

「あら、トウヤ君。何かわからないことでもあったかしら」

「ああいえ、依頼完了の確認をお願いしたくて」

「えっ？」

カトラさんが声をかけてくれたので、依頼書を見せると彼女は呆気にとられた顔になった。

「さっき出て行ったばかりじゃないっ？　ドブさらいの依頼だったわよね」

「はい。ちょうど便利なスキルと魔法があったので、短時間で終わらせることができました」

「まぁ！　魔法だけじゃなくてスキル持ちだったの。たしかに達成確認のサインはバッチリ……って、追加報酬まであるじゃない⁉」

「依頼主さんが優しい方だったので。側溝の掃除をついでにしたら頂けました」

「こ、こんな短時間で……。それに、初めての仕事なのにスゴイわね……」

「あはは。ありがとうございます」

「じゃ、じゃあ……えーっと、はい。追加分を含んだ大銅貨五枚よ」

硬貨を受け取る。高空亭二泊分以上の稼ぎか。

宿泊費をグランさんが値引いてくれているとはいえ、悪くはないだろう。かなりパパッと終わった仕事だったのになぁ。

「そうだ。トウヤ君、ちょっとこっちに来てくれるかしら」

「え？　あっ……は、はい」

これで終わりかと思ったら、急に小声になったカトラさんに受付の左の方へと呼ばれた。

ついて行くと酒場との間に奥まった通路があり、そこにいくつものブースがあった。軽い打ち合わせをするような小分けされたスペースだ。机を挟んで椅子だけが置かれている。

「そこ、座ってもらえる？」

「……はぁ」

何が何だか。

僕が片側の席に座ると、カトラさんは周囲をキョロキョロと見渡してから向かいに座る。

そういえば、カトラさんって結構背が高かったんだな。今まで座っているところしか見たことがなかったから気付かなかった。

なんて思っていると、カトラさんはまたしても小声で話し出した。

「トウヤ君が持ってる便利なスキルって、もしかして『アイテムボックス』？　もしそうだったら相手によっては絶対に隠さないといけないわよ」

ん？　アイテムボックスのことを隠す？

鑑定スキルは秘匿すべきだ。何しろ使徒である僕しか持っていない。だけど……。

「アイテムボックス持ちはそこそこいるんじゃ？」

「まあそうね。でもね、その収納可能容量によっては知られると面倒なこともあるのよ」

「あ。よ、容量……ですか」

「その反応、やっぱりそういうこと？」

隠せと言われたばかりだ。どういう感じに答えようかと悩んでいると、カトラさんが頷いた。

「うん。その様子だったら安心できそうね。……あっ、私は言いふらしたりしないから大丈夫よ？ギルド職員として守秘義務があるから」

「ああ、そうなんですか。良かった。……でも、どうして僕がアイテムボックスを持っていると？それも容量まで」

今度はこっちも小声になって、ヒソヒソと尋ねる。

「ドブさらいの依頼を君みたいな子が一瞬で終わらせてきたんだもの。可能性として一番高い話よ。だから、もし本当に大容量のアイテムボックスを持っていたら早めに教えておかないと」

「早めに教えておかないと……どうなるんですか？　さっき仰っていた面倒なことって」

「小規模なアイテムボックスだったら便利なだけで済むのだけれど、大きければ大きいほど危険なのよねぇ……。あくどい商人なんかに目をつけられたら、最悪あの手この手で奴隷にされたり」

「ど、奴隷……ですか。それは何というか……こっ、怖い話ですね」

奴隷。色々と知識に乏しい現状、かなり恐ろしい話だ。

何があるかわからないし、少しでも早く自分で自分のことを守れるようにならないとな。

「あ、そういえば！　依頼主の方の前でアイテムボックスを使ってしまったんですが、大丈夫でしょうか……？」

「うん、たぶん問題ないわ。あのおばあさんとは昔からの知り合いだけど、とても信頼できる方よ。でも、驚いていたでしょう？　君のアイテムボックスを見て」

「ああ……そ、そうだったかもしれません」

だからあそこまで驚いてたのか。まさに驚愕、って感じの表情だったもんなぁ。これは深く反省しないといけない。今回はたまたま助かったから良かったけど、次はどうなるかわからないし。

「じゃあトウヤ君、今後は一度に収納する量なんかも考えて、上手くアイテムボックスを使っていくのよ？」

「はい、わかりました。教えていただけて本当に助かりました。ありがとうございます。それと、ご心配をおかけして申し訳ないです」

「ふふっ。もっと気楽に接してもいいのに、そんなに畏まらないでも」

「いえいえ、そんな」

仕事上、いわば仲介業者の方なのだからそうもいかない。僕が席を立つと、カトラさんは頬杖をついて口角をくいっと上げた。

「……まあ、それもそれで可愛いわね」

ぐっ。本来は絶対に僕の方が年上だろうに、大人の余裕とやらで負けそうになったので今日のところは一日散にギルドから引き上げることにする。

なので依頼を一つ終え、まだ昼前にもかかわらず暇になってしまった。な、何をしよう？

しかし、働きつつ時間に余裕があるって素晴らしいな。休日じゃないのにこの開放感だ。今後も依頼をこなしながら、このくらいのペースでのんびりやってもいいのかもしれない。

とりあえず昨日フストに入った門から奥の方向、街の中心部に足を運んでみようかとも思ったが、また今度にしよう。先に人が少なめのこの界隈（かいわい）で、買っておきたい物がある。

短剣を購入した店のある通りに移動する。

そして、手頃な価格の服屋に入ってシャツとズボンをいくつか買ってみた。今着ている物とほとんど同じシンプルなデザインだが、肌触りは劣っている。その上決して懐（ふところ）にノーダメージとはいかなかったけどしょうがない。

実は着替えがなくて困っていたのだ。

これで自分で井戸の水を使って服を洗い、すぐに生活魔法で乾かしたりする必要もなくなる。僕はまだ会っていないけれど、グランさん曰（いわ）く高空亭には雇っている女性従業員の方が担当している洗濯サービスがあるみたいだから、今度からはそれに出せばいいだろう。

なるべく人目につかない所で買った物をアイテムボックスに収納する。

この辺りの地域では朝と夜の一日二食が一般的らしい。だけど祠でも一日三食でやってきたからなぁ。僕には、まだ少し厳しい話だ。

だから近くにあった屋台に寄って、串焼きを買うことにした。

初仕事を終えた自分へのご褒美だ。それに慣れるまでは空腹に負けるのは当然……だろう、うん。仕方ない、仕方ない。

串に刺されているのが何の肉かはわからないけど、臭みもなくジューシーで悪くない。まぶされた香草がいい働きをしていて、かなり美味しかった。

他にこれといった用事もないし、一度宿に戻ろうかな。

高空亭に戻ると、グランさんが食堂の掃除をしていた。

テキパキと凄いなぁ。他にもかなり仕事があるだろうに。いつ見ても働いている気がする。見習いたいけど僕には絶対にできそうにない。

「お、坊主。思ったよりも早かったな。ギルドに行ってたんじゃねえのか？」

「初めてだったので試しに一つだけ依頼をこなして、今日はもう終わりにしました」

「つかあー、そしたら待たせた方が手っ取り早かったかもしれないな……」

フロントに来て鍵を渡してくれるグランさんが、自身の額に手を当てる。

「どうかされたんですか？」

「いや。ちょうどさっき、ジャックのやつが顔を見せててな。お前さんがいないって伝えると、また明日ってことになっちまったんだよ」

「ジャックさんが……」

わざわざ来てくれていたのか。昨日の今日だというのに。仕方がないとはいえ、申し訳ないことをしたな。

「つうわけで、明日の朝はあいつが来るまでうちにいてくれるか？」

「わかりました」

鍵を受け取る。要件は何なんだろう？

「あっ……そういえば」

部屋に戻ろうとして、グランさんに訊きたいことがあるのだったと思い出した。

「あの、グランさん。この辺りで短剣を振ったりできる場所ってないですか？」

「ん？　おおう、その腰に下げてるやつのことか。お前さん、その年で魔法だけじゃなくて剣術も心得てるのか」

「ああいえっ。これに関しては全くの素人でして」

「おっなんだ、そうなのか。……んじゃあ休憩時間だけにはなるが、俺が裏庭で見てやろうか？一応北にそこそこ行けば森林公園もあるが、遠いだろ」

「え。い、いいんですかっ？」

「ああ。魔法はダメダメだが、これでも武器の扱いに関しちゃあ人並み以上の自信があるんでな」

短剣の振り方に体の使い方。無知にもほどがあるくらいのレベルなので、一言二言アドバイスを貰えるだけでも有り難い。

「では、ぜひ初めのうちだけでもお願いします！」

グランさんはお忙しいだろうから、あまり時間を取らせないように気をつけよう。

「おし！　だったら早速、今から振ってみるか。少しだけだが時間に余裕もあるしな。坊主のセンスを見て最初の助言をやろう」

「今からですか⁉」

「おう。こっちだ、こっち。ついて来い！」

早速裏庭の方に向かって行っているけど、本当にいいのかな……。食堂の掃除中だったんじゃ？

まあ、本人が良いと言ってくれてるんだから問題ないか。

今日は少しだけアドバイスを貰って、今度グランさんが言っていた森林公園に行って反復練習でもしてみよう。距離が結構あるみたいだったけど、走ったらすぐに着くだろうし。もちろん街の中なのでスピードを調整してにはなるが。

僕も裏庭に出て、短剣を抜く。

暖かな日差しに気持ちいい風。昨日はなかった洗濯物が、裏庭の端の方で大量に干され風になびいていた。

「じゃあそうだな。とりあえず適当に……」

少し離れた場所に立つグランさんの言葉が、ピタリと止まる。誰(だれ)か来たようだ。

気になって僕もグランさんの視線の先を見ると、裏庭に少女が一人やって来たところだった。

「おやっさん、食堂の掃除まだ終わってないよー」

「後でするからいいんだよ！　にしても、今日はえらく早いじゃねえか」

「ふふんっ。商隊の人たちにまとめて売れてね。あっという間に完売だよ……ん？　その子……」

「昨日からうちに泊まってるトウヤだ。でトウヤ、こいつがうちで雇ってるアーズだ」

今の僕よりほんのちょっと年上に見える。赤みがかった髪の毛を後ろでまとめた、快活そうな少女だ。

グランさんに紹介され、互いに挨拶をする。

「よろしく、トウヤ。まだ小さいのに立派だね」

「よろしく。アーズちゃ……さん」

「アーズでいいよ。あたし、敬語で話されるの慣れてないから」

「わかった。じゃあよろしくね、アーズ」

この子が洗濯とかを担当しているっていう従業員さんなのか。日本の感覚で想像していたから、まさか子供だとは思ってなかったなぁ。

目線が同じくらいの高さとはいえ、つい「ちゃん付け」で接してしまいそうになった。こっちこそ、立派だな……と言葉を返したい気持ちでいっぱいだ。

アーズはグランさんに頼まれ、昼はいつも大きな馬車の停留所で弁当を売ってきているらしい。今はその仕事を終えてきたところだそうだ。

「停留所は遠いけど弁当を売るのは楽しいよ。いろんな人に会えるし、おやっさんの料理は美味しいからどんどん売れてね。……で、二人はここで何してるの？」

グランさんが事情を説明すると、何故(なぜ)かアーズまで僕が短剣を振るのを見学することになった。

なんか、緊張するなぁ。ただ剣を振ってみるだけなのに、二人に見られるだなんて。

「じゃあ、いきますね……？」

「おう！　ひとまず自由に動き回ってみてくれ。初めてなんだから気負わずにな」

「……はい」

腰を低くして唾を飲み込む。

…………。

僕は短剣を握った右手を上げ、左足を踏み出した。そして、なるべく力を入れて剣を振り下ろすと――


ビュンッ!!


「……はあ？」

「……えぇ？」

鋭い音が鳴り響いた。

自分でも想像以上の一振り。文字通り、目にもとまらぬ速さだった。

僕までびっくりして二人の方を見ると、グランさんとアーズは顔を見合わせていた。

「あの……どうでしたか？」

「そ、そうだな。とりあえずもうちょっと続けてみてくれ」

グランさんの指示に従い、さらに何度か振ってみる。最初の一振りが自分でも引いてしまうような速さだったので、本能的に少し手を抜いてやってみたが、それでも風を切る際の鋭い音は消えなかった。

「これはとんでもない逸材かもしれねえな……。今は怪力一辺倒、剣に振り回されてるような状態だが、ある程度技術を身につけたら面白くなりそうだ」

腕を組んだグランさんの瞳に、どこか少年のような輝きが浮かんでる。

「しかし重要なのは体の使い方、身のこなし方になるがな。まずは足腰を使って地面を踏ん張る。そしてその力を利用できるように意識してみろ」

「足腰を……。はい！　ありがとうございます！」

「おう。あとだがな、まだ間違っても自ら魔物に挑んだりはするなよ？」

「もちろんです。僕は自分の身を守りたいのであって、今はそんな勇気もありませんし」

「ならこれは男と男の約束だ。俺がいいと言うまでは可能な限り戦いを避け、逃げろ。アドバイスをする代わりの、絶対の約束だからな。破んじゃねえぞ？」

「わかりました。今後もお時間があるときに、よろしくお願いします」

グランさんは心配してくれているのだ。調子に乗った子供が危険を冒さないようにと。昨日出会ったばかりの関係なのに、本当に優しい人だな。

僕が深くお辞儀をしていると、横で自分も剣を振る真似をしていたアーズが溜息を吐いた。

「はぁ……あたしにはあんな速くできないよ。トウヤってスゴいんだね」

「い、いやぁ。まぁ、あはは……」

思わず顔を逸らしてしまう。別にこれは僕が凄いのではなく、レンティア様のおかげだからな。少し後ろめたい。

技術を身につけるところからが自分の努力だ。ちゃんと頑張らないと。

しょぼんとしているアーズの肩に、グランさんが手を置く。

「普通は体が大きくなってから練習して、速く振れるようになっていくんだ。だからそう落ち込むな、アーズ」

その後、二人は仕事に戻るとのことだったので、僕はもうしばらく貰ったアドバイスを意識しながら裏庭で剣を振ってみることにした。ビュンビュン、と裏庭に音が響く。

いやぁ……にしても驚いたな。まさか、自分がこんなにも速く剣を振れるだなんて。

まあ今までの身体能力から考えれば当然と言えば当然なのかもしれないけど。

手に持っているのが刃物だからなおさら怖い。

安全第一だ。今後も怪我にだけは気をつけよう。

試行錯誤を繰り返し、軽く汗を掻き始めたところで練習を切り上げる。僕は火照った体を冷やすため、今回は井戸の水をそのまま浴びてから部屋に戻ることにした。ひんやり、さっぱりだ。

そして、部屋で仮眠を取る。

………。

目を覚ますと、窓枠の少し出っ張った所に腰をかけて生活魔法の特訓をする。側溝の掃除をした時、やはり水を熱する技術が足りていないと感じたからだ。冷やす、凍らすも同様に。

勢いよく、そして細かく温度を変えられるようになりたい。

「『水よ』『炎よ』『氷よ』」

部屋を濡らしたり燃やしたりしないよう細心の注意を払いながら、微妙な調整を行う。これに関しては完全に感覚頼りだ。

目の前に浮かした水の玉に左手の炎を近づけて沸騰させたり、右手を近づけて氷にしたりする。効率よく最良の結果を実現させるため、方法や発想を変えながら何度も何度も繰り返す。試す、失敗、試す、失敗、時々前進。魔法については集中力が高い方なのか、まったく苦にはならない。

……………うん。今日はここらへんで終わりかな？

最終的に納得できる段階になったのは、窓の外の景色が薄暗くなった頃だった。

窓枠から降りて伸びをする。屈伸などのストレッチをすると、節々から音が鳴った。

「ふぅ」

もうお腹がペコペコだ。食堂に行こう。

部屋を出て一階に下りると、席は三分の一が埋まっているくらいの状態だった。端っこの方の席に座り、グランさんの料理に舌鼓を打っているとアーズの声が聞こえてきた。

「おやっさん、また明日ー！」

顔を向けると、アーズは仕事を終え、大きな鍋を持って帰宅するところのようだった。

◆

翌日。

朝食は昨日と同じホットドッグ。熱々のブラックコーヒーを啜る。

食事を終え僕が洗い物をするグランさんと話していると、チリン、と高空亭の扉が開かれた。

「やあ、トウヤ君」

「ジャックさん、おはようございます。昨日はすみませんでした。わざわざ足を運んでいただいたのに」

「いや、気にしないでくれ。訪問が突然すぎた私の落ち度さ」

ジャックさんはこちらに来ながら眉を上げる。その顔は初めて出会った一昨日よりも元気そうに見えた。

落ち着きもあって、疲れを感じさせない。逞しいな。僕が死に瀕しでもしたら、到底二日でこうはなれないだろう。

ジャックさんとグランさんが軽い挨拶を済ませる。

「それでご用件は……ん？」

タイミングを見計らい話を聞こうとしたところで、ジャックさんの後ろに人がいることに気付いた。僕と同じくらいの身長の女の子だ。銀髪ショートで、青い目をしている。

ちょうど隠れるような場所に立っていたから、今の今までまったく気付かなかったな。

覗き込むように僕が見ると、ジャックさんが自分の後ろに隠れるその少女の肩に手を置き、前に出した。

「娘のリリーだ。トウヤ君の話をすると、どうしても会いたいって言ってね」

娘さん……前に話していた十歳の子か。

なんかジーッと表情ひとつ変えずに、こっちを見ているけど。すんって感じの子だな。

「はじめまして、トウヤ。よろしく」

「あっ。よ、よろしく」

子供にしてはあまり高くない声。こうも真顔で見つめられると対応に困るが、普通に挨拶をしてくれたし、別に不機嫌なわけでも緊張しているわけでもなさそうだ。

これが素なんだろうけど、どうしたらいいんだろう？　助けを求めてジャックさんを見上げる。

………ああダメだ。この人、親バカだったみたい。挨拶できて偉いとばかりに、デレデレな顔で娘さんのことを見ている。

もう、こうなったら……。

「んんっ。それでジャックさん、今日はどのようなご用件で？」

咳払いをして、強引に話を進めるしかない。

ジャックさんはハッと夢から覚めたように、いつもの引き締まった表情に戻った。

「トウヤ君が必要な物を一緒に見に行こうと思ってね。そうしたらリリーが……」

「トウヤに街を案内しようと思って、わたしも来たの」

「なるほど……」

しまったな。昨日服も買っちゃったから、今必要な物は他に思いつかない。

冒険者ギルドで試しに一つ仕事をしてみたことに合わせ、そのことを伝えてみる。するとジャックさんは残念がったりはせず、むしろ感心してくれたみたいだ。

「凄い行動力だね。昨日の朝に会えてれば良かったんだけど……何もできないで申し訳ない」

「いえいえ、そんな」

今は所持金に余裕がないから、これ以上買い物をする予定はない。だけど、街を案内してもらうのは普通に良いかもしれないな。

毎日ギルドで仕事をする。そんな予定を昨日立てたばかりだが……まあ、今日くらいはいいか。

「街へはご一緒させていただいてもいいですか？」

「もちろん。じゃあ今日は街案内、観光を主に回ってみようか。リリーもそれでいいかい？」

「うん」

真顔で頷いたリリーは、小さな声で「良かった」と呟いた。一応、喜んでくれてるのかな？

だったらいいんだけど。

そうだ。この機会に、ついでにレンティア様への貢物に適した物がないか探してみよう。

宿を出て大きな広場にある市場にやってきた。この辺りはまだ来たことがなかったな。

見たことがない野菜が山積みにされている店。肉塊が紐に吊されている店。様々な露店が密集していて、狭い道がぐねぐねと続いている。客も多いが、ちょうどいいくらいの賑わいだ。

海外の市場に来たみたいでテンションが上がるな。海外どころか、ここ異世界だけど。

先頭を進むリリーの後ろを、僕とジャックさんが続く。

「このくらいの時間でも、結構人がいるんですね」

「フストでメインとなる東西二つの市場、その片方だからね」

僕が店を覗きながら話しかけると、ジャックさんがこの市場について教えてくれた。

「小さな規模のものは他にもいくつかあるんだけど、店数や人の出入りはこの二つがダントツさ」

「ジャックさんたちも普段からよく来られるんですか？」

「うーん。私たちは食材を買うというより、屋台も出ているからそこを楽しんだりが多いね。ほら、リリーが今日も」

前を指されたので見てみると、リリーがとある屋台の前で足を止め僕たちのことを待っていた。

風が吹き、野菜などの青っぽい匂いが流れていく。代わりにやってきたのは、記憶にある香りだった。

あれ、これ何の香りだっけ……あ。そうだそうだ。リリーに追いつくと同時に、思い出す。

「パパ、これ食べよ」

「うん。トウヤ君も食べるかい？」

それは昨日、服を買った帰りに食べた串焼きだった。

お店は違うけど、味付けも同じっぽい。香草がまぶされた肉が串に刺されている。

「あ、じゃあ……」

「いいよいいよ。今日は私たちが誘ったのだし、一日おもてなしをさせてくれ」

僕が硬貨を取り出そうとすると、ジャックさんがスマートに三人分の支払いを行ってくれた。

「はい、二人とも」

「ありがとうございます」

「ありがと」

自分の分の串を受け取り、齧り付く。……うん！　やっぱりこれ美味しいなぁ。リリーも嬉しそうに黙々と食べている。

そういえば気になっていたし、訊いてみようかな。

「これって何の肉なんですか？　豚に似てますけど、それにしては少し淡泊な気が……」

僕はジャックさんに尋ねたつもりだったけど、彼はちょうど自分の串焼きを口にしたところだった。代わりにゴクリと口の中の物を飲み込んだリリーが答えてくれる。

「森オークのお肉」

「え？」

…………。

「も、森オーク？」

「うん。森オーク」

「……オークって、あのオークのことだよね？」

「うん」

「いやっ、それって魔物じゃ」

衝撃を受け、思わずうげーっと顔を顰(しか)めそうになった。

だけどその一歩手前で味を思い出し、なんだかどうでも良くなった。まあ普通に美味しいし、これも食文化の違いってことになるのかな？　そのくらいの感じだ。

たしかに生きてるオークを見たら食べられなくなるかもしれないが、何気に僕は食に対して図太いのかもしれない。

リリーはすでにモグモグと幸せそうに次の一口にいっている。僕もそれを見習い、再びガブリと肉に齧り付いた。

「森オークはフスト南西の森に多く生息していてね。よく獲れるから、昔からこの地域の特産なんだ。だから街中に森オーク焼きの屋台があるのさ」

ジャックさんが情報を深掘りしてくれる。

なるほど……。こういう背景も知れると面白いものだ。

地球とは違うこの世界の人々も、歴史の中でそれぞれの文化を築いて生活してるんだもんな。

「いい特産品ですね」

「気に入ってくれて嬉しいよ。この地域出身の私たちにとってはソウルフードってやつだからね」

無闇(むやみ)に顔を顰めて、相手を傷つけたりしなくて良かった。

僕は内心ほっとしたけれど、そのことも含めてジャックさんには全てお見通しだったのかもしれない。微笑みが、いつもより茶目っ気のある子供みたいに見えた。

それからフストの中心部を目指しながら、広場や店が並ぶエリアをいくつか巡る。

最も大きい広場の中央には、テーマパークでしか見たことがないような巨大な噴水があり、また別の場所には剣を携えた男性の銅像が設置されていたりした。

途中、大きな馬車の停留所の近くを通ったので、もしかしてと思い覗いてみるとアーズの姿を発見することができた。

言っていた通り、次々と来るお客さん。馬車の移動に携帯する弁当を買うため、長蛇の列ができている。

アーズ、めちゃくちゃ忙しそうだな。まあ、それと同じくらい楽しそうにしてるけど。

迷惑になったら良くないので、僕たちは声をかけずに次の場所へ行くことにした。

フストの中央。一般的な住宅が見えなくなり、お店ばかりになった辺りでジャックさんから自分たちの商会に来てみないかと誘われた。

「トウヤ君にぜひ渡したい物があるんだが、どうだい？」

ここから近い場所に店を構えているらしい。

というわけで、僕はジャックさんたちの商会に行かせてもらうことにした。リリーの先導で、さらに中心街を進む。

この辺りは、イメージとしては百貨店の近くみたいな感じだな。もちろん建物一つ一つの大きさは地球基準で考えると見劣りするけど。

しばらく行くと、リリーが足を止めた。

「ここがうちの店」

お、着いたみたいだ。彼女が示す建物を見る。

「……え。こ、これ？」

「うん」

えーっと……どうしよう。

僕がその、近辺で最も大きい店を見上げ呆然(ぼうぜん)としていると、ジャックさんが紹介してくれた。

「ようこそ。我がフィンダー商会へ」

う、嘘でしょ？　ここまでまったく思いもしなかったけど……この人、めちゃくちゃ大商人だったんだ……。

衝撃の事実に困惑する。街の商店を営んでいるのかと思ったら、実は大手スーパーの社長でした、みたいな感じだ。商会は冒険者ギルドなんかより断然デカい。

ジャックさんとリリーが軽い足取りで中に入っていくので、慌てて後を追う。

うわぁ。店内は広く、様々な商品が置かれていた。お客さんの数も多い。

僕が感嘆していると、ジャックさんが自分に気付いた店員に挨拶をしてから店内の説明をしてくれた。

「一階と二階が店で、三階が事務所になっていてね。ここは本店だから取り扱ってる品数も多くて、一階では比較的安価な物を、二階では高級品なんかを販売しているんだ」

「ほ、本店ということは……他にもお店を？」

「フスト以外の四つの街に、それぞれ一つずつね」

全部で五店舗っ？

前から立派な人だとは思っていたけど、まさかここまでだったとは。ジャックさん、あなた一体どれだけ凄い人なんですか……。前世の僕はただのサラリーマンだったのに、同世代でこれって。

階段を使い、高級品フロアの二階を素通りして事務所に行く。

廊下を歩いていると、先に曲がり角に差し当たったリリーの方から突然知らない声が聞こえてきた。

「おっ、リリー久しぶりだな！　ジャックがいないんだが知らないか？」

「パパならそこ」

リリーがそう言ってこちらを向くと、角からひょこっと男性の顔が覗いた。

「おお、いたいた。ありがとな、リリー」

坊主頭の男性がこっちに駆け寄ってくる。それを見て、ジャックさんがハァと肩を落とした。

「エヴァンス……。今日は仕事をしないって言っておいただろ？」

「しょうがないだろ。どうしてもお前に確認しておきたいことがあって探してたんだよ。あー……

ジャックの恩人の……トウヤ！　すまないが、ちょっとの間こいつ借りるな？」

「トウヤ君、すまないね。リリーと一緒に先に行っておいてくれるかい」

「あっ、はい」

このエヴァンスさんも僕とジャックさんの関係を知っているみたいだ。近しい人なのかな？

どうやら仕事の話らしいので、素直に頷いてリリーの方へ行く。

「こっち」

彼女に連れられて到着したのは、廊下の突き当たりにある部屋だった。

いかにも偉い人の部屋って感じの場所だ。リリーに促され高級そうな革張りのソファーに座る。

な、なんか緊張するなぁ。広いけどよく手入れされていて、どこか重厚感みたいなものがあるような……。

「エヴァンスはパパとママの幼馴染みで、パパと二人でこの商会を作った副代表なの」

「え？」

僕がそわそわしていると、向かいに座るリリーが突然エヴァンスさんのことを話し始めた。

「知りたそうにしてたから」

「あっ、ありがとう」

途中ちらっと振り返って、エヴァンスさんを見ていたことに気付いていてくれていたのか。

って、副代表ってことはあの人も偉い人だったんだな。

それにこの商会、二人が作ったの？　一代にしてこれって……す、凄すぎる。ジャックさんもエヴァンスさんも、良い意味で自然体で接しやすい人に見えるけど、かなりの大物だったらしい。もう上手く驚けもしない。まさしく茫然自失だ。

「いやーごめんね、邪魔が入って」

しばらくして部屋に入ってきたジャックさんは、自らホットティーを持ってきてくれた。

こんな凄い人に申し訳なくなる。けど、変に態度を改めるのも失礼な気がするしなぁ。なるべく今までと同じように、僕は僕なりのジャックさんへの接し方を心がけよう。

「で、君に渡したい物なんだけど……これを受け取ってくれないかい？　私からの感謝の気持ちとして」

カップを手に取り紅茶の美味しさに感動していると、ジャックさんが小さな木箱を机に置いた。

「なんですか、これ？」

「大金貨五枚だ」

「だ、大金貨っ⁉」

ソファーに座っているのに、腰を抜かしそうになる。

ジャックさんが開いた木箱の中には、たしかにふかふかの赤い布の上に、黄金に輝く大きめの硬貨が五枚置かれていた。

フストがある……なんだっけ？　今パッと名前を思い出せないこの国では、

鉄　↓　銅　↓　銀　↓　金　↓　白金

の順でたしか硬貨の価値が上がっていく。それぞれ鉄貨と大鉄貨のように同じ金属の中に二種類あるので、全部で計十種の硬貨があるわけだ。

僕がここまでの生活で使ったのは大銅貨まで。ギルド登録の際に必要だった銀貨はジャックさんが支払ってくれた。

それが今、目の前にあるのは大金貨だ。

今日街を回って、ようやく大体の貨幣価値がわかってきた。

鉄貨　一枚　↓　一円
大鉄貨一枚　↓　十円
銅貨　一枚　↓　百円
大銅貨一枚　↓　千円
銀貨　一枚　↓　一万円

感覚的にはこのくらいの感じだったので、その後も十進法で上がっていくとなると……。

大銀貨一枚　↓　十万円
金貨　一枚　↓　百万円

大金貨一枚　↓一千万円
白金貨一枚　↓　一億円
大白金貨一枚↓　十億円

って、大金貨一枚で一千万円っ⁉　もしこの予想が当たっていたとしたら、目の前にあるのは五千万円相当の硬貨だ。正直なところ、貰えたら嬉しい。旅にはお金が必要だし。

だけどこれは……。

「さ、さすがに受け取れませんよっ」

がめつく生きられたらいいけど、運良く助けただけでここまで貰うわけにはいかない。別にカッコつけたいのではなく、普通に怖いのだ。

冒険者としての生活に慣れたり、なるべく準備が整うまでは堅実にフストにいようと思っている。すぐに出発しない以上は、ここであまり借りを作りすぎてもなぁ。それにこの大金は、そもそも今の僕には身に余る金額だ。何かをきっかけに、誰かから狙(ねら)われたりはしたくない。

なかなか引き下がってくれないジャックさんも、何度も断ると諦(あきら)めてくれたようだ。

「じゃあそうだな……あっ、ちょっと失礼するよ」

何を思いついたのか、そう言って立ち上がると部屋を出て行く。

そして戻ってきたジャックさんの手には、また別の箱があった。鍵穴のある小さな宝箱みたいだ。

「トウヤ君、これなんかどうだい？」

その箱を開けて中を見せてくれる。

中には、不思議な指輪が一つ入っていた。

装飾などはない、シンプルなデザインの銀の指輪。魔法か何かかな？　全体が淡く光っている。

「これは……？」

「『幸運の指輪』さ。いくつかのダンジョンで極稀（まれ）に産出される物なんだけど、先日ちょうど入手することができてね。君さえよければ金貨の代わりにこれを受け取ってほしい」

ダンジョンか。たしか祠で読んだ本の中に、定番の世界観同様にこの世界にもあるって書いてあったな。じゃあ……この指輪は、いわゆるレアドロップアイテムみたいな物か。

咳（せき）するフリをして、口元を手で隠しこっそり鑑定してみる。

【 幸運の指輪 】
装着時、幸運を呼び寄せる効果を持った指輪。明確な効果については不明。装着すると他の人から指輪は見えなくなる。

なるほど。一応効果があるにはあるけど、実際どれくらいあるのかはわからない。そんなラッキーアイテムみたいな感じなのか。

「パパ、本当にいいの？」

僕が指輪を観察していると、リリーが気がかりそうにジャックさんの顔を見た。

「せっかく仕入れたのに」

「いいんだよ。それにお金を渡すより、トウヤ君の幸せを願うという意味でも良いじゃないか」

「……」

リリーは僕を一瞥(いちべつ)すると、ジャックさんに向き直る。そして、小さく頷いた。

「……わかった。じゃあトウヤ、はい」

机の上の箱をちょんっと押して、僕の方に寄せてくる。

希少な物らしいからな。さすがに大金貨五枚よりは価値が低いだろうが、それでも凄い贈り物であることに違いはないのだろう。

本当に受け取っても良いのか、悩む。

でも、代替案としてせっかく持ってきてくれたんだし……うん。ここはしっかりと感謝をして、有り難くいただくとしよう。

「ありがとうございます。絶対に大切にします」

箱から指輪を取り、左手の人差し指に嵌めてみる。

初めは微妙にサイズが合わないかと思ったが、案外ピッタリだ。

というより……今、大きさが変わった？　自動でジャストサイズになったような。これも魔法とかなのかな。

また同時に、指輪の光が少し強くなり半透明になった。これで他の人からは見えなくなったのだろうか。

特に運が良くなった実感はないけれど、ファンタジー感が満載のアイテムはやっぱり興奮する。

それが顔に出てしまっていたのか、ジャックさんに笑われてしまった。

「喜んでもらえたようで良かったよ」

それから一休憩を終え、商会内を見学させてもらってから僕たちはフスト観光を再開することになった。

もちろん一日でフスト全体を回ることはできない。なので東部を中心にだ。

………。

夕方頃まであちこちを案内してもらい、楽しい時間は過ぎていった。まあ、それと同じくらい疲れもしたけど、かなり充実した一日だったな。

今日はこれでお開きとなる。ジャックさんたちは僕が道に迷わないようにと、冒険者ギルドの辺りまで同行してくれた。

「じゃあトウヤ君、またね」

「はい。今日は本当にありがとうございました。リリーもまた」

「うん、バイバイ」

二人に挨拶をして、別れる。

今日一日でリリーの独特な雰囲気にも慣れられたし、彼女自身もちょっとは僕に気を許してくれたような気がする。

それに何より、この幸運の指輪だ。今後、きっといいお守りになってくれるだろう。

のんびりと観光を楽しんだので、明日からはまたギルドで依頼をこなして短剣の練習だ。街でレンティア様への貢物に良さげな食べ物も見つけたし、お金もちゃんと稼いでいかないと。

今晩はしっかり寝て、明日に備えよう。

◆

次の日。少し早めにギルドに行き掲示板で依頼を探していると、二日ぶりのカトラさんが近寄って来た。

「トウヤ君、おはよ」

「あっ、おはようございます」

「昨日はジャックさんとリリーちゃんと街を回ってたそうね」

「あれ。な、なんで知ってるんですか？」

「ふふっ、どうしてかしら？　それよりも。はい、これ」

どこかで僕たちのことを見かけたのかな？　それとも誰かから聞いたのか。

疑問に思ったが、差し出された羊皮紙を見てそんなことはどうでも良くなった。

何故なら——

「し、指名依頼⁉　僕にですかっ？」

僕を名指しで依頼が出されたらしい。謎(なぞ)だ。特に思い当たる節もないのに。

うーん……だったら、も、もしかして。これって、いきなり幸運の指輪による効果だったりするのかな？

第三章

人のためになる仕事

今は依頼を受けに来ている冒険者が多い。だから受付ではなく、前回アイテムボックスについて助言を貰ったスペースでカトラさんから説明を受けることになった。

席を外すカトラさんの代わりに他の職員の方が受付に入る。

何人かの冒険者から興味ありげな視線を注がれたが、僕が子供だからか突っかかってくるようなことはなかった。これがもう少し外見年齢が上だったら、絡まれたりしたのかな？

『俺たちのカトラさんに……！　あんま調子に乗ってんじゃねえぞ⁉』とテンプレみたいに。

冒険者はガタイがいい人が多くて怖いからなぁ。今後も引き続き、何事もありませんように。

ブースの席につき、改めて依頼内容を確認する。

「孤児院の地下室。その清掃、ですか……」

「ええ。長いこと物置だったらしいのだけど、前の豪雨で地下室と水路の間の壁が崩壊したらしくて。一気に泥水が流れ込んできたそうなのよ」

「それは何と言うか……困りましたね。前回の依頼主さんも被害に遭っていましたが、その豪雨ってそんなに酷かったんですか？」

「それはもう酷いなんてものじゃなかったわ。街中水浸しで大変よ。お年寄りたちは五十年くらい

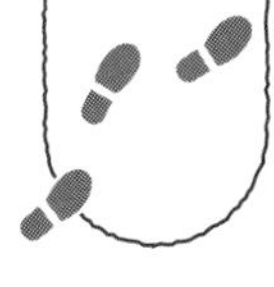

前にも同じような雨があったって言ってたけど、私が生きている内はもう勘弁してほしいわね」

そ、そこまで激しい雨だったんだ。

災害級ってやつだな。僕が来てからのフストは天気がいいイメージがあったから、なかなか想像できないけど。

「で、トウヤ君。この依頼、受けてくれるかしら？　実はこの依頼ね、さっき話に出た前回の依頼主さんからの紹介なのよ」

「あのおばあさんのですか？」

「うん。あの方、孤児院でのボランティアに参加しているから。元々は自分たちで何とかするつもりだったそうよ。でも、やっぱりかなり難しかったようでね。何しろボランティアもご高齢の方ばかりだから。そこで、君にお願いしたらどうかってご提案してくださったそうで。もちろん、アイテムボックスのことは伏せた上でね」

なるほど、ようやく合点がいった。

それで孤児院の地下室を清掃するという指名依頼が、僕に飛び込んできたのか。

「孤児院にお金の余裕はないから、複数人が対象の依頼は出せない。その上、報酬は一人で全(すべ)ての作業をするにしては少ないわ。それでもトウヤ君のスキルがあれば悪くはないはずよ。少しは慈善活動としての意味合いも加味してだけどね」

「そう……ですね。報酬はえっと、銀貨三枚ですか。最悪一日で終えられなくても、単独だったら十分な収入にはなりますね……」

アイテムボックスを活用すれば作業ペースは格段に上がる。

三人の冒険者が三日かけてやったとして、銀貨三枚では満足な報酬とはいかないだろう。けれど、僕なら一人でできる。それも多分一～二日以内で。

だったら僕には実にうってつけの、これ以上ない実入りのいい依頼だ。

「わかりました。この依頼、受けさせていただきます」

「そう！　良かったわ。じゃあ先方にその旨を伝えておくわね。実際の依頼は明日からになると思うから、明日の午前中に一度ギルドに顔を出してくれるかしら」

「はい。了解です」

指名依頼、頑張らないとなぁ。しっかり達成すれば懐が暖まる。

……と、その前に。今日は今日の分を稼がないといけない。せっかく短剣も買ったことだし、常設依頼の薬草採取をしてみよう。

カトラさんに相談すると、僕が一人で行っても安全な採取場所を教えてくれた。早速ギルドを出て、そこを目指すことにする。

近くの停留所から乗り合いの馬車に乗り、三十分ほどかけてフストの南門へ。門番の人にギルド証を見せると予想以上にすんなりと街の外に出ることができた。

フストの南側に目を向けると、大きな森が西の方に見える。あそこか。ジャックさんが昨日、森オークがたくさんいるって言ってた森は。

森の入り口までは幅の広い道が続いていて、そこを冒険者たちが行き来している。

しかし僕の今日の目的地は、そっちではない。その途中で分かれた細い道の先。森近辺に広がる草原だ。

他に通行人がいない道をのんびりと歩き、目的地に到着するや否や僕は鑑定を連発した。

鑑定、鑑定、鑑定、鑑定、鑑定……。

「おっ」

あったあった。見た目はヨモギみたいだけど、間違いなくお目当てのナツルメ草（そう）と呼ばれている薬草だ。腰から短剣を抜き、根元から丁寧に切り取る。

よし、これでまずは一つっと……。

アイテムボックスに収納し、また鑑定。雑草が多いが、案外ナツルメ草もいっぱいある。

時々森の方から、布で覆（おお）った巨大な何かを街に持って帰る冒険者の姿があったが、それはなるべく視界に入れないようにして採取を続ける。僕なりの、森オーク焼きを食べられなくならないようにするための対策だ。

「……ん？」

途中、伸びをしながら南に広がる草原を眺めていると、ふと気になるものが視界に入った。視力二・〇以上の今でも、ギリギリ見えるくらい先に行った場所で何かが動いている。

目を凝らしていると、白色のモフモフが草むらの中にいるのが見えた。

「なんだろう、あれ……動物？　いや、魔物？」

幸い、遠すぎてこちらに気付いている様子はない。近づかれたら怖いし、なるべく早くここを離れておこう。グランさんとの約束もある。

というわけでナツルメ草三十本を手際良く摘むと、僕はギルドに帰ることにした。

他の薬草もあったけど、まあ今日はいいだろう。どの薬草がどのくらいの値段で売れるのか、依頼について知識をもっと頭に入れてからにしよう。

いやーにしてもアイテムボックスも凄いが、鑑定も鑑定で便利すぎる。おかげでかなり採取が捗ったな。


ギルドに入ると、すっかり冒険者の数は少なくなっていた。

やっぱりこのくらいの方がいいな。気を張らなくて済む。

窓口へ行きナツルメ草を提出すると、カトラさんが目を点にしてこっちを見てきた。

「えっ。これって全部、今日採ってきたのよね？」

「あ、はい。あの、なにか不備でも……」

「ああいや、思ってたよりも量が多かったから驚いちゃって。今朝行ったばかりなのにこんなに採取してくるだなんて、トウヤ君ってやっぱりスゴいわね」

なんだ、そういうことか。アイテムボックスとは違い、鑑定スキルのことは誰にも言えないから仕方ないけど、一瞬失敗でもしたのかと思ったな。

「たまたまですよ。運が良かっただけで」

「運が良かった……ふぅん、なるほどね。まあ、じゃあはい。ナツルメ草三十本で大銅貨六枚。間違いがないか、ご確認ください」

カトラさんはなんとか、運の一言で納得してくれたみたいだ。

マニュアル通りの文言なのか、確認を促されてから硬貨を受け取る。

「冒険者になってまだ四日とは思えないくらい、かなりの順調っぷりね」

「そうなんですか？」

「ええ、立派にもほどがあるくらいよ。その年で冒険者になって、ここまでできるだなんて」

まあ十歳にしては、って感じなのかな？　最後に「今後も応援してるわよ、期待の新人さん」と声をかけられ僕はギルドを後にした。

ナツルメ草三十本で大銅貨六枚。

銅貨十枚＝大銅貨一枚だから、ナツルメ草一本で銅貨二枚の稼ぎになるようだ。

たしかに、そう考えるとさっきのカトラさんの反応も理解できるな。誰にでもできる薬草採取で、力仕事である前回のドブさらいよりも実入りが良かったんだから。もしかすると、鑑定がなければもっと時間のかかる仕事だったのかもしれない。

高空(たかぞら)亭に戻り、グランさんに裏庭を使う許可を貰ってから短剣を振る。

今日はアドバイスを貰えなさそうだ。宿の清掃をアーズに任せて、グランさんは食材を仕入れに行くとのことだった。

まあ大体、まだ次のアドバイスを貰うタイミングではないか。今は腕だけじゃなく、全身を使って剣を振れるようにならなければならない段階だ。滑らかな線を描けるよう、感覚を摑めるように繰り返し練習する。

息切れはしないし、素早く動けるのでこれはこれで楽しい。しかし、どうしても魔法の特訓ほど夢中にはなれないなぁ。

…………。

「はぁ……はぁ……」

滝のように流れる汗。足下の土が点々と滲んでいる。

ふぅ。今日はここまでだ。地面に座り込み、水の生活魔法で水分補給をする。

気持ちいい風に日差し、近所の生活音。なんか、子供の頃の夏休みを思い出す。時間の流れが遅いような、ぼーっとできる感じがするな。

何気なく目を閉じると、危うく寝そうになった。

はっ、危ない危ない。

とりあえず目を覚ますためにも水浴びをして、アイテムボックス内の服と着替えよう。

ザッバァー。うっ、冷た気持ちいい。

井戸から汲んだ水は冷えてるけど、やっぱり運動後はそのまま浴びた方が気持ちいい。最高だ。

風の生活魔法で全身を乾かし、着替える。

宿の中に入ると、食堂でアーズが座っていた。

「お疲れ、トウヤ。今日もチャチャっと仕事をこなして、あとはのんびり？」

「うん、朝から薬草採取をやってたね。アーズは休憩中？」

「そーそー。弁当も売ってきて掃除も終わったからね。おやっさんが帰ってくるまでは店番をしながら休憩かな」

勤勉だな。まだ十二、三歳くらいだろうに。

アーズは疲れているのか、それともさっきの僕みたいにのんびりした時間にウトウトしているのか、テーブルに伏して瞼を落とした。

鍵を貰おうと思ったんだけど……後にするか。昨日の生活魔法の練習の続きは、また今度で。

アーズの向かいの席に座る。しばらく無言が続き、不意にアーズが喋りかけてきた。

「冒険者って、昼には仕事が終わる人も結構多いの？」

「うーん、どうなんだろ？　僕が特別早めに切り上げられてる方なんだとは思うけど……」

「あ、そういえばそうだね。他の冒険者のお客さんたちは夜にならないと帰ってこないし」

冒険者に興味でもあるのだろうか。短剣も振りたがってたし、将来的になりたいとか。

「ああでも、明日はついに僕も午前中に仕事を片付けられないかもしれないなぁ」

「……ん、何かあんの？」

「いや、孤児院の地下室を――」

「ええっ⁉　あれってトウヤなの⁉」

目を閉じてたアーズが、いきなりカッと目を見開いて立ち上がった。

び、びっくりした……。

「『あれ』って?」

「その孤児院！　あたしが住んでるところ！」

「え。そ、そうなのっ?」

「うん！」

凄い偶然だな。僕はアーズが孤児院に住んでることすら知らなかったのに。

「冒険者が来るって聞いてたけど、まさかトウヤだったなんてね。あたし明日は仕事も休みだから孤児院にいるし！　じゃあ待ってるね、トウヤが来るの」

「あ……りょ、了解」

驚きの展開によほどテンションが上がったのか、それからアーズとの会話はグランさんが帰ってくるまで続いた。


幼い頃に両親を失い、アーズは孤児院に引き取られたそうだ。

今では年長者の一人で、資金繰りに苦しむ院のために働き口を探していたとき、グランさんに雇われて高空亭の従業員になったらしい。

……ほんと、頑張ってるんだな。いつも明るい子だから微塵(みじん)も苦労を感じさせない。

以前、彼女が仕事を終えて帰る際、大きな鍋を持って宿を出て行くところを見かけたが、あれはグランさんが残り物と称して持たせてくれた料理を、孤児院の子供たちのために持って帰っているところだったらしい。

アーズは「絶対に残り物の量じゃないのにね」と泣きそうになりながら笑っていた。

グランさんもアーズも、誰かのために何かをできるって素晴らしいな。人情があるというか何というか。

僕も、今はまだ自分のことで精一杯だけど、冒険者業を通して少しでも人の助けになれるようになりたいな。

その第一歩として今回の指名依頼、気合いを入れて頑張るぞ。

あまり早く孤児院に行っては迷惑になるだろう。だから翌日、僕はのんびりと朝食を済ませてからギルドに向かうことにした。

◆

カトラさんから改めて説明を受け、場所を教えてもらった孤児院へ行く。

フストを囲む市壁。そのすぐ近く、壁沿いの地域に孤児院はあった。

敷地はそこそこ広く、子供たちが駆け回れるような庭があるのが見える。しかし、朝方は日が入らず底冷えしている印象を受けた。

昼に太陽が昇りきったら、この辺りにも日が差し込むのだろうか。

……ん？

「あれ、アーズ」

「あ、来た来た。おはよ」

門の前に行くと、アーズが立っていた。

「おはよう。もしかして僕が来るの待ってくれてたの？」

「うん。まあ、ほんのちょっと前からだけどね。アンナちゃん――あ、去年から院長になった、前の院長の娘さんのところに案内しようかなって思って」

「ありがとう。じゃあ頼めるかな？」

「了解っ！　それじゃ、付いてきて」

敬礼したアーズの後ろに続き、敷地内に入る。

朝から元気だな。ルンルン気分で、アーズは半ばスキップをしながら進んでいく。

二階建ての横に長い大きな建物。壁にツタが纏わり付くように伸びているそこに入ると、先ほどから聞こえていた子供たちの声が一段と大きくなった。

途中、元気に廊下を走る男の子二人とすれ違った。小学一年生くらいの年の子かな？

「こらっ、走らない！」

アーズに注意された二人は僕のことをチラチラと気にしながらも、はしゃぎながら早歩きで去って行く。

「はぁ……あの子たち……」

「た、大変そうだね」

「いつものことだから。アンナちゃんも今、多分チビたちに手を焼いてるはず……ほら、やっぱり」

アーズが示した部屋からは、何やら言い争うような声が漏れ聞こえていた。

両開きの大きな扉の奥を覗くと、ずらりと長机が並んだ一角で子供たちが喧嘩をしていた。ここは……食堂かな？　子供たちの間で、あわあわしている女性がいる。

修道服のような格好に身を包んだ、二十代前半くらいの若い金髪の女性だ。

垂れ目がちで、女性的なラインが目立ちスタイルが良く、柔らかい印象を受ける。

「トウヤはここで待ってて。アンナちゃん呼んでくるから。ここはあたしが……」

腕捲りをしたアーズが騒ぎの中に突入していく。つ、強いな。

アーズが肩を叩き何かを言うと、院長だというアンナさんはほっとした表情になりこちらを見た。

二人はいくつか言葉を交わしてから、アーズが喧嘩の仲裁に入り、アンナさんが僕の方へ小走りで駆け寄ってくる。

「す、すみませんっ、騒がしくて。冒険者のトウヤさんですよね？」

「はい。依頼を受け、伺いました。本日はよろしくお願いします」

「こ、こちらこそお願いします！　私はアンナと申します。えーっと……で、では、こちらへっ」

どこか緊張気味な彼女に案内され、早速僕は件の地下室へ向かうことになった。

建物から一度外に出る。アンナさんに続き裏手に回ると、錆びた鉄扉が目に入った。

「うっ」

なんだこの悪臭……酷い臭いだな。あの扉の先から出てきているんだろうか？

僕が流れてきた不快な臭いに眉を顰めていると、手で鼻を覆ったアンナさんが俯いた。

「豪雨で街のゴミが水路に入っていて、それがうちの地下室に流れてきてしまったようなんです。その上さらに、運悪く置いていた物が壁に空いた穴をせき止めてしまって……その、み、水が残ってしまって」

「なるほど。それでこの臭いが」

「はい……」

アンナさんが扉を開けようとして、ピタリと止まる。僅かな逡巡の後、思い切った様子で彼女が扉を引くと、むわっとさらに濃い悪臭が流れ出てきた。

「うぷっ」
ヤ、ヤバい。本当に吐きそうだ。
胃から込み上げてくる物を必死に押さえ込む。隣を見ると、アンナさんも真っ青な顔をしていた。しかし後ずさりそうになった僕とは違い、アンナさんは扉を入ってすぐの場所にあったランタンを手に取ると、炎の生活魔法で灯りをつけ薄暗い階段を下りていく。

別にこんなとこで勇気を見せないでも……。もう、こうなったら僕も行くしかない。

後ろに続いていくと、数段下にある曲がり角でアンナさんの足が止まった。

「……？」

気になって先を見る。

すると地下室はプールみたいな状況になっていた。プカプカと、木箱なんかが浮かんでいる。

「あ、あのっ。この状態では、やはり銀貨三枚だと厳しいでしょうかっ？」

緊張気味だったのはこういうことだったのか。たしかに話は聞いていたけど、実際に目にすると想像以上に手強そうな状態だもんな……。

僕が突然、「やっぱ無理」と言い出さないか心配していたのだろう。

そうしたらアンナさんたちは、完全に手詰まりになってしまう。他を当たれるような十分なお金もないみたいだし。

まあだから……。

「大丈夫ですよ。何とかしてみせます」

「っ！　トウヤさん、ありがとうございます！　私にできることなら何でも……」

「いっ、いえ、お構いなく。あと、とりあえず一度外に出ましょうか」

本音を言えば、あまりここに長々とはいたくない。相変わらず真っ青な顔で、目だけを輝かせるアンナさんを連れ、ひとまず地上に戻る。

ああ、新鮮な空気だ。最初はここも臭く感じたのに、それが今はまったく気にならない。

むしろ地下室に充満した空気がたっぷり染みこんだ、この服の方が気になるくらいだ。

鉄扉を閉め、アンナさんを見る。

「では一つだけ。この辺りに誰も近づかないよう、お願いできますか？　水を抜いた後、地下の物をどんどん運び出す時に危険だと思うので」

「わかりましたっ！　子供たちが近寄らないように気を配っておきますね」

うん、これでよし。アイテムボックスの使用状況によっては、あまり人に見せてはならないからな。今日の分の作業が終わったら声をかけると伝え、仕事に入ることにする。

最後にアンナさんは深くお辞儀をしてくれた。

「それでは改めて、よろしくお願いします。うちの子たちもトウヤさんくらいしっかりしてくれれば良いんですが」

「あ、あはは……」

食堂で喧嘩していた子供たちが気になるのか、それとも単にこの臭いから逃れたかったのか、アンナさんは小走りで去っていった。

その背中を最後まで見送り、貸してもらったランタンを持って再び鉄扉に手をかける。

そうだ。予備の服でも、口元に巻いておこうかな？　そうしたら少しくらいは臭いが抑えられる……いや、やめておこう。他の服にも臭いが染みつくのは避けたい。

なるべく早く水を抜いて、空気を入れ換えればいい話か。

決意を固め、扉を開けて階段を下り、曲がり角へ行く。

本来はまず、壁に空いた穴を塞(ふさ)ぎ水をせき止めている物をなんとかするのが正攻法なんだろう。

だけど、それを壊すにしても動かすにしても大変すぎる。

だから僕は、いっそのこと地下室の水ごとアイテムボックスに収納してみることにした。

部屋の広さは三×五メートルくらい。水深は多分一メートルと少し。

容量に問題はないはずだ。水に手をかざし、アイテムボックスと念じる。

すると、一瞬で水が消えた。

……よし、成功だ！

残された木箱が地面に落ち、その他に流れ込んできたであろう汚いゴミなんかが散乱している。

元から置かれていたと思われる荷物もグチャグチャだ。

この部屋を綺麗(きれい)にするという本題の前に、大変そうだからまずはアイテムボックス内の水を処理してしまおうかな。

えーっと、方法は……。派手に穴が空いた壁の向こうだ。水路に流せばいいだろう。

水がなくなったので階段を下りて地下室に入る。

うわっ、なんか地面がヌメヌメしてるなぁ……。

転ばないように注意して、まずは穴の前にある汚い山の一部をアイテムボックスに収納する。大きな棚や生ゴミが混ざった山だ。これのせいで水が溜(た)まってしまっていたみたいだ。

ひとまず自分が通れる幅さえあればいいから……棚を収納っと。

大きく足を上げ、壁の穴に入る。かなり大きく空いたもんだな、少し屈(かが)むだけで通れそうだ。

地下室と一メートルほど間があって、水路に出た。真っ暗な空間が左右に伸びている。

この様子だと今は小川くらいの水量だけど、豪雨の時はこの空間が埋まるくらいの大量の水が流れたのだろう。それで何かの弾みで、壁に穴が空き孤児院の地下室と繋(つな)がってしまった……と。

よし、じゃあ始めるか。僕は下流に向かって、放水を開始する。

少しずつにしないと危険だけど、調整なんてしたことがない。なのでできることといえば、ミスをしないようになるべく気を張るくらいだ。

ジャバジャバジャバジャバ……ん？

しばらく放水を続けていると、暗闇（くらやみ）の中で何かが動いたような気がした。

水を止め、顔を向ける。ジーッと目を凝らし……うーん、やっぱりだ。暗闇の中で何かが動いている。ランタンの灯りを僅かに反射して、ぷるぷると。

何だろう、あれ？

ランタンを掲げ、腕を伸ばす。灯りが近づくと、その物体が半透明だということが見て取れた。

ゼリーみたいだなぁ。……あっ、もしかして魔物がいる世界ってことは、あの定番の？

一つの考えに至り、その半透明の物体に向けて鑑定を使ってみる。

……やっぱり！

視界に現れるウィンドウ。そこには、予想通りの名前が表示されていた。

【スライム】

水辺に生息する魔物。危険性は低く、汚れやゴミを食べる。

基本情報と同時にステータスも確認してみたが、一言で言うとかなり弱かった。

定番中の定番の魔物だけど、この感じだと僕が知っているあのスライムのままだな。危険性はないみたいだし、まあ放っておいてもいいか。

むしろあとで地下室にあるゴミを食べてもらうのもアリかもしれない。さて、じゃあ放水再開だ。

そう考えて僕が視線を戻そうとすると、突然もう一つウィンドウが開いた。


【スライム】


「……あれ？」

まったく同じ内容。スライムのものだった。

いきなり鑑定スキルが壊れた？　とも思ったが、よくよく見てみると、さっきのスライムの近くにゼリー状の物体がもう一つある。

なんだ、他にもいたのか。じゃあ少し遅れて、このスライムにも鑑定が反応しちゃったのかな。

と言っても、二匹いたところで放水を優先することに変わりはないけど――


【スライム】

えっ。

視界いっぱいに次々とウィンドウが現れてくる。その全てがスライムについてのものだ。

う、嘘……本当にこの数のスライムが、ここに？

壁や天井にも張り付いているみたいだけど、暗くて目視することはできない。いくらステータス上は弱いとはいえ、見えないのにこんなにいると思うと怖くなってくる。

よくあること……ではないだろう。きっと。

しかし万が一のこともあるので、このことは帰りにギルドに寄ってカトラさんに相談だ。

スライムとはいえ、グランさんとも魔物とは戦わないって約束したばかりだし。と、とりあえず今はっ。気持ちだけ勢いを強め、放水をさっと終わらせる。

すぐに地下室に戻り、行きに収納した棚で穴を塞いだ。よし、隙間はないな。

ふぅ。

作業しながら様子を見て、問題がありそうだったらまた別の対策を考えるとしよう。だから今は……生ゴミなどをアイテムボックスに入れて、元からここに置かれていた荷物を外に運び出そう。

一気にやるとドブさらいの時の二の舞になるし、そもそも臭いが付いた物を大量に外に置いておくわけにもいかない。ご近所トラブルにでもなったら大変だ。

だからある程度ここで綺麗にしてから、地上で最後の洗い流しと乾燥をすることにして……。

まずはこの大きな木箱からだな。

「『水よ』」

綺麗な水で木箱を洗い流す。

コップを満たす時とは違い、供給する魔力は少し多めに。へばり付いているゴミを落とし終え、アイテムボックスに収納する。

そして一度階段を上って地上に出た。誰も見ては……ないな。

念のため確認してから木箱を取り出す。そこまで酷くはないが、やっぱりちょっと臭い。

すぐに炎と水の生活魔法を使い、強めに熱水をかける。地下室では排水のことを考えないといけないが、ここでなら水溜まりができるだけ。洗い放題だ。

練習の成果もあり以前よりも早く、そして自由自在に水温を変えられるようになった。

ちょうどいいくらいの温度をキープして、丁寧に洗浄する。

………。

うん。濁った水も出なくなったし、そこそこ綺麗になったかな?

さすがに再度使うことはできないだろうけど……まあ、捨てる分には問題ないだろう。

近くに日向ができていたので、そこに木箱を置いて地下室に戻る。

表では子供たちが遊んでいるのか、楽しそうな声が聞こえてきた。

それから一つ一つ悪臭問題にならないように気を配りながら洗い、太陽光の下で自然乾燥させていく。途中で何度か休憩を挟み、マイペースにやったつもりだったが……。

結局、それでも予定よりも早く、今日中にやろうと思っていた作業を全て終えてしまった。

現在の時刻は昼を越えて少ししたくらい。昼の二～三時頃だと思う。

元々地下室に置かれていたであろう荷物は、全て地上に運びずらりと並べている。初めの方に運んだ物はすでに乾いてきているようだ。

地下室にはまだ木片なんかが散らばっているけど、あれは明日でいいだろう。先にカトラさんにスライムのことを相談したいし。明日はかなり時間がかかる地下室の壁や床の洗浄があるから、それと一緒にやるとしよう。

それじゃあ、一応洗った状態で地下室の荷物を乾燥させてるとアンナさんに伝えておくか。

地下に続く鉄扉を閉じ、入念に靴を洗ってから替えの服に着替える。

表に行くと、年下の女の子たちと庭で遊んでいたアーズが僕に気がつき、駆け寄ってきた。

「トウヤ、もう終わったの?」

「うん、今日の分はね。たぶん全部終わるのは明日になると思うけど。アンナさん、どこにいるかわかる?」

「うーん……ここにいないってことは院長室じゃないかな?」

「院長室?」

「うん。二階にある部屋だから連れてってあげるよ。ちょっと待ってて」

アーズは一緒に遊んでいた子たちのもとに行って、声をかけてから再びこちらに戻ってきた。

「お待たせ。それじゃあ付いてきて」

建物内に入り、階段を上る。今はほとんどの子たちが外に出て遊んでいるのか、孤児院の中は今朝に比べてしんとしている気がした。

二階のとある部屋の前に着くと、アーズが扉をノックする。

「アンナちゃん、トウヤ連れてきたよー」

「はーい」

すぐに返事があり、扉が開いた。

「アーズ、ありがとうね」

……あれ？　現れたアンナさんは、今朝とは違う箇所があった。眼鏡だ。

そういえば、この世界に来て初めて掛けてる人を見たなぁ……などと思いながら部屋に入れてもらい、一日の進捗を報告する。

スライムのことは穴を塞いだ棚の隙間から出てくる様子もなかったので大丈夫だとは思うが、一応報告しておいた。まあ鉄扉が閉じられているし、わざわざスライムたちも生息地の水路から離れるようなことはしないだろう。

アンナさんもそう考えたのか、何故かリアクションが薄かった。もっと急を要する事態のように、せめて慌ただしくなるとは思ったんだけど。

とにかく、カトラさんに話を聞いて問題がありそうだったら僕がすぐに戻って来ればいい。

アンナさんは事務作業をしていたようだ。机に置かれた大きなノートを閉じると眼鏡を外した。

「も、もうそこまで進んだんですね!!　本当に、ライシャさんが仰っていた通りですねっ。凄腕の冒険者さんだと」

ライシャさんって……。ああ、ドブさらいの時のおばあさんのことか。

本当に僕のアイテムボックスのことを言いふらしたりはせずに、単に凄腕だと言って紹介してくれてたんだな。最初の依頼主さんがいい人で助かった。

その後、基本的に裏で乾かしてる物は廃棄することになるだろうが、念のために必要な物がないかアンナさんに確認しておいてもらうことにして、今日のところは失礼することにした。

「それでは何もなければまた明日、今日と同じくらいの時間に伺いますね」

「はい。明日も引き続きよろしくお願いしますっ」

初めての指名依頼は今のところ良い感じだ。順調順調。

僕は孤児院を出て、その足でギルドに向かうことにした。


到着したギルドの中はガランとしていた。

魔物討伐系の依頼は、移動にも結構時間がかかるみたいだもんなぁ。冒険者はいつ働くか自分で決められる職業だけど、何気に拘束時間が長かったりする。

応対する冒険者がおらず暇そうな受付へ行く。

三席のうち一つは空席だったが、カトラさんの姿はあった。隣の席の女性と話している。

良かった。色々と事情を知ってくれているカトラさんの方が、話が早いからな。

彼女のもとへ向かい、孤児院での依頼の進み具合や、地下室から繋がった水路に大量のスライムがいたことを話す。

カトラさんは最後まで話を聞くと、顎に指を当てて口先を尖(とが)らせた。

「うーん、そうねぇ……。豪雨でいろんな物が流れたから、スライムが増殖しちゃったのかしら」

あれ？　なんか……思ったよりも落ち着いてるな。

「あのー、危険だったりはしないんですか？」

「ん？　えーっと……危険って、スライムが？」

「はい」

だってスライムとはいえ、街の中にあれだけの数の魔物がいたんだ。危なくないわけがない。

僕は本気でそう思って言ったんだけど、カトラさんは目をパチパチさせている。

そして、ブフッと吹き出した。

「もう何言ってるのよ、トウヤ君。そんな真面目な顔でいきなり変なこと言わないでちょうだい。ダンジョンで出るのとは違って普通のスライムが危険なわけないじゃないっ」

冗談と捉えられたのか、めちゃくちゃ笑われてる。

これは……何か僕が致命的な勘違いをしてるのかも。目尻に浮かんだ涙を拭うカトラさんだけでなく、隣の席の受付嬢さんまでも必死に笑いを堪えているくらいだし。

あくまで変に思われないように気をつけて、それとなく探ってみるか。

…………。

数分後、話を続けていくと衝撃の事実が判明した。

「それじゃあスライムを顔に近づけないようにだけ気をつけて、倒しておいてくれるかしら。核の魔石に衝撃を与えるのよ？　丁寧にやれば、小さいけれどギルドで買い取ることもできるから」

「あー。い、一応、その話をお受けするか考えてもいいですか？　お断りすることになったら、今日中にまた来て伝えますので」

とりあえず、今は僕があのスライムたちの対処する流れになっているのは置いておくとして。

そう、衝撃の事実は二つある。

一つ。

水路にいるような普通のスライムは、あちらから攻撃してきたりはしないらしい。

口や鼻に入って呼吸ができなくなると危ないが、魔物だけど危険性が低く、他の魔物とはちょっと違う。そんな扱いなんだとか。まるで動く大きな餅くらいの扱われ方だ。

二つ。

スライムは街中に案外いるんだとか。

汚れやゴミを食べて溶かしてくれるので、少しいる分には逆に都合がいいそうだ。

ただ増えすぎると困るので、時々こうして間引きする必要があるらしい。

ダンジョン内で産まれる特殊なスライムは普通に脅威みたいだけど、まさかノーマルがこんな認識だったなんて。初心者用の敵ですらないのか……。

同じスライムとはいえ、ダンジョンのものとは認識上はもう違う生物なんだろう。毒蜘蛛と、他の虫を食べてくれる小さな蜘蛛の扱いみたいに。

グランさんとの約束があるので、僕が保留を伝えるとカトラさんは不思議そうにしながらも頷いてくれた。

「分かったわ。問題がないようだったら明日、そのまま頼むわね」

「はい。それでは、また。失礼します」

「あれっ、今日はこれだけ？　他に何か用事があったから来たんじゃゃ……」

「あ、あははは……。こ、これだけです」

結果として冗談を言いに来ただけみたいになってしまったけど、仕方がないだろう。一人で勝手に「大事件が発生してるんじゃ」とかなんとか思っていただなんて言えない。

アンナさんのリアクションが薄かったのも、こういう意味だったのか。今日中に急いで戻ったりする必要はなさそうだな。

変な空気を苦笑いで誤魔化し、ギルドから退散する。

さて、あとはグランさんに許可を貰うだけだが……男同士の約束を破んじゃねえって止められたりしないかな？

高空亭に戻り、裏庭で短剣を振って体を動かす。グランさんの休憩時間にアドバイスを貰いながらスライムの件を話すと、返ってきたのは呆気ない言葉だった。

「スライムだぁ？　そんなもん分類上は一応魔物になるだけで、前した約束の『魔物』には含まれねえだろ。あの約束にはノーカンだ。鳥や野犬の方が恐ろしいんだからよ。坊主、ここはバシッと働いてこい」

「……わ、わかりました」

この世界でのスライムの扱い、ある意味でスゴイなぁ。

◆

作業二日目。

今日は僕が高空亭を出る頃には、アーズはもう出勤して働いていた。彼女に一声かけてから孤児院に行く。

空に雲が多いな。まあ所々青空が顔を覗かせているから、雨が降る心配はないだろう。

門の前にはアンナさんが立っていた。

「あっ、トウヤさん。おはようございます！」

「おはようございます。本日もよろしくお願いします」

昨日のアーズに代わり、僕のことを待ってくれていたみたいだ。挨拶（あいさつ）を済ませると、建物の裏へと同行してくれる。

「運び出していただいた荷物は、必要な物がないか確認しておきました」

「何かありましたか？」

「いえっ。幸いにもあの部屋には、本当に長い間放置していた物ばかりだったので。全てこちらで処分しておきますね！」

そっか、不幸中の幸いだったんだな。良かった良かった。

そんなふうに思いながら庭を通り抜けていると、近くで遊んでいた女の子が声をかけてきた。

「おはようっ！」

「……あっ、おはよう」

よく見ると昨日アーズと遊んでいた子だ。手を振ってくれたので同じように返す。

昨日に比べて、警戒されていない気がする。なんか嬉しいな。

鉄扉の前に着くと、デッキブラシが用意されていた。前もってアンナさんが準備しておいてくれたらしい。

感謝を伝え、アンナさんと別れてから仕事に入る。

恐る恐る鉄扉を開けると、昨日よりもかなりマシな臭いが出てきた。

……うん。もちろん断じて臭くないわけではない。だけどこれくらいなら、すぐに慣れるだろう。

それにだ。

心配していたスライムの姿もない。扉を開けたらすぐそこにいたらどうしよう、と思ってたんだけど。階段を下り、穴を塞いでいる棚をアイテムボックスに収納してみても、姿は見えなかった。

やっぱり、わざわざ水路からこっちに移動してくることはなかったのか。と言っても、昨日の時点ではそれで良かったけど、今は素直に喜べないんだよなぁ。

一日考えた末、計画を変えたからだ。

昨日のうちに前もってスライムを移動させておけば、すぐに仕事が終わったかもしれないのに……。まあ、考えても仕方がないか。

とりあえず落ちている大きめの木片なんかは収納して。

次にやるのは『地下室の洗浄』と『スライムを倒す』のどちらでもなく、『スライムの大移動』だ。

壁に空いた穴を抜けて水路に行く。

真っ暗な空間。ランタンで照らすと至る所にスライムがいた。

たしかにこう見ると、動く巨大葛餅くらいに思えてくるな。

生きている物をアイテムボックスに入れることはできない。なのでスライムたちからそこそこ距離を置いて、昨日収納しておいた生ゴミを出す。

これで……どうだ？

しばらくすると、巨大葛餅たちが動き始めたのがわかった。全部ではないだろうけど、これくらいいれば十分なはずだ。

にしても一体どうやってゴミを感知してるのだろうか。

嗅覚？　視覚？　よくわからない。

途中で満腹になられてしまう可能性もゼロではないので、スライムを引き寄せると食事を始める前に生ゴミを収納する。

次に穴の入り口に生ゴミを出し、また引き寄せる。

そんなことを繰り返して、三十匹ほどのスライムたちを地下室に連れてきた。

壁の穴を棚で塞ぎ、僕は階段の上の方で時間を潰すことにした。

水や炎の生活魔法は、あくまで生活魔法なので遠くまで飛ばせない。けれど風の生活魔法と組み合わせたりしたら、ひょっとして少しは遠距離魔法っぽくできたりしないのかな？　そんな発想で練習をしてみる。

ようやく練習の成果が出てきたあたりで、一匹のスライムが階段を上ってきた。

おっ、終わったのかな？

スライムを避け、地下室に下りる。すると先ほどまであったゴミや汚れがなくなり、地下室はピカピカになっていた。

よしっ、上手くいったぞ。スライムたちがしっかり食べてくれたみたいだ。

それじゃあ次は……。

このスライムたちを倒そう。頑張って働いてくれたのに申し訳ないけど、許してほしい。ここまでが僕の仕事なんだ。

じゃあ、えーっと。何をどうやるべきなのか。まずは落ち着いて手順を整理しよう。

いくら相手が魔物とすら思われていないようなスライムだとしても、下手をすると大事になりかねない。地面に躓いて転倒、からの顔に引っ付かれ窒息死。……うん、最悪の展開だ。情けなさ過ぎる。

水路より明るいここに来て初めてわかったけど、よく見るとスライムの中に小石が浮かんであった。黒っぽい一センチくらいの石だ。

あれか。カトラさんがスライムの核だって言っていた魔石は。

まず、そもそも魔物とは何なのか。この世界では魔力を帯びており、体内からエネルギー資源の一つである魔石が採れる動物のことを魔物と呼ぶらしい。

だから呼吸しているのかすら怪しいこのスライムも、分類上は一応魔物に当たるというわけだ。

……で、スライムを倒すには体の中に浮かんでいる魔石に振動を与えればいい。なんか、生き物を倒すというより機械の動力源を故障させるみたいだな。

スライムたちは相も変わらずフニフニ動いている。

何をするにも動かれていると面倒だから、まずは最初に動きを止めておこう。

アイテムボックスから残りのゴミを点々と出す。なるべく一匹ずつ離すようにして……。

できた。天井に上っていた個体も下りてきたし、これでいきなり頭上からスライムが降ってくる心配もなくなった。

壁際にいるスライムに近づいてみる。うん、食事に夢中なようだ。こっちに来る様子はない。

よし、じゃあ準備完了だな。短剣を抜いて、スライムの傍にしゃがむ。

カトラさん情報では、スライムは金属をなかなか溶かすことができないそうなので、短剣を体内に差し込んで魔石にぶつけるつもりだ。

狙いを定め、僕はいけると思ったタイミングで腕を振り下ろした。

短剣がスッと入る。ほとんど抵抗もない。

しかし、波打つスライムの体の中で魔石が横にズレてしまった。駄目だ、空振りだ。

スライムは驚いたのか、食事を中断して横に逃げていく。速さはそこまでない。

もう一回いける。次こそ当てるぞ。

腕を伸ばし、離れていくスライムの魔石を目掛けて短剣を振り下ろす。すると、今度は上手くいった。

……コツッ。

その瞬間、針を刺した風船みたいにスライムが萎み始めた。綺麗な水が地面に広がる。

外皮のような物が残るのかと思ったが、結局最後にはそれも水になってしまった。そして魔石はというと……。

割れて灰色になってる。

あれ、もしかして失敗した？　いっ、いくらなんでも脆すぎる気がする。慌ててたからちょっと力んでしまったのかもしれないけど、それにしてもだ。

これ、倒すのは簡単でも魔石回収が難しいパターン？

二匹目は細心の注意を払ってトライしてみる。だが、またしても魔石は割れてしまった。

こ、これは……厳しいなぁ。せっかくだから魔石も上手く回収して、稼ぎを少しでも多くしたいのに。

三匹目はかなり集中して、ゆっくりやってみた。何度か空振って逃げていくスライムを追い回すはめになったが、どうにか魔石をゲットすることに成功した。

でも、これじゃあ疲れすぎる。時間も結構かかるし、残り全部のスライムにこんなにも労力を割くのは骨が折れる話だ。

うーん。何か他にいい方法はないものか、ちょっと考えてみよう。

……。

そうだ。ここでも生活魔法が役に立つかもしれない。

実際にどうなるのかは想像も付かないが、物は試しだ。ゴミを食べているスライムに手のひらを向け、炎の生活魔法を使用してみる。

スライムは死んだら普通の水になるのだから、加熱すれば沸騰するかもしれない。一気に温度を上げていくと、スライムはダメージを受けているのか、ぷるぷると震え出した。

そしていきなり、パァンッと弾けた。

「熱っ！」

熱湯が飛んできたので慌てて後ずさる。

湯気が立ち上る場所には、スライムの姿はすでになく粉々になった魔石だけが残っていた。

ゆっくりと萎んでいかず爆発したから、落下の衝撃で割れちゃったのか……。やっぱ脆いのが難点だな。

さすがに全ての魔物から採れる魔石がこの程度の強度ではないだろう。もしそうだったら魔石の回収自体が難しすぎる。魔石の強度は、魔物の強さによって変わるとかだろうか。

まあ、炎の生活魔法はダメだとわかったので今は切り替えて次に行こう。

「『氷よ』」

次はスライムを凍らせてみることにした。

急速に冷やすと次第にスライムは白っぽくなり、途中から動かなくなった。最後までしっかりと凍らせて……そろそろ良い感じかな。

短剣の柄の部分を使い、冷凍スライムを軽く叩(たた)く。

振動が伝導して倒せると思ったのだが、反応はない。

これは……まだ生きてる？　気になったのでアイテムボックスに収納してみる。

あ、入った。つまり、もう生きてないってことだ。

再び冷凍スライムを取り出して、炎の生活魔法で溶かす。水が流れ出ていき、今度は魔石が綺麗な状態で残った。

成功だっ。

手順が増えて面倒だけど、これだったら確実に魔石を回収できるな。簡単だし、変に集中しなくてもいい。それじゃあ、この方法で倒していくとしよう。

………。

ふぅ。やっと終わった。

水路にいるスライムも全て対処すると、最終的に回収できた魔石は七十三個になった。

最後に改めてデッキブラシと水の生活魔法で地下室をピカピカにして、風の生活魔法を使って換気する。

地上に出ると、空は茜(あかね)色に染まっていた。もうすぐ夜か。

スライムに清掃を任せて、のんびりと待っていたからそこそこ時間がかかってしまったみたいだ。

実際に動いていた時間はそこまでないが、この世界に来て今日が一番遅くまで働いたな。

何故かスライムを倒してる最中から、楽しくなってきたのか体の底から力が漲ってきたので、あんまり疲れてはいないけど。

今日も着替えと靴の洗浄を終えてから表に行くと、ちょうどアンナさんがいた。仕事の終わりを伝え、地下室を確認してもらう。想像よりも早く終わったと驚いてくれていた。

壁の修復に関しては手配済みらしい。声をかければ、明日にでもボランティアに参加している業者さんが着工してくれるそうだ。

近隣のいろんな人に支えられてるんだな。

まあ領主様か誰かには、もう少し積極的に支援を行ってほしいところだけど。

院長室へ行き、依頼達成のサインを貰う。間違いがないか目を通して……。

「はい、確かに。では以上で依頼は終了となります。この度はご指名いただき、ありがとうございました」

「あっ。こ、こちらこそです！　二日で終わらせていただけるなんて、トウヤさんのおかげで本当に助かりましたっ」

「微力ながら、お力になれたようで良かったです。それでは……」

「そうだ！　トウヤさんっ、トウヤさんっ」

締めの挨拶に入ろうとしていたら、アンナさんが突然手を合わせて踵を浮かせた。

「な、何ですか？」

スゴい目、輝かせてるけど……。

「あと少しで夜ご飯の時間なんですよ！　本来なら銀貨三枚では十分と言えない依頼を引き受けてくださった感謝も込めて、せっかくですし、ご一緒していってくれませんかっ？」

「夜ご飯、ですか」

「はいっ。子供たちも喜ぶと思うので！　是非どうですか？　そろそろアーズもお仕事から帰ってきますし」

「あー……で、では。お言葉に甘えて、いいですか？」

「もちろんです！　あ、でもっ。高空亭さんのお料理には及びませんが、そのあたりは……」

「あはは。そんな、気にしないでください。僕としても嬉しいお誘いなので、よろしければ皆さんとご一緒したいですし」

「ありがとうございます……。私が後先考えずにお願いしちゃったばかりに、申し訳ないです。しっかりとしないといけないのに、ほんと、いっつもこうで……」

「だ、大丈夫ですよ。アンナさんはまだお若いんですし」

落ち込みモードに入っていくアンナさんを慰める。

やっぱ大変だよな。この年でたくさんの子供たちを世話するなんて。

元の話に戻すためいくつか励ましの言葉をかけていると、アンナさんは目をうるうるさせながら僕を見た。

「ぐすんっ。トウヤさん、本当にヒューマンですよね？　……なんか私よりも年上みたい」

「え？　も、もちろんヒューマンですよ！　ヒューマンもヒューマン。ごく一般的な十歳です」

　この世界では、一応……。

「そうですよね。ごめんなさい、いきなり変なこと言ってしまって。私がダメなだけなのに、年下の方に勇気づけられちゃって、つい」

　び、びっくりしたぁ。何気に鋭いところがあるのかもしれないな、この人。頑張り屋さんだけどネガティブな一面もあるみたいだけど。

　見ていて飽きない人だ。前世での会社の後輩を思い出す。そういえば、あの子も元気にしてるかな？

　窓の外を見ると、一段と空は暗くなっていた。もう完全に夜だ。

　アンナさんに食堂へ案内され、五歳くらいの子たちと話して待っていると、アーズが鍋を持って帰ってきた。

「あれ。トウヤ、まだいたの？」

「アンナさんがご飯を食べていかないかって誘ってくれてね」

「ふーんそう。じゃあ、あとちょっとでできるはずだから。チビたちのこと構ってあげてて！」

　年長組の子たちがアンナさんの料理を手伝うのが決まりだそうだ。アーズは調理場へと入っていく。

　疲れてるはずなのにな……。仕事から帰った後もサボらず手伝いをしてるのか。彼女こそ、僕よりも精神年齢が上でも驚けないくらいだ。

　出された料理は食材こそ高空亭に劣るものの、家庭的でほっこりした味がした。

ああ、楽しかった。思ったよりもたくさんの子たちが気を許してくれて、いろんな話をできたし。みんな、大兄弟みたいな感じだったな。

孤児院を後にして宿に帰る。

もう時間も遅い。ギルドに行くのは明日でもいいだろう。僕にはガタイのいい男たちが、酒場で酔っ払ってる中に進んで行けるような勇気はまだない。

そういえば、この辺りって街灯がないよなぁ。中心部の大通りでは見かけたけど。

あれって魔法で光ってるのかな？　それこそ魔石とかを使って。

月明かりに照らされた薄暗い道を行く。

住宅街だから人通りも少ないため、特別治安が悪いということもない。安心だ。

高空亭に帰ってきて、フロントで鍵を受け取っているとグランさんに今日の仕事について尋ねられた。

「どうだったか？　スライムは」

「問題ありませんでした。孤児院での依頼も今日で終わって」

「そうか、良くやったな。お疲れさん」

どこか嬉しそうな微笑み。なんだかこそばゆい。

「それじゃあ、おやすみなさい」

「おうっ。ゆっくり休め」

お客さんもいなくなり静かになった食堂を抜け、裏庭で水を浴びてから部屋に戻る。

夜で風も冷たいので、井戸の水を温水にしてから体を洗った。もう温度調節はバッチリ。運動の後以外は、やっぱりこれだな。

着替えを済ませてベッドに入る。

はぁー。やりきった、本当に。

目を閉じウトウトしていると、僕は次第に眠りの中に落ちていった。


そして、気付くと真っ白な空間に立っていた。


「……ん？」

「おー来た来た。アンタ、この間まで祠でダラけてたと思ったら、急に街に馴染んでるね」

「あれっ、れ、レンティア様っ⁉」

ここ、転生する時に来た場所だ。もしかして僕、死んだ……？　心臓発作とか、ベッドから落ちて頭を強打したとかで。

見覚えがある褐色肌の女神様の姿に、僕が酷く動揺していると彼女はパチンっと指を鳴らした。

「まあ落ち着け。いろいろと説明するからさ、とにかく座ろうじゃないか」

くいっと親指で示された方を見る。

さっきまで何もなかったはずなのに、そこにはシンプルなデザインの机と椅子、紅茶とクッキーが現れていた。

あっ。あのクッキー、僕が祠生活で気に入ってたやつだ。

クッキーに釣られ、レンティア様と同じように椅子に座って話を聞く。

…………。

「なるほど、ここは僕の夢の中なんですね」

「ああ」

説明を聞いた結果、何やらここはレンティア様の力で夢の中に創り出した空間なんだとか。

良かったぁ。本当に、また死んだんじゃないかと不安になったよ。

「仕事が終わったから、今日アンタが働いているとこを覗かせてもらってたんだけどね。邪魔するのも悪いからさ、ここで面と向かって教えたいこともあった都合で話しかけずにいたんだよ」

「あ、お仕事お疲れ様です。まったく気付かないものですね……観察されていても」

ちなみにこの夢の中では、脳内に語りかけられた時のように心の声が届くことはないそうだ。

「それで、その教えいただけることとは……？」

「貢物の送り方だ。方法自体は単純だが、アタシの存在を強く意識して上手くラインを繋げないといけなくてね。今からここで練習してもらおうか」

お、ついに教えてもらえる時が来たのか。一応、貢物を送るのも異世界に来る上での大事な任務の一つだったからな。しっかり果たさないと。

「わかりました。では早速」

「ああ。それじゃあ、えー……そのクッキーを手に持って、目を閉じてくれ」

「はい」

言われた通りにクッキーを手に取り、目を閉じる。

「そしてアタシの姿を思い浮かべるんだ。心の中で『届け』とか『捧(ささ)げる』なんて念じながらね。まあ、数時間は練習しないと――って、いっ、いきなり成功かいっ⁉」

ふっ、と手からクッキーが消える感触がした。目を開けると、レンティア様の方にさっきのクッキーが移動していた。

「あ、できましたね……」

「こっ、これはさすがに驚かされたよ。アンタがまさか、ここまでアタシの神性に適合する優秀な使徒だったとは……」

やった、褒められたぞ。

祠での怠惰っぷりといい、迷惑ばかりかけていた気がするからな。これは嬉しい。

「じゃあ、これで貢物を頼めるかい？　アタシは基本、旨(うま)いもんと酒なんかを送ってもらいたいんだが、まあ気になる物があったら随時別に伝えるよ」

「わかりました。……そうだ、起きたらまず最初に試しで串焼きを送ってみますね。美味(おい)しいので気に入ってもらえるかと」

「おお、串焼きか！　下界の料理は欲望に素直なものが多いから、楽しみにしてるよ。で、何の串焼きなんだい？」

「あー……それは、お楽しみと言うことで……」

神様たちは気にしないのかもしれないけど、やっぱり森オークの肉とは言いづらい。

貢物を送るための練習が思いのほか早く終わったので、それからいくつか近況報告をしてから、レンティア様とは別れることになった。

◆

朝。起床し、支度（したく）をする。

ギルドに行く前に屋台で森オーク焼きを購入して、人目につかない所で瞼（まぶた）を閉じる。えっと……レンティア様のことを思い浮かべてっと。

むむむ……。

届けと念じると、ビュンっと手に持っていた串焼きが消えた。今か今かと待ちわびていたのか、レンティア様からの反応はすぐにあった。

『おおっ、これかい！　ガブっ……モグモグ、ゴクン……』

脳内に響く声がパタリと聞こえなくなり、無音が続く。も、もしかしてお口に合いませんでした

か？　今は心の声が届いているはずなので、心配になって尋ねてみた。

『……いや！　旨いっ‼　なんだ、この口の中に広がる肉汁は！　もう一本、もう一本だけくれないかいっ？』

なんだ、心配して損しましたよ。まあ、美味しかったのなら良かったですが。

もう何肉なのかはどうでもいいのかな。強く要求されたので、結局もう一度屋台に戻り、追加で串焼きを購入してレンティア様に送る。

よほど気に入ってくれたのか、かなり喜んでもらえたみたいだ。良かった良かったと、ほっとしながらギルドへ向かう。

混雑する時間帯を避けているので、冒険者ギルドは今日も人の数が少なかった。

いつも通りカトラさんの所へ行き、昨日アンナさんにサインを入れてもらった依頼書を渡す。

「おはようございます。これ、お願いします」

「あら、おはよ。依頼は昨日のうちに終わってたのね」

「はい。終わった時間が遅かったので、持ってくるのは今日になりましたが」

依頼書に一通り目を通すと、カトラさんはにっこりと笑って頷いた。

「うん！　不備もないし、これでオーケーだわ。よく頑張ったわね、お疲れ様。……じゃあ、はい。報酬の銀貨三枚です。ご確認ください」

「ありがとうございます」

カウンターに差し出された硬貨を受け取る。

するとカトラさんは形式上のお仕事モードから戻り、頬杖をついて目を細めた。

「でも、無事に二日で終わって良かったわ。Ｅランク冒険者が受けられる中では高額報酬の依頼とはいえ、効率が悪かったら君にとって得にならないもの」

「そう……ですね。まあ結果的に二日で銀貨三枚も稼げましたし、人の助けにもなれたので。元々の予定通り、僕にとっては割の良い仕事だったと思います」

「ふふ、そう言ってもらえると嬉しいわ」

本来は僕みたいなＥランクだと、稼ぎが足りなくてなかなか苦労しそうだもんな。

鑑定やアイテムボックスがなかったらと思うとゾッとする。レンティア様の恩恵に感謝だ。

「あ、スライムの方はどうだった？」

「最初は手こずりましたが、なんとか魔石も回収できました。脆くて、あれ結構大変ですね」

「上手く採れたのね。ほんと、スライムの魔石は特に初めてだと難しいわよねぇ。回収した魔石はここでも受け取れるけど……せっかくだし、そうね。隣の素材買取所でも売れるから、一緒に行ってみましょうか。最初だし説明も兼ねて」

「いいんですか？　お仕事中じゃ……」

「この時間は暇だし問題ないわよ」

カトラさんは立ち上がると、隣の席の女性に声をかける。

「ナオ、ちょっと席外すわね」

「了解～」

ず、随分と軽いな。本当にいいのか。

「ほら。トウヤ君、こっちこっち」

「……あ、はいっ」

ギルドを入って、すぐに右へ行った場所に通路があったみたいだ。いつも真っ直ぐ掲示板に向かってたから、まったく気付かなかったな。一度外に出なくてもいいように、ギルドは素材買取所と繋がってるのか。

買取所は入り口付近にスペースがあり、クリーニング屋みたいにカウンターがあるだけだった。その奥は壁があって見えない。

そしてひときわ目を吸い寄せられるのは……カウンターの中に立つスキンヘッドの巨漢だった。グランさんも大きいけど、同じくらい迫力がある。顔つきが堅気なのか曖昧なラインだ。眉間に皺が寄ってるし、もしかして……お、怒ってる？

近づくと、黒いエプロンを掛けたその男性が話しかけてきた。

「おうカトラ、どうかしたか？」

「もうルーダンさん、トウヤ君が怖がってるじゃない。ほら笑顔よ、笑顔っ」

「なっ、べ、別にいいじゃねえか！　俺は昔っから笑顔が似合わねえんだよ！」

背後から僕の肩に手を置いたカトラさんが、ハァと溜息をつく。

「そんなんだから冒険者たちが近づきたがらないのよ……。今日はこの子が採ってきた魔石を売りにきたの」

「ちっ、んだそれ。で、新人か？」

ギロリと目を向けられる。こ、怖いって……。

感じたことがないほどの威圧感に膝が震えそうになるが、ここは頑張って自分から挨拶だ。

「と、トウヤと申します。よろしくお願いしますっ」

「ほートウヤか。カトラが気に入るのも分かる。ちっとは期待できそうな奴だな。よろしくな、俺はルーダンだ。元冒険者で今はここで働いてる」

顔つきが少し柔らかくなると、ルーダンさんはトントンとカウンターを指で叩いた。

「ほれ、魔石を出してみろ」

「は、はいっ！　……えーっと」

アイテムボックスを使っても大丈夫だよな？　取り出す量はそこまで多くないし。

それに、今はこっちを見てるような冒険者もいない。

僕がキョロキョロと周りを確認していると、後ろに立つカトラさんが耳元で教えてくれた。

「大丈夫よ、魔石くらいなら。あと買取所の職員にも守秘義務があるわ」

そうなのか。良かった。

まあたしかに、中には魔物の死体くらいまでならアイテムボックスに入れて持って帰ってきている冒険者もいるだろうしな。頷いて、魔石を丁寧にカウンターに置いていく。

一個、二個、三個……。

「このサイズはスライムか」

「はいっ」

それから割らないように気をつけて、全ての魔石を並べ終える。

はぁ……き、緊張したぁ。

「これで以上で——す？」

顔を上げると、ルーダンさんが感心だと言わんばかりにほーっと眉を上げていた。

後ろからバッと肩を掴まれる。カトラさんだ。

な、何気に力が強い……。

半ば強引に体を反転させられると、こちらはルーダンさんとは違い目を丸くして、勢いよく顔を近づけてきた。

「なっ、七十三個って。何百匹のスライムがいたのよ⁉」

「……ん？　何百、匹？」

「そうよ。聞いてた量と全然違うじゃない！　三百匹とか、もしかして千匹近くいたんじゃないわよね⁉　もしそうだったら街規模で対処しなきゃいけないのに、私ったら君をそんな所に……」

あれ、なんか勘違いされてる……？　カトラさんは血の気が引いた顔をしている。

そんな彼女の話を聞いて、今度はルーダンさんがカウンターから身を乗り出してきた。

「おいおいおいっ。まさかこれ、一回での成果なんて言わねえよな⁉」

「そのまさかなのよっ！　とにかくトウヤ君、君が無事に帰ってきてくれて良かったわ。本当に、ごめんなさい。私がもっと詳しく話を聞いて、正しい情報を伝えていればこんなことにはならなかったのに」

　膝をついたカトラさんにぎゅっと抱きしめられる。くっ、苦しい。

　でも、なんでスライムが千匹もいたかもって思われてるんだろう。

　うーん。原因を考えられるとすれば、生活魔法を使って倒したから百パーセントの確率で魔石をゲットできたことくらいかな？

　さすがに曖昧にしておくのも気持ちが悪い。心底驚かれ、謝罪された後だから言い出しにくいけど、ここは素直に話して何故そう思ったのか教えてもらおう。

「あの、カトラさん。三匹は魔石を割ってしまいましたが、それからはミスがなかったので……その、ぜ、全部で七十六匹でしたよ？」

「…………え？」

　耳元で硬い声がした。しばらく無音が続き、ゆっくりと体を離される。

　ポカンとした顔をしてるけど……ど、どうしたらいいんだろ？　答えを求めルーダンさんを見ると、こっちはこっちで愉快そうに笑っていた。

「トウヤ君。今、『ミスがなかった』って言った？」

　お、カトラさんが再起動したみたいだ。ぽつりぽつりと尋ねられる。

「い、言いましたけど……」

「そう……。じゃあ一応訊いておくわね。どんな方法を使ったのかしら？」

　やっぱり、話はそこに繋がるよな。

アイテムボックスは悪い輩に目を付けられないため、なるべく目立った場所で使わないと約束した。自分が使徒であることは、いらぬ面倒を引き寄せないために元から黙っている。

だけど、生活魔法のことを隠す理由は別にない。

大体、魔法が少し使えること自体はギルドに登録する時にすでに申告してるし。まあ僕が使ってる生活魔法は、他の人のものよりはいくらか効果がスゴいようだけど。

「氷の生活魔法でスライムを完全に凍らして、倒してから炎の生活魔法で溶かすとミスなくできました」

だから素直にそう伝えると、カトラさんは額を押さえながら立ち上がった。

「……うん、そうね……わかったわ」

あれっ。お、思ったよりもリアクションが薄い。

「ルーダンさん、とりあえず買い取りを進めてくれるかしら」

「お、おうっ。んじゃあトウヤ、スライムの魔石が七十三個で大銅貨七枚と銅貨三枚だ」

「あ、ありがとうございます」

買取価格は一つあたり銅貨一枚か。回収しにくいとはいえ、大きさが大きさだから決して高くはないようだ。と言っても、嬉しい収入には変わりないが。

受け取った硬貨を握ってアイテムボックスに収納していると、ルーダンさんが小声で話しかけてきた。

「大人しく世話になっとけよ？　……な？」

「え？」

僕の後ろにいるカトラさんの方を見てるけど……世話に？　何のことを言ってるんだろう。

「えぇっ？」

「トウヤ君、受け取ったら行くわよ」

気がつくと、カトラさんが背中を向けてギルドへ戻っていっていた。

スライムの倒し方を聞くだけ聞いて、僕には説明なしなの？　なんでだ。

「ほら、行け行け」

「あっ。は、はい！　ありがとうございました！」

よくわからないがルーダンさんに促され、とにかくカトラさんの後を追うことにする。

ギルドの中に戻ってきたが、カトラさんは受付には戻らず僕をギルドの二階に連れてきた。『資料室』と書かれた部屋に入れられる。

棚には革張りの本や巻かれた紙。ここは昼頃の一階よりもさらに静かだな。他に人の気配がしない。

カトラさんは手に取った本を窓際の机に置き、椅子に腰を下ろした。

「ここに座って」

声をかけられ僕も隣の席に座る。

一体、何の本なんだろう？　気になって覗こうとするが、その前にカトラさんが本を開きながら喋（しゃべ）り始めた。

「あのね、トウヤ君。君が魔法を少し使えるとは聞いていたけど、本来は生活魔法でスライムを凍らせることなんてできないのよ？　魔力的にも、技術的にも。身体能力だけじゃなく魔法もここまでだったなんて……。それじゃあ今から一度『常識』ってものを教えるから、よーく聞いてちょうだい」

「じょ、常識ですか……」

「この本は『魔法のススメ』と言ってね、全ての冒険者ギルドに配布されてる物なのよ。珍しい魔法なんかは掲載されていないけど、かなりたくさんの魔法が載ってる信頼できる本だわ」

カトラさんがページを捲っていく。その手はすぐに止まり、僕の方に本をスライドさせてきた。

「ここね、生活魔法については」

指で見開き全体を囲まれたので、ざっと見てみる。

左のページには生活魔法の概要が、右のページには生活魔法の一覧があるみたいだった。

「えーっと、ほら。『生活魔法は通常、ヒューマンの爪ほどの大きさの現象を生む。一日に何度も使うには効率が悪く、多くの場合は平均五回／日と言われている』って書いてあるでしょう？」

「……ほ、本当だ」

「これで君がスライムを、それも七十三匹も凍らせられたことがいかに異常かって分かってくれたかしら」

たしかにカトラさんが指でなぞってくれた箇所の説明を読むと、そう書かれてある。

生活魔法の規模って、本来はこうだったのか。レンティア様が用意してくれていた魔法書には、平均とか書かれていなかったから知らなかったな……。

　これじゃ、多分ジャックさんや最初の依頼主のライシャさんは、僕の生活魔法をまた別の魔法だと思っていたのかもしれない。生活魔法のように身近なものだと思っていなかったから、あんなに驚かれたのかもしれないな。

「はい。僕がちょっとした勘違いを……ん？」

　ちらりと目に入った右の一覧表。そこには、各種生活魔法の習得時間が書かれていた。

「どうかした？」

「ああっ、いえ。な、なんでもないです」

「そう。じゃあ次は魔力についての項目を見ていこうかしら。えー、魔力のページは……」

　カトラさんは目次を確認している。

　……あー、うん。これはさすがに言えないな。

　ほとんど全ての生活魔法が、習得に最低でも一ヶ月はかかると書いてあった。祠で最初、僕が炎の生活魔法を使ったときは数十分でできたのに……。

　与えていただいた【魔法の才能】が、まさかここまでだったなんて。自分のことながらちょっと引いてしまう。

　驚きに閉口していると、カトラさんは続けて世間一般の魔力量について教えてくれた。

　人によっては生活魔法すら自由に使えない人もいるそうだ。たしか僕は、ステータス上は魔力が５０００あると表記されていたから、全体的に見るとかなり多い方なのかもしれない。

「君の魔法の素質は見逃せないわね。おそらく数十万人に一人とかのレベルなんじゃないかしら」

「そ、そこまでですか？　自分ではよく分からないですが……」

「でも、もしそうだったら嬉しい話じゃない。ずば抜けた魔法の才能は、どこに行っても有り難がられるわよ？」

「うーん……それもそうですね。将来への不安を抱えなくて済みますし」

「ふふっ、その年で将来の不安ってトウヤ君は変わってるわね。まあとにかく、スライムが大量にいたわけじゃなくて良かったわ。魔法は少々って聞いていたから、普通に倒したと思って。そうするとあの数の魔石を回収したってことは、元の数はもしかして？　って勘違いしちゃったのよ」

「ほんと、申し訳ありませんでした。ご心配をおかけして……」

棚に本を戻しているカトラさんに、頭を下げる。ここまで親身になってくれて、いくら感謝してもしきれないな。

「いいのよ。担当しているギルド職員としては、なるべく早く君の生活魔法を確認しておきたいところだけど……今はこれ以上、受付から離れてたらさすがに怒られそうね」

カトラさんは扉の方へと歩いて行く。僕も後に続くと、彼女は腰に手を当てて振り返った。

「そうだわ！　他にも知識が抜けてそうで心配だから、これから時間があるときはこうして勉強しましょ！　冒険者としてやっていくなら、しっかり知っておいてほしいことがあるから」

勉強かぁ。まあ、そうだな。

旅をしながら冒険者として稼いでいくなら、今のうちに学んでおきたいことはたくさんある。魔物や薬草の知識。それらを頭に入れておいた方が、効率よく稼ぐこともできるだろう。

じゃあ……。

「ぜひ、よろしくお願いします！」

こうして新たに、カトラさんとの勉強が、僕の一日のスケジュールに組み込まれることになったのだった。

依頼の完了報告をして、魔石を売るだけのつもりだったのに思ったより時間がかかったな。今日はもうお手伝い系の依頼は受けず、薬草採取にしよう。

以前、ナツルメ草を採った時に他の薬草も見つけたことだし。

というわけで追加でいくつかの薬草の名前を頭に入れ、僕は南門からフストの外に出ることにした。

のんびりと移動し、草原に到着。鑑定を駆使して、まずは前回の場所でナツルメ草以外の薬草を採取する。

カトラさんに出発前、「見つけたからと言って全部採っちゃダメよ？　薬草がなくなったら困るんだから」とお言葉を頂いたので、採りすぎないように注意して……。

ある程度の採取を終えたら、次のポイントに移る。

この周辺に生えている薬草のうち、六割くらいはナツルメ草のようだ。他の種類の方が高く売れるので、珍しい薬草がないか宝探し感覚で黙々と作業を続ける。

……うわっ。

気付いたら、街道沿いを結構遠くまで来てしまっていた。

草原なので見通しは良い。だからここからでもフストの街はしっかりと見える。だが、距離はそこそこありそうだ。

全力で走ったらすぐだろうけど……仕方ない。どこに人の目があるかもわからないし、帰りも歩くのだから今日はこのあたりで終わりにしよう。

っと、その前に……ふぅ。

一度、休憩がてら腰を下ろして風に当たる。気持ちいい晴天だけど、日向(ひなた)でずっと動いていたので汗を掻(か)いた。胸元(むなもと)をパタパタと扇(あお)ぐ。

水分補給に生活魔法で出した水を直飲みしていると、フストの方から近づいてくる馬車が目に入った。

立派な箱馬車だなぁ。二頭の大きな馬が引き、御者台には剣を携えた二人の男性が座っている。どんな人が乗ってるんだろう？　馬車のシンプルながら端整な装飾に思わず見とれてしまう。けど、そうだ。あんまり見ていて変に警戒されるのも良くない。目の前を通過するときは、さすがにあまりジロジロと見ないでやり過ごそう。

と、思っていたのだけど。

「え」

僕の目の前で、馬車が止まった。

な、なんで？　まさか無礼だとかで御者台の男性に斬り捨てられたり……。うん、もしそうだったら逃げるしかない。全力で。

緊張しながら相手の出方を窺っていると、馬車の扉が開いた。

「久しぶり、トウヤ」

「あれっ。り、リリーっ？」

中から出てきたのは、なんとリリーだった。続いてジャックさんが降りてくる。

な、なんだ。びっくりしたぁ……。

「奇遇だね。こんなところで何してるんだい？」

「あ、こんにちは。さっきまで薬草採取をしていて、ちょうど終わったところです」

「仕事終わりかぁ、お疲れ様。私たちは魔道具の試用ついでにピクニックに行くところなんだけど……そうだ、トウヤ君も来るかい？」

「えっ、そんないきなり……」

「リリーとメアリも構わないだろう？」

メアリ？　聞いたことのない名前だな。

ジャックさんは頷くリリーを確認すると、次に馬車の中に目を向ける。気になったので僕もこっそり見てみると、馬車から顔を出した美女と視線が合い、ハッとしてしまった。

「もちろんよ。私も前々からトウヤ君とお話ししたいと思ってたから。是非、一緒に行きましょ」

顔を見て、その長い銀髪を揺らす女性が誰なのかすぐにわかった。リリーとそっくりだ。

「はじめまして、トウヤ君。リリーの母のメアリよ」

「は、はじめましてっ。トウヤです」

美人過ぎるというか、オーラがありすぎるというか。変に緊張してしまう。

目を逸らしてジャックさんを見る。

「どうだい？　もちろん無理にとは言わないが」

せっかくの家族水入らずの時間なんじゃ……本当に僕なんかがいいのかな？　などと悩んでいると、

「トウヤ、行こ」

ジッとこちらを見ていたリリーが改めてそう言ってくれた。その表情を見て考えを固める。

「では……お邪魔しても、いいですか？」

僕はいつも表情の変化に乏しいリリーが浮かべていた、ほんの僅かな微笑みに甘え、ジャックさんたちの馬車に乗せてもらうことにした。

ジャックさんたちは護衛を全部で三人つけているみたいだ。御者台の二人に加え、馬車の中にも女性が一人いた。

彼女の隣に木箱が置かれている。あの中に試用すると言っていた魔道具が入ってるのかな？

女性にも挨拶をして、空いていた席に僕が座ると馬車が動き出した。

ん？　この馬車、全然揺れてないような……。

フストで利用している乗合馬車も、初めてジャックさんに出会ったときに乗せてもらった馬車も、座っているといつもお尻が痛くなる。なのにこの馬車は、ほとんど振動がない。

凄いな。何が違うんだろう？

僕が感動していると、向かいに座るメアリさんが話しかけてきた。

「ジャックのこと、本当にありがとうね。この人いつも無理ばかりするから……貴方がいなかったら本当にどうなっていたことか……」

ジャックさんが横で、気まずそうに頬をポリポリと掻いている。

「いえいえ、お気になさらないでください。僕もジャックさんには、本当にたくさんお世話になってますから」

「ふふっ、聞いてたとおり優しい子ね。私も早く会いたかったのだけど、ごめんなさい。こんなタイミングになってしまって」

ジャックさんの奥さんなだけあって優しい人だ。美人だから若く見えるけど、きっとジャックさんや前世の僕とそれほど年は変わらないだろう。

メアリさんは僕の手を取ると、真っ直ぐと目を見つめてきた。

「ずっとフストにいるつもりではないこと、ジャックから聞いてるわ。でも、あの街にいる間だけでも私たちを頼ってちょうだい。トウヤ君、貴方はひとりじゃないわ」

そのままの流れで、そっと抱きしめられる。しかしメアリさんの温かさが伝わってきたから、決して恥ずかしいだなんて思わなかった。

それから僕の緊張も解け、目的地に到着するまでみんなで会話を楽しんだ。

「さぁ、着いた。まずはピクニックの準備を始めようか」

馬車が止まったのは、さほど大きくない川の近くだった。のどかな自然が広がっている綺麗な場所だ。

ジャックさんの呼びかけで小高い丘の上に荷物を運んでいく。みんな護衛の方たちとも分け隔てなく接しており、メアリさんも自ら布製の敷物を持って移動している。

ピクニックは丘の頂上にある木の下でやるらしい。その木陰に準備を進める。

従者の三人は気を遣ってなのか、自分たちは少し離れたところで寛ぐようだ。メアリさんが彼らにも、ランチボックスのような籠を渡していた。

丘の上からは川を見下ろせる。

荷運びが終わり、ジャックさん夫妻が最後にデッキチェアなどの配置を調整している間、僕は改めて景色を見渡した。麦わら帽子を被ったリリーも隣で同じようにしている。

「いい場所だね、ここ」

「うん。……時々来るの、こうやって」

「そうなんだ。たしかに僕も、またすぐに来たくなりそうだなぁ」

リリーたちのお気に入りスポットなのか。フスト近郊とはまた違う、時間の流れを忘れてしまいそうなくらい雄大な光景だもんな。その気持ちもわかる気がする。

「二人とも、準備終わったよー」

風に吹かれながら、ゆっくりと流れていく川を見ているとジャックさんから声がかかった。

僕は木陰へ戻ろうとするが、その時。

「トウヤ」

リリーの遠慮がちな声が耳に届き、足を止めた。

「ん、どうかした？」

「…………」

答えはすぐに返ってこない。リリーは自分自身が何を訊きたいのか、ハッキリとせず探ろうとしているみたいだった。何度か口を開いては閉じている。

僕は急かさず、彼女の考えが言葉になるのを待つことにした。

雲が青い空を流れていく。しばらくして、リリーはジッと僕の目を見た。

「トウヤは……いつ、フストを出て行くの？」

「ああ……それはもうちょっと先かな？　冒険者として最初の街だから、勉強しておきたいことも結構あるし。今のところは、多分一ヶ月後か二ヶ月後になるかなって考えてる」

馬車の中で、僕が街を離れることが話題に上がったから気にしてたのだろうか？

まあ、フストを出る前に少しはお金を貯めておきたいからな。

ゆっくりと、着実に。レンティア様も言ってくれていた通り、元から旅に焦るつもりはない。

「……わかった」

リリーは答えに満足してくれたのか、遠くの景色に目を向け、小さく口角を上げる。

「旅って、なんか楽しそう」

そして最後にそう言って、ジャックさんたちのもとへ戻っていった。

……でも、そうだよなぁ。今リリーに訊かれて初めて思ったけど、街を出るってことはフストの人たちと別れるということだ。まあ、当然の話なんだけど。

だけど僕はこれまで、なるべくそのことについて考えないようにしていたのかもしれない。

これから自分がする『生活をしながらの旅』は、人と出会い関係が生まれて、そして別れを繰り返すものになるのかな？　観光だけをする旅とは少し話が違うんだし。


僕たちは円になって敷物に腰を下ろした。

中心に置かれた籠を、メアリさんが「ジャーン」と開ける。

サンドイッチだ。中には豊富な種類のサンドイッチが、小さくカットされてぎっしりと詰められていた。

話を聞くと、メアリさんのお手製らしい。護衛をつけるくらいの家の奥さんなのに、普通に料理とかもするんだな。

このサンドイッチ、見栄えも綺麗でめちゃくちゃ美味しそうだし。ピクニックの軽食として完璧だと思う。

ジャックさんが革の水筒からコップに水を注いで、みんなに渡してくれる。

「はい、トウヤ君」

「ありがとうございます」

僕たちはサンドイッチを摘まみながら、川を流れる水の音、木を揺らす風の音を聞きながら談笑した。自然と話題は僕の冒険者生活について、そしてジャックさんのフィンダー商会についてになった。

その話を聞いてわかったのだが……やっぱり、商会名のフィンダーとはジャックさんたちの家名だったらしい。

元は店の名前で、それが後々家名になったのだとか。

薄々そうではないかと思っていたけど、確定したら確定したであんまり実感が湧かないな。この国で名字持ちってことは、超がつくほどの大商人ってことなんだけど。

多分緊張させないようにラフに接してくれているから、いつも少々立派な人くらいに思えているのだろう。まあ、おかげで引き続き気楽に話せているんだ。感謝しないと。

サンドイッチがなくなると、焼き菓子を頂いた。

「……っ！」

柑橘系の香りが鼻から抜けていく。爽やかな味わいだ。

お、美味しすぎる。

なんとこれもメアリさんの手作りだと言うから驚きだ。僕が感動していると、ジャックさんが膝を叩いて立ち上がった。

「よし、じゃあそろそろ魔道具が使えるか試そうかな。トウヤ君も来るかい」

「どこか他の場所でやるんですか？」

「そこの川でね。今回はマジックバッグだから水を入れてみたくて」

マジックバッグ……気になるっ。と、いうわけで僕もついていくことにした。

敷物から出て靴を履き、馬車に乗っていた木箱からエコバッグのような物を取り出したジャックさんの後ろをリリーと二人で続く。

よくある設定だと、マジックバッグはアイテムボックスと同じような効果を持った魔法の袋といったところだろう。

「他の方たちは来ないんですね」

「付与した魔法が物にしっかり定着しているかの確認だからね。すぐそこだし、この辺りは見渡しも良くて安全だから、いつも私とリリーの二人でやってるんだ」

メアリさんや護衛の方たちは来なかったので尋ねると、前を行くジャックさんがそう教えてくれた。

丘を下りきり、平坦な場所に来た。リリーが小走りで先に行くので、僕とジャックさんも少し速度を上げる。

川の近くに来て初めて気付いたが、よく見ると魚影が見えた。

澄んだ水だもんなぁ。生き物にとって最高の環境なんだろう。

しゃがみ込んで川に手を浸けているリリーの横まで行くと、ジャックさんがズボンの裾を捲り始めた。

「今回はマジックバッグだから危険性は低いけど、念のため私よりも上流には立たないようにね」

「上流に、ですか？」

「うん。もしも不具合が起きて、中に入れた水が一気に飛び出てきたら危険だ」

「わ、わかりました」

そんなこともあるんだ……。

「パパも気をつけて」

川に入っていくジャックさんにリリーが声をかける。あんまり水深はないらしい。ジャックさんは膝下までを水に浸け、川の真ん中まで行くとマジックバッグの口を広げそれを水中に入れる。

「これは……どうなの？」

いまいち成功なのかどうかわからない。

リリーに尋ねると、彼女はジャックさんの後方を指でさした。

「問題なし。水が減ってる」

「あっ、ほんとだ」

たしかに下流の水嵩が下がっている。ていうことは今、凄い勢いでマジックバッグの中に水が入っていってるのか。思ったよりも容量があるんだな。

僕のアイテムボックスだったらどれくらい入るんだろう？　限界まで水を入れたことはないし、試してみたい。

そんなことを思っていると、満タンになったのかジャックさんが水中からマジックバッグを上げた。こちらに戻ってくる。

「うん、上手く魔法が馴染んでる。上質な物で間違いなかったよ」

「凄いですね……あんなに入るなんて」

「まあこれは大金貨八枚はする、かなり容量が大きい物だからね」

「え？　……だ、大金貨八枚⁉」

仰天だ。袋一枚でそこまでするなんて、信じられない。豪華な家だって余裕で買えるレベルだ。収納で不具合がなかったので、取り出しも安全にできるらしく、放水は僕とリリーですることになった。楽しいお手伝いとはいえ、高級品に触れるので膝が震えそうになる。

ジャバジャバジャバ……。

緊張しつつ、勢いを調整しながら水を流していると、リリーがぼそっと言った。

「トウヤのアイテムボックスもこれくらい入る？」

「……ん？」

「採取したって言っていた薬草、持ってないから」

「あー……な、なるほど」

なんで知ってるのかと思ったけど、そういうことだったのか。そういえば薬草を入れるための袋とかも持っていないから、アイテムボックス持ちだと見抜かれてしまったらしい。賢い子だな。

「い、いや～……僕のは、こんなに入らないかな？」

多分あれ以上入る、とは絶対に言えない。

このマジックバッグが大金貨八枚もするのだから、さらに容量の大きいアイテムボックスになったら一体どれだけの価値があるのか。恐ろしくて、か細い返事になってしまったような気がする。

◆

夕方。ピクニックを終え、僕はフストに戻ってきた。

ジャックさんたちとは南門で別れ、乗合馬車を利用してギルドに向かう。時間帯もあり馬車の中はギュウギュウ詰めだった。狭くて蒸し暑いし、やっぱりお尻が痛い。

予定外だったけどのんびりと楽しい一日だったな、と考えを逸らし、馬車内の劣悪な環境を耐え忍ぶことにする。

そして、ギルドに来たのだが……まあ、そうだよなぁ。

この時間のギルドは案の定、混んでいた。

全ての受付窓口に十人前後の冒険者が列を作り、酒場の方からはいつになく賑やかな声が聞こえてくる。素材買取所にいたっては、重装備の男たちの出入りが激しく近づく気にすらなれない。

……うん、仕方がない。今日は帰ろう。

アイテムボックスのおかげで採取した薬草は劣化しないんだし、また明日にすればいいだろう。

きびきびと働くカトラさんたちに心の中でエールを送り、僕はUターンしてギルドを後にすることにした。

太陽が市壁の向こうに沈んでいき、街が暗くなっていく。高空亭の窓からは光が漏れていた。

食事だけをしに来たらしき三人組の客がいたので、彼らに続いて入る。

食堂は大盛況。注文が相次ぎ、グランさんは忙しくしていた。

メアリさんのサンドイッチや焼き菓子をいただいたので、今は空腹というわけでもない。混雑時に無理に食事する必要もないし……いったん部屋に戻るか。

フロントで鍵を貰うためグランさんの手が空くのを待っていると、奥からちょうど鍋を持ったアーズがやって来た。

「あ、トウヤ。鍵？」

「うん」

「ちょっと待ってて、すぐ取るから」

今から帰るところだったみたいなのに申し訳ないな。アーズは鍋を台に置くと、僕の部屋の鍵を取って渡してくれる。

「なんか今日は帰ってくんの遅かったね。はい、これ」

「ありがとう。街の外に出てたんだけど、ちょっと遠出してたてね」

「街の外か～。あたしは滅多に行かないなぁ」

少し羨ましそうな顔をすると、アーズは再び鍋を持ち上げた。

「お互いお疲れ様。じゃあ、また明日！」

「うん、また明日」

彼女は慣れた様子で背中を使って扉を開けると、外に出て行く。

ほんと、アーズはこっちまで元気にしてくれるような子だ。話しているといつも自然と笑顔になる。

さすがに今から短剣の練習をする気にはなれなかったので、僕は部屋で生活魔法で水を出し、それを直接アイテムボックスに入れて時間を潰すことにした。あのマジックバッグと比べてどうなのか、試したくなったからだ。

とりあえずリリーと放水したときと同じくらいの勢いでやってみる。

ジャバジャバジャバ……。

食堂がすくまでの実験のつもりだったが、結局二時間弱続けてもまったく満タンになる感じはしなかった。

それより魔力が底を尽きそうなのか、目眩がする。

「うっぷ」

き、気持ち悪い。祠で魔法の練習を始めたばかりの頃になった以来だ。

時間が経って魔力が自然回復するまで続くから、なるべく避けたかったんだけど……ベッドに倒れ込み目眩が治まるのを待つ。

……。

約三十分後、ようやく起き上がることができた。

食欲は失せてしまったが、せっかくお金を払っているんだしグランさんの美味しい料理を逃したくはない。重い足取りで一階に下りると、客入りのピークは過ぎたみたいだった。それでも、半分くらいの席はまだ埋まっているが。

グランさんにお願いして、メインの肉料理を少しだけにしてもらい、僕はパンをスープに浸しながらゆっくり食べることにする。

その間にも、どんどん客たちは帰って行った。

そういえばこの街の人たちって家に帰るのが早いよなぁ。まだ午後七時くらいなのに、空気感はもう一日の終わりって感じだし。

ま、その分朝が早いから、活動時間は日本にいた頃とさほど変わらないか。

食べ終わると、水浴びをしに裏庭へ行く。アーズに聞いたが、木板の仕切りがあるとはいえ、外で水浴びをしたくない女性などのために湯を入れた桶(おけ)とタオルを提供するサービスもあるらしい。部屋でお湯につけたタオルを使い、体を拭くのだそうだ。

ちなみに追加料金がいるみたいだったので、今のところ僕は利用したことがない。

仕切りの方に行こうとしていると、ちょうど人影が出てくるのが見えた。

こんな時間に珍しいな。今は夜風が吹いていて少し肌寒い。僕は生活魔法でお湯を作れるからいいけど、井戸の水は使うとなったら冷たいだろうに。

他の宿泊客かな？　入れ違いになりそうなので、挨拶をする。

「こんばんん――」

月明かりに照らされた場所に出てきたその人物の姿を見て、僕は固まった。なんと、それが女性……それも見知った人物だったからだ。

「かっ、カトラさんっ⁉」

「あらトウヤ君、こんばんは」

いつもお世話になっている、ギルドの受付嬢さん。夕方にギルドに寄った時も、忙しそうにしていたカトラさんだ。

その彼女は今、肩に掛けたタオルで長い髪を拭いている。

「な、なっ、なんでここに……」

思わず後ずさる。

と、その時。高空亭の裏口が開き、グランさんが伸びをしながら出てきた。

「くぅあーっ、終わった終わった」

それを見て、カトラさんが声をかける。

「あっ、お父さんただいま」

「おおカトラ、今日は早かったんだな」

さも当たり前のように目の前で交わされる会話に、二人の間に立つ僕は耳を疑った。

「……お、お父さん？」

「おう坊主。なんだ、お前さんもいたのか」

「いや、あのグランさん、それよりも……そのっ」

グランさんが扉の横に置かれている木箱に腰掛け、気持ちよさそうに首を回してから眉を上げる。

「どうした？　まだ体調が悪いんだったら水浴びはやめておいた方がいいぞ」

「ああいえ、そうではなくてっ。あの……今カトラさんが『お父さん』って……え？」

「どうした。何でそんなテンパってんだ。それは俺たちが――んあ？」

首を捻っていたグランさんが、バッと勢いよく立ち上がってカトラさんに視線を向けた。

無事に僕の言ってることは伝わったみたいだが、どうしたんだろう。グランさんがポカンとしている一方で、カトラさんはニヤニヤとしている。

「おまっ、カトラ！　もしかしてトウヤに知らせてなかったのかよっ？」

「だって伝える必要がなかったんだもの」

「ったく、はぁ……そうかそうか。すまねえな、坊主。一応こいつは俺の娘で、二人でそこに住んでんだ」

グランさんが顎でクイッと示したのは、裏庭を挟んですぐ奥にある一軒家だった。

……ここ、僕の部屋からも見えてたけど、グランさんたちの家だったんだ。

それにまさか、日頃からお世話になってるこの二人が親子だったなんてなぁ。顔も雰囲気もまったく似てないから、思いもしなかった。

「トウヤ君。なんだか隠してたみたいになっちゃってごめんなさいね。お父さんから聞いた話を言うと、君がなんで知ってるんだって不思議がる姿が面白くて、なかなか言い出せなかったのよ」

「あっ、もしかしてジャックさんたちと街に出てたときも……」

「ああ、そうそう」

だからあのとき、僕がジャックさんとリリーに街を案内してもらったことを知ってたのか。そういえばその疑問も、指名依頼の衝撃にかき消されていたんだったな。あの後も気にすることはなかったし。

一人で納得していると、カトラさんが僕の顔を見てハッとしたような表情になった。

「そうだわ、今日の薬草採取はどうだった？　なかなか帰ってこないから心配してたのよ？」

「あーすみません。帰りが遅くなっちゃって、ギルドが混んでいたので明日にさせてもらいました」

「なんだぁ、そういうことだったのね……。じゃあ薬草は明日受け取るとして、今日のところ私は失礼するわね。君、今は顔色が悪いみたいだし。生活魔法は明日、調子が戻っていたら見せてくれるかしら」

「はい、わかりました」

カトラさんは水浴びをしたばかりのようなので、あまり長く立ち話をして体が冷えると良くない。

僕が頷くと、彼女は一歩後ろに下がった。

「それじゃ、おやすみ」

「あ。お、おやすみなさい」

裏庭を挟んで宿の向かいにある家に帰っていく。その背中が見えなくなると、残されたグランさんが溜息をついた。

「すまねぇな……。あいつ、ああいうとこあんだよ」

「あはは。でも驚きましたよ、おふたりが親子だったなんて」

口調はうんざりしているが、どこか嬉しさを隠し切れていない顔をしている。グランさんも父親なんだなぁ。

「つっても、正式には俺の娘ではないんだがな」

「えっ？」

「カトラは俺の弟夫婦の一人娘だったんだ。冒険者を生業にしてたが、あいつが小さい頃に死んじまってな。俺が引き取って、いろいろあったが今はああして『お父さん』って呼んでくれてんだ」

「……………」

「……おっと、お前さんに言うことでもなかったな。まっ、別に昔のことだから空気を重くするほどのことでもないが、忘れてくれ」

カトラさんの実の両親は亡くなって……。僕の表情を見て、グランさんが頭を掻く。

「ああそうだ。あいつ、ギルドでどんな感じだ？　守秘義務ってやつのせいで、なかなか仕事のこと話してくれなくてな」

気を遣わせてしまったみたいだ。なるべくいつも通りに接しないと。

そう心掛けてグランさんと話していると、僕が知らなかったカトラさんのことを聞くことができた。中でも両親の後を追うように自身も冒険者になり、怪我を負って引退。ギルド側からの誘いで今年から受付嬢になったと聞いたときは驚いた。

まさか元は冒険者側で、受付嬢はまだ一年目だったなんて。新人っぽさがないから、まったく思いもしなかった。

この世界に来て出会った優しい人たち。彼らにも、僕が知らない様々な過去があるのだと痛感させられた。

◆

翌日。珍しく二度寝をして、起きるのが遅くなった。

グランさんと話し終わったらパパッと体を洗って、早く眠りに就いたんだけど。薬草採取やピクニックでの疲れはそこまでなかったから、魔力の枯渇がよほど響いたのかもしれない。

それに喉がイガイガする。ちょっと風邪気味だ。

咳払いをしながら身支度を調え、食堂に行くと、もう食事をしている客は誰もいなかった。

朝食の提供時間を過ぎちゃったか。そのままフロントで呼び鈴を鳴らし、グランさんに鍵を預けようと思ったのだけど……。

「おっ、起きたか」

「あ、おはようございます」

「いつものやつ残してるが食ってくか？」

ちょうどこちらに顔を覗かせたグランさんが声をかけてくれた。

「ありがとうございます！　ぜひ頂きます」

「はいよ」

食堂のカウンターでホットドッグとブラックコーヒーを受け取る。

わざわざ僕の分を残しておいてくれたみたいだ。ホットドッグは温かく、できたての状態で渡してくれた。

完食し、宿を出る。いつも以上に遅い時間帯のため太陽は高く昇り、ギルドに向かう道中、立ち話をする主婦の姿が多い気がした。


閑散としたギルド内。昨晩ぶりのカトラさんに挨拶をして、依頼を受ける前に生活魔法を披露することになった。

こうやって見ると、昨日の私服姿とギルドでの制服姿で結構印象が違うんだなぁ……などと思いながら、ギルド裏の空きスペースに連れて行かれる。

建物に囲まれていて、日が差し入ってくる高空亭の裏庭みたいな場所だけど、広さはその三倍くらいありそうだ。

「こんなところがあったんですね……」

「いつもはギルドや酒場、買取所で使う物を干したりするのに使っているのよ。今はないけどね。ここは基本的に職員しか出入りしないから、誰かに見られる心配もないわ」

ぐるりと周囲を見回す。ここを囲む建物にある窓からも人の気配はしない。どうやら物置部屋が多いみたいだ。

「それじゃあ早速始めますね」

「ええ、お願いするわ」

風邪気味だが、魔力は問題なく回復している。

念のためカトラさんから距離を取り、僕は生活魔法を使用した。

水を球状にして浮かせ、凍らしたり熱したりする。風を使って炎を二メートルくらい先に飛ばし、続いて同じ場所に水を飛ばす。

しっかりと実力を確認してもらうことが目的なので、今までの練習の成果を発表するように、量だけでなく質も意識して一通り披露した。

「ど、どうでしたか……？」

そして恐る恐る尋ねると、カトラさんから返ってきた第一声は「こ、これが全部、生活魔法だなんて言われても誰も信じないわね……」だった。

「え？」

「ああっ、トウヤ君が生活魔法だけでスライムを凍らせたことも納得できたわ。でも、これだったら他の人に遠目で見られたとしても、詠唱部分を聞かれさえしなかったら誰も生活魔法だとは思わないってことよ」

一見、生活魔法って分からないくらいのレベルになってたんだ……僕のって。

けどたしかに。今までジャックさんとかにも、治癒の生活魔法を回復魔法と勘違いされたりしていたもんな。

「まあ、その年でそこまでの腕前だったら、優秀な魔法使いの弟子だとか変な噂(うわさ)が流れかねないから、なるべく隠した方が良いとは思うけれどね」

「わ、わかりました！　依頼なんかで使わざるを得ない時も、可能な限り詠唱を聞かれないようにしますね」

「うん。それと、やっぱり君は魔力の量と操作センスが考えられないくらい恵まれてるようだから、一般魔法も練習したらすぐに習得できると思うわよ」

「ほ、本当ですかっ⁉　僕、前々から他の魔法の勉強もできるならしてみたいと思ってたんです」

「え、ええ……本当よ。けどね、トウヤ君。魔法の幅が広がったからと言っても、決して危険は冒さないと誓ってくれるかしら？」

カトラさんは心の底から心配そうに、僕と目の高さを合わせて訊いてくる。

新しい魔法が使えるようになった僕が、調子に乗って危ない目に遭わないよう気に掛けてくれてるのだろう。ここまで親身になってくれて本当に有り難い。でも、心配はご無用だ。

何しろ……。

「もちろんです！　僕は戦ったりするためじゃなくて、ただ単純に魔法を楽しみたいだけなので」

魔物と対峙する勇気などまだない。あのワイバーンの冷たい目を思い出すだけでゾッとするくらいだ。

嘘偽りなく気持ちを伝えると、カトラさんは優しくクスッと笑った。

「わかったわ。じゃあ資料室での勉強以外に、時間があるときは私が一般魔法を教えてあげるわね。こう見えて私、そこそこ魔法が得意なのよ？　特に、風魔法には自信があるわ」

第五章

なんだかんだで見捨て難い――

あれから変わらずお手伝い系の依頼をこなしたり、薬草採取をしたりしながら数日が経った。

カトラさんとの勉強は順調に進んでいる。もちろん引き続き、生活魔法や短剣の練習も怠ってはいない。

だけど……カトラさんから直々に教えてもらうことになった一般魔法に関しては、今のところ進展がない。なんでも最初の一回は様々な魔法を見せておきたいとのことで、安全面を考慮し、街の外でやろうということになったからだ。

街の外へ行くには、時間の都合もある。なのでカトラさんの休日がくるまで待つことになったのだった。致し方がないだろう。

まあ、ついにその日も明日に迫ってるんだけど。

というわけで、僕はワクワクしっぱなしだ。昨日からもうなかなか寝られず、疲れが溜まるのは良くないと自分に言い聞かせてなんとか眠りに就くような状態だった。

前に風邪を引きかけた時、本格的に体調を崩さないかヒヤヒヤしたからなぁ。最近は健康に気を遣って生活している。

あれからは毎日、朝昼晩と三度に分けアイテムボックスに水を入れ続けた。魔力が枯渇するのは

もうご免だ。

で、昨日の昼にそろそろ満タンだと感覚的に分かったので、放水をしにピクニックで訪れた川へ行くことにした。

当然、水を流すだけだったら水路や草原に少しずつ撒けばいい。だが、今日の目的はそれだけじゃない。

朝早くにフストを出て、ついでに薬草を採る。

幸い、天気は晴れ時々曇りくらい。街道を南下していると雲が影を作ってくれた。歩きやすい天候だ。

ジャックさんたちに馬車に乗せてもらった時も、ここを通る人は他にいなかったけど……。念のため遠くまで見渡して、誰もいないか確認する。

十分にフストから離れると、七十パーセントくらいの力で走ることにした。

祠を出た日以来、味わえなかった高速ダッシュの爽快感。広大な自然の中、ぽつりと僕一人だけが風を切って走っていた。


ピクニックをした場所に到着した。真っ直ぐと川に向かい、放水する。

全部出すのにかなり時間がかかった。

途中で面倒くさくなって勢いを強めすぎ、川が氾濫しそうになった時は焦ったな。その後は限界ぎりぎりの量を見極めてやったつもりだけど、結局もう正午くらいは軽く過ぎてしまったかもしれない。

さぁ、ここからがやっと本題だ。

少しポイントを変えて、アイテムボックスから昨日買っておいた釣り竿と餌を取り出す。そして鉤に餌を刺し通し、僕は竿を斜めに立ててから手首を使ってゆっくりと振った。

うーん……。

あまりイメージ通りにはいかなかったけど、一応そこそこ遠くまで飛ばせたからまあいいか。

前世では釣りなんか一、二回しかしたことがない。そんな僕が何故、今日釣りをしに来たのか。

それは、カトラさんと自然の知識を勉強する中で、ピクニックの際に見かけた魚を図鑑で発見したからだった。

この川で見たあの魚は、ギンウヤといって塩焼きにして食べることもできるらしい。その情報を知った僕はピンと閃いた。

そして、ここに今日こうして来たというわけだ。

図鑑に書いていたように竿を寝かせる。その他、細かな技術はいくつもあるんだろうけど、僕には主要な数点だけにしか気を配る余裕はない。

まあ技術はないが、ジャックさんに頂いた指輪もあることだし、運だけはあるはずだ。

……。

静かに集中する。半透明な幸運の指輪に軽く触れ、願って待っていると反応があった。

キタっ！

手応えを感じ、瞬時に釣り上げる。タイミングは悪くない。

水上に現れたのは、太陽光を反射してきらめく銀色の魚だった。ギンウヤだ。

逃がさないように気をつけて回収し、鉤を外す。アイテムボックスから釣り具と一緒に買っておいた串を出し、ギンウヤにそれを刺した。

多めに塩をかけ、炎の生活魔法でじっくりと焼き上げる。

よし、そろそろいい頃合いかな。

ガブッと齧り付くとめちゃくちゃ美味しかった。ふわふわの身が堪らない。魚は久しぶりなので余計に美味しく感じる。

道具集めにお金はかかったけど、それを差し引いても満足な味だ。とはいえ高価な物は買わなかったから、今日の分の薬草を売れば支出はそこまで大きくはならないだろう。

あと二匹くらい釣って、一つはレンティア様に送ろうかな？

そう考え、上手く釣って焼き上げ、貢物として送ってみた。レンティア様は、かなり喜んでくれたようだ。

『おお、最高の差し入れじゃないか！　いきなり川で釣りだなんて、アンタも面白いことするね』

「思いつきで、せっかくなので楽しんでみよかなと。どうですか、お味の方は」

『前の串焼きも良かったが、こっちも旨いよ。まあでも、清酒なんかをクイッといきたくなるね。

今はまだ仕事が山積みで、なかなか呑めずにいるけどさ』

「ではお酒も機会があれば、送らせていただきますね」

『ああ、ぜひ頼むよ。おかげで元気が出たことだし、残りの仕事も片付けてこようかね。じゃ、引き続き元気にやるんだぞ』

「はい！　それではまた」

周りに人がいないので、声に出して返事をする。

やっぱりレンティア様は基本的に仕事で忙しくしているな。労うためにも、今後も積極的に美味しい物を送らせていただこう。

声が聞こえなくなり、少し休憩してから街に帰ろうかなと思っていると、川の向こう岸で何かが動いていることに気がついた。

なんだろう？

目を向けると、犬がいた。白と灰色が混ざったような犬が、川の水を飲んでる。

あ、もしかしてこのモフモフ具合……前に薬草採取をしていた時、遠くに見えた動物だろうか？

野犬なのかな、こっちの存在にも気がついているみたいだけど……。

その時、不意に魔力を感じてドキリとした。

こ、この魔力、もしかして魔物っ？　一瞬警戒するが、敵意はまったくと言っていいほど感じない。それより……あの犬、よく見ると怪我してないか？　後ろ足をフラつかせている。

近づくのは怖かったが、他に仲間がいる様子もなかったので、僕は一度五十メートルくらい下流の方へ行ってから、対岸に渡ってみることにした。

力を込めて、ひとっ飛びで川を越える。

なるべく足音を立てないようにして上流へ上っていくと、さっきと変わらない場所で犬が横たわっていた。ゆっくりと近づく。

あと十メートルくらいまで距離を縮めると、低く唸るような声が聞こえてきた。怪我で立つに立てない様子で、犬は僕を見て喉を鳴らしている。

敵意、と言うより警戒されている。川の向こうにいたときは、距離があったから無視されていただけだったのかな。

足を止め、僕は膝をつけて目線を低くした。警戒しないでも大丈夫だとアピールする。

犬はよほど元気がないらしく、唸る声も長く出し続けることはできないみたいだった。しばらくすると荒く呼吸をしながら地面に伏せた。

ここまで来て初めてわかったけど、よく見ると全身の至る所に傷がある。引っ掻かれたり噛みつかれたりしたような傷だ。前に見た時からの間に、何かあったのだろう。

ひとまず、もう少し近づいて鑑定してみよう。図鑑などで見たことがない種類だし、先にこの犬がどんな魔物なのか知っておきたい。

もし最後の力を振り絞って襲ってきたときは、ジャンプして川の向こうに逃げればいいし。

じわりじわりと近づく。あと五メートルくらいところで僕は鑑定を使い、そして現れたウィンドウを見て目を見張った。

「……えっ」

【 鑑定不能 】

同等以上の存在のため、鑑定スキルは使用できません。

鑑定、不能……？　こんなの初めてだ。

同等以上の存在って、どういうことだろう。この犬が僕と同じように神様の使徒ってことなのか、それともそれに匹敵するような種族ってことなのか。はたまた、また別の意味なのか。

鑑定スキルにこんな制限があったなんて。

酷く困惑する。だが、今はいくら考えても答えが出そうにはない。

この事態を理解するための手がかりがないか、あとでしっかりと調べることにして、とにかくさらに犬に近づいてみる。

細くなった目でこちらを凝視する犬は、すぐ側まで行っても逃げることはなかった。というより体力が十分でないからか、逃げることを諦めているみたいだ。

「大丈夫、怖がらないで」

手をかざして治癒の生活魔法を使う。犬の体を淡い光が包み、みるみるうちに傷が治っていく。

これで血が止まり、傷が塞がったはずだ。

……よし。もう大丈夫だろう。

距離を置いて観察していると、犬は立ち上がってブルブルと高速で体を振り始めた。それから調子を確認するように、自分の背中を見ながら回っている。

ふぅ。

とりあえず襲ってくる気配はない。元気になったみたいだし、僕は帰ろう。

そう思って立ち上がると、いきなり犬が川に飛び込んでギンウヤを咥えて戻ってきた。

す、凄いな。僕の足下にそれを置くと、ジッと見つめてくる。傷を治してあげた感謝の印かな？

「あ、ありがとう」

しかし、こうして見るとかなり大きい犬だ。後ろ足で立ち上がったら、現在の僕より全然大きいだろう。四足歩行状態の今だって、ほとんど顔の高さが変わらないくらいだし。

思わず圧倒され、少しビビりながらギンウヤをアイテムボックスに入れると、犬が不機嫌そうな顔をした。

えっ。な、なんで？　何か間違ったかな。

犬は僕に何かを伝えるように、対岸を見つめている。あの辺りはさっきまで僕がいた場所だ。

「……あ。も、もしかして焼けって？」

声に出して聞くと、犬は「そうだ」と言わんばかりに機嫌を直してお座りをする。

「お前……プレゼントじゃなくて、お腹が減ってただけなんだ……」

僕が勘違いしていただけだったらしい。自分が食べられるよりはマシなので、ギンウヤを取り出して焼いてあげる。

魔物だけど一応犬だから気を遣って塩はかけず、出来上がったら身をほぐして骨を抜く。

別に地面に直置きでもいいんだろうけど……ちょうど器になりそうな大きめの葉っぱがあったので、それを採って水で洗い、そこに盛り付けてみた。

犬はギンウヤをペロリと平らげ、ムフンと満足げな様子だ。体の大きさからして量は決して足りなかっただろうが、喜んでくれたみたいで良かった。

「じゃあ、僕はこれで」

なのでもういいだろうと思い、立ち去ろうとした……のだけど。

ど、どうしよう。なんか、ずっと後をついてきてる。

とにかく、全力疾走で逃げてみる。しかし撒けなかった。この犬、相当足が速い。

振り返ったら当たり前のようにそこにいる。駆け寄ってきたり、特別僕を気に入ったといった感じは出さないのに。

はぁ……困ったな。視線で訴えかけても顔を逸らすし。

「恩を感じてついてきてるんだったら、もういい――……駄目か」

チラッとこっちを見ただけで、またそっぽを向かれてしまった。

で、結局振り切ることができないままフスト近郊まで戻ってきた。これ以上時間を無駄にはできない。僕には勉強に、短剣の練習もあるんだ。

半ば諦めて街を目指す。

いつも薬草を採取しているポイントを通過したとき、ふと気がついた。このまま街に入ろうとしたら、相変わらず後ろにいるこの犬はどうなるんだろう？

さすがに魔物がそのまま街に入ることはできない。誰かに倒されかねないから、逃げていってくれるのかな。

……あ、そういえば。

たしか冒険者ギルドには従魔登録という制度があったはずだ。まだフストでは見かけたことがないけど、テイマーと呼ばれる従魔連れの人もいるらしい。冒険者の場合は、従魔も仲間の一人としてギルドに簡単な登録をしておくというわけだ。

まあだからと言って、この犬を僕の従魔にできないか試みる気はないが。

なんたってリスクが大きすぎる。相棒ができるのだったら今後一生……か、とにかく長い期間、宿や食事の面でも問題が発生してしまう。今の僕に、それを受け入れるほどの覚悟はない。

フスト南西にある森の近くに来ると、遠目にちらほらと冒険者の姿が見えてきた。犬は未だに後をついてきている。

しかし。

あれ、急に止まった？　ある場所で足を止めると、それ以上こっちに来ようとはしなかった。ただ、僕のことを見つめている。

今の状態であそこより街に近づくのは危険と判断したのかな。まあ、良かった良かった。これでお別れできる。

「じゃあ、元気に生きるんだぞ」

最後にそう言って、足早に去ることにする。

百メートルほど歩いて振り返ると、犬はまだ一歩も動かずにいた。

もうどこかに行ったと思ったんだけどなぁ。あの姿を見ると、こっちが悪いことをしているような気になってくる。

……いやいや、ダメだ。いくら特殊な魔物だとわかってはいても、そう易々と従魔化を検討したりはできない。心を鬼にして背を向ける。

そして五十メートルくらい歩き、また振り返ってしまうと犬はまだそこにいた。

……。

再度十メートル進み、振り返る。やっぱりいた。

………。

あー。まっ、まあとにかく一応従魔化についての知識だけ入れてこよう。ついでにグランさんに高空亭への従魔の連れ込みが可能かも訊いて。

ダメだったら諦める。宿を変えてまで犬を連れる気はない。大体、あの犬が僕のことをどう思っているのかもいまいちわからないんだし。

なるべく早くそれらを終えて、また南門に戻ってこよう。その時、犬がいなくなっていたらそれはそれ。もう気を揉まずに済むだけだ。

べ、別に少し気が向いただけで、決して犬に心を惹かれたわけではない。

僕は急いでギルドに戻り、薬草を売ってから資料室でカトラさんに従魔化に関する書物を見せてもらうことにした。

そこでわかったこととして、『従魔化』とは魔物側が承諾することが必要な、両者間での一種の契約魔法なんだとか。少し特殊なもので、契約後は『無力化』という効果を発動することで、魔物を小さくすることもできるようになるらしい。危険がない無力な状態にし、従魔を心置きなく街に入れることができるというわけだ。

あまり遅くなるのもあれなので、今は従魔化の使い方だけを頭に入れ、次に高空亭へ向かう。ちなみにカトラさんには事情を説明して、今日の勉強はなしにしてもらった。

街の外で従魔化の魔法が使えないか試して、上手くいったらあとの判断はあの犬に任せればいい。あっちの承諾が必要な以上、僕ができるのはそこまでだ。

一度、街に連れて入れないかトライするだけだ。ずっと付いてきていたから、気になって仕方がなく試してみるにすぎない……うん。

昼休憩中だったグランさんに話を聞くと、「他の客に迷惑をかけないんだったら部屋に連れ込んでも良いぞ」とあっさり許可を得ることができた。どうも、時々従魔連れの宿泊客もいるらしい。ただ、無力化を解くのは禁止。何かを破損してしまった際は修繕費用を支払う、というルールは守るようにとのことだった。

グランさん、僕なんかよりも従魔化について断然詳しい様子だったなぁ。冒険者も相手にする仕事だからだろうか？

南門に戻ってきた。

一時間以上経ってしまったから、あの犬はもういないかもしれない。と思いながら先ほどの地点に向かうと、犬は近くの草むらの中で丸くなって待っていた。

「まだいたのか」

慎重に手を伸ばし撫（な）でてみる。

こ、これが……いわゆるモフモフか。撫でても嫌がる様子はない。

よし、じゃあ頭に入れてきた方法で従魔化が使えないか試してみよう。とりあえずやるだけやってみる。関係性がゼロの魔物相手では、普通はできないって書いてあったし。

もしもこの犬が自ら去っていくと決めたなら、僕は別に後は追わない。一匹で強く生きていってもらおう。

心の中でつらつらと言い訳がましく自分に言い聞かせ、魔力を操作して何度か試してみる。すると、ほんの五分ほどでまさかの成功を収めてしまった。

「『従魔化』」

詠唱してから犬に手をかざし呟（つぶや）くと、ぽわぁっと犬が光った。

「……む、『無力化』」

続けてそう唱（とな）えると、ライオンくらいの大きさだった犬が、どんどんと小さくなり、抱きかかえられるくらいのぬいぐるみサイズになった。爪（つめ）なんかも見る影がない。

犬は、潤んだ大きな目で僕を見上げている。

うーん。こ、これは……気高さを失い、代わりに可愛らしさを得た感じだな。

無力化した状態だと、何の問題もなく犬を連れて街に入ることができた。

ギルドに従魔登録をしに行ったが、ちょうどカトラさんが席を外していたので、他の受付嬢の方に対応してもらい、今日は手続きを終えて高空亭に帰ることにした。

途中までは犬を抱えて移動し、住宅街に入ったところで地面に下ろしてみる。高空亭まで歩かせてみたが……うん、よちよちと後をついてきている。特に逃げ出したりしそうな雰囲気はない。

この様子だと多分、街で問題を起こしたりはしないだろう。それに無力化して小さくなった今は、小型犬以下のスピードだ。万が一逃げ出したとしても僕ならすぐに捕まえられるから安心だ。

高空亭に着くと、まずは裏庭へ行く。

まだ夕方にもなっていない。忙しくなる時間帯ではないと思うので、グランさんたちを呼んで犬を紹介しておくことにした。

「わっ、かっわいいー!!」

グランさんと一緒に出て来たアーズが、犬を見て開口一番に言った。

日向で横になっている犬に駆け寄り、早速モフってる。

「この子、名前はなんて言うの?」

「まだ決めてないけど……」

「えっ、じゃあ今から決めようよ!　ほら、おやっさんも。みんなでさ」

凄い飛びつき具合だな。アーズは喋りながらもモフモフし続けているが、犬もこれはこれで満更でもなさそうだ。

「俺もか？　つうかアーズ、それはお前さんが決めることじゃねえだろ」

「あー……そっ、そうだよね。ごめん。テンション上がっちゃって、つい。ここはトウヤが……」

「いや、せっかくだしみんなで案を出し合って決めようよ。もちろん、グランさんも一緒に」

「いいの⁉　やった！」

「おい、結局こうなんのかよ……ったく。俺あんまし得意じゃねえんだよな、名前を考えんの」

アーズの提案を採用すると、彼女は飛び跳ねながらガッツポーズをした。動物が好きなのかな？　気になって話を聞くと、孤児院では動物を飼えない分、普段から弁当を売りに行った際に停留所の馬たちと触れ合ったりしているんだそうだ。

ネーミングセンスに自信がないと言うグランさんは腕を組み、うーんと頭を悩ましている。

「そういや、こいつってグレーウルフか？」

「どう……なんでしょう。正直、僕もよくわからないんですよ」

「そうか……。俺も無力化した魔物の姿に詳しいわけじゃないが、見たことがない個体だと思ってな。妙に存在感が強いからな、そこら辺にいるやつではないことは確かだが……」

やっぱり現状は、謎の魔物のままだな。犬自身は、想像以上にすんなりと従魔化を受け入れてくれたけど。

三人でそれぞれ案を出し合い、その中から一番良いと思う名前に決めることにする。

上がった案は全部でこうなった。

レイ
アヴル
クラウド
アッシュ
超深淵灰色次郎丸
グレートグレーサンダー

ちなみに前から二つずつ、アーズ、僕、グランさんの案だ。グランさんはネーミングセンス云々の前に、なんというか振り幅が凄すぎた。アーズの案であるアヴルは、この地の英雄の名前らしい。

さて、どうしよう。まずはみんなで話し合ってみる。

……。

すぐに僕とアーズの意見が一致して、レイと名付けることに決定した。

多数決的にしょうがないとはいえ、早くから蚊帳の外になってしまったグランさんは少しだけ落ち込んでいる。

「グレートグレーサンダーもいいだろ……」

せっかく考えてもらったのに申し訳ないな。ガタイのいい中年男性の案とは思えないが、このあたりは世界によって異なる感覚なんだろう。……うん、きっとそうだ。

「あたしはアーズだよ。よろしくね、レイ！」

アーズがワシャワシャしながらそう言うと、レイは返事をするように吠えた。

薄々感じていたけど、やっぱり言葉を理解してるような……知能が高いのかな？

レイはあまりベタベタと甘えてくるタイプではないとはいえ、人に撫でられても嫌がるような素振りは見せない。アーズが撫でてると言うより、撫でさせてもらってるって感じだ。

今は小っちゃな見た目だけど、中身は意外と落ち着きのある性格なのかもしれないな。

◆

朝。食事を済ませて部屋に戻ると、レイは床に敷いた布の上でまだ丸くなって寝ていた。

起こして食事をあげる。グランさんの計らいで、格安で分けてもらった森オークのステーキだ。味付けはしてない。

昨日、いくつかの食材を差し出して確かめたところ、レイは肉と爽やかな甘みが特徴の果物を好むようだった。森オークはフストだと安く手に入れられるから、懐へのダメージは小さくて済みそうだ。良かった。

今日はカトラさんから魔法を教えてもらう初日。レイを抱えて外に出る。

ついにこの日が来た！　新たな魔法……可能性が広がるな。

自分でもわかるくらい上機嫌に、裏庭へ向かう。

そわそわしながら待っていると、カトラさんはすぐにやって来た。今日は私服姿でも、長袖長ズボンの街の外へ行く冒険者風の軽装だ。

「ごめんね、待ったかしら？」

「いえ、僕も今来たところです」

これで武器でも持ってたら熟練の冒険者に見えそうなくらい、しっくりと馴染んでる格好だなぁ。

彼女の視線が下がり眉が跳ね上がる。

「あらっ、その子が昨日言ってた……たしかグレートグレー……」

「れ、レイです」

「ああ、そうそう。レイちゃんだったわね」

家でグランさんから名付けの話を聞いたのだろう。想像以上にグレートグレーサンダーを気に入っていたのか、グランさんがなんて話したのか正直気になるところだが。

「ふふっ、かわいいわね。男の子？　女の子？」

「男の子みたいです」

言葉を交わしながら、僕たちは南門を通ってフストの外まで出る。

道を進み、門から離れた辺りでレイの無力化を解くことにした。

手をかざして短めの詠唱。そして最後に呟く。

「『無力化・解除』」

凛とした姿に戻り、レイが伸びをしている。その姿を見て、カトラさんの空気が変わった。

「と、トウヤ君！　グレーウルフではないって聞いてたけど……この魔力、何か神聖な魔物に違いないわよっ」

「え、神聖な……？」

鑑定で僕と同等か、それ以上の存在と出たことに繋がる話だろうか。

カトラさんは自身の腰にそっと手を寄せて、何かを掴もうとした。しかし遅れてそこに何もないことに気付き、ハッとしている。

「え、ええ。個体数が限られた、強力な魔物は特有の神聖さを持ってると言われてるの。人前には滅多に姿を現さないけれど、古くから世界中の伝承に登場するそうよ」

「もしかして……レイが、そのうちの一体だと？」

「お、おそらくね。私も実物を見たことがあるわけじゃないから、確信は持てないわ。でも明らかに異常よ……この魔力は」

普通の魔物とは魔力が違うそうだ。一応、感じ取ろうと頑張ってみる。

うーん。僕にはこれがどう異常なのかよくわからないな。カトラさんに警戒されていても、当のレイもどこ吹く風と大人しく待機しているし。

「早めに従魔化しておいて正解だったわね。去年、同じ神聖な魔力を持つドラゴン一体が西方の国を滅ぼしたって聞いたくらいだから」

「くっ、国を⁉　一体で……」

恐ろしすぎる。そんな魔物もいるのか。

たしかにカトラさんが言っていることが正しいのだったら、安全のためにもいち早く従魔にしておいて良かったかもしれない。

まあ今も眠そうにくぅあーっと欠伸(あくび)をしてるくらいだし、レイがそんなに危険とは思えないけど。強い魔物というより、のんびりした普通よりも少し大きいだけの犬って感じだ。

「とりあえず……今は行きましょうか。なんか、危険な雰囲気もないですし」

「そ、そうね」

カトラさんもレイの緊張感のない姿を見て、少しは安堵(あんど)してくれたらしい。後ろをついてくるレイを時々窺(うかが)っているが、次第に警戒も解けてきたようだ。

しかし、そんなに強い魔物なのだったら、なんで出会ったときに怪我をしていたんだろう？　それにたとえレイがドラゴンと張り合うような存在だったとしたら、それにしては体が小さいような……。

もしかして、まだ子供なのかな？

気になることは山ほどある。だけど今は魔法へのワクワクが抑えきれず、僕はすぐに頭を切り替えて魔法の練習に集中することにした。

「じゃあ、この辺りでやりましょうか」

カトラさんが足を止めたのは、僕がいつも薬草を採っている場所よりもさらに街から離れた草原の中だった。街道から外れ、近くには木が三本あるだけだ。

レイは目の届く範囲を走り回っている。

「トウヤ君はセンスがいいから、説明するよりもまずは見てもらおうと思うわ。いいわよね？」

「はい、よろしくお願いします」

どんな魔法が見られるんだろう。

生活魔法とは違い、全体的に規模が大きいとされている一般魔法。テーマパークでアトラクションに乗る前のように興奮が高まっていく。

「一般魔法を使うのは一年ぶりだから、なんだか私まで緊張するわね……」

カトラさんはどこか照れくさそうにそう言ったが、至って落ち着いているように見える。

彼女は僕から離れて目を閉じると、すぐに瞼を上げた。

集中している。鋭さを感じさせるほどの、凜とした立ち姿だ。

「行くわよ？　ちゃんと見ておいてね」

その瞬間、ドッと魔力が押し寄せてきた。驚きのあまり、息を詰まらせてしまう。

すっ、凄いな……。魔力の質の善し悪しはまだよくわからないけど、量が膨大であることはダイレクトに伝わってくる。

これ、かなり多いんじゃ？　今の僕の総量では出せない迫力のように思う。

カトラさんはその魔力を無駄にすることなく、しっかりと管理し、操作している。

滑らかな詠唱。一息つき、最後の言葉はハッキリと聞こえてきた。

「『ウィンド・エンチャント』」

魔力が可視化しているのだろう。カトラさんの体の周りに緑がかった風のような物が現れ、全身をコーティングする。

そして、彼女は体を前に倒し、駆け出した。

速いっ！

ビュンッと初速から、およそ人の出せるスピードではなかった。気を抜いていたら見逃してしまうくらいの速さだ。遅れて僕が目で追うと、カトラさんはすでに遠くまで行っていた。

風による、身体強化みたいな魔法なのかな？

大きく草原を走り回り、カトラさんは旋回して戻ってくる。僕も全力で走れば同じくらいだと思うけど……スタートダッシュは完全に負けるだろうな。

近くに帰ってきたカトラさんは、そのままの勢いでジャンプする。さっきの緑色の風が現れ、次はビョーンと高くまで跳んだ。

こんな魔法があるってことは、僕の身体能力もこの世界の理を外れるレベルではないのかもしれないな。

さて、次は……。僕は早くも次を期待したが、この魔法の効果はこれだけではなかったらしい。

「えっ」

その光景を見て驚愕（きょうがく）する。

ちょうど目の前に差しかかったカトラさんが、空中でほんの少しだけ浮いたと思ったら、さらにもう一度ジャンプしたのだ。
二段ジャンプだ。高く高く空へ飛んでいく。
身体強化系も魔法としては魅力的だ。だけど、今の自分でも可能なレベルだった。
だから驚きは少なかったが……これは自分にできない非現実的な光景だ。思わず目を奪われる。
落下してきたカトラさんは地面の近くでふわりと速度を緩めると、ほとんど音を立てず着地し、それからもいくつかの魔法を披露してくれる。

「『ウィンド・カッター』」

「『ウィンド・ブレード』」

「『ウォーター・ボール』」

風魔法を中心に、水魔法なども。
攻撃魔法として特大規模とは言えないが、初めて見た僕にも目を見張るほどの練度だと分かるくらい、その全て(すべ)が洗練されていた。

一通りを終え、戻ってきたカトラさんが服を払う。

「ふぅ、どうだったかしら？」

「凄かったです！　全部の魔法が綺麗(きれい)で、わくわくしましたっ」

「ふふ、ありがとう。そう言ってもらえると頑張った甲斐(かい)があるわ」

「あのっ、本当に僕にもできるんですか？」

「もちろんよ。トウヤ君にならできるわ。私の目に狂いはないってこと、しっかりと証明しなきゃね」

自信ありげに胸を張るカトラさん。頼もしい先生だ。

攻撃魔法は迫力にちょっとビビってしまったけど、身を守るためにも有効だからぜひ習得しておきたい。それに使えると『魔法』って感じがして、普通にカッコいいし。

早速、カトラさんからの指導が始まる。

「一般魔法は下級・中級・上級・王級・聖級の五段階に分類されているの。最初に使った『ウィンド・エンチャント』は王級だから、すぐにマスターするのは難しいと思うわ。だから、まずは初めに下級の『ウィンド・カッター』から始めてみましょうか」

「はい！　それにしても……あの最初のって、そんなに難しい魔法だったんですね」

「ええ、一応ね。使い続けるには魔力の消費が激しいのよ。その上走ったり跳んだり、体を動かす必要もあるから王級扱いされているようね」

「なるほど……」

たしかに、体を動かしながら魔法を使うのは難しそうだもんな。ふむふむと頷(うなず)きながら練習を始める。

「それじゃあ、もう一度『ウィンド・カッター』を見せるから、しっかりと目に焼き付けておくのよ？　後でイメージがしやすくなるはずだから」

「わかりました。よろしくお願いします！」

カトラさんの魔法を再度観察する。魔力の流れや引き起こされる現象の見た目、効果について深く理解することが大切だ。

僕はこの点において目がいいらしい。要領よく、すぐにコツを摑むことができた。

決して前世からそういう人間だったわけではないので、きっとこれはレンティア様が与えてくださった【魔法の才能】によるセンスなのだろう。

段階を移し、魔力の流れを確認する。カトラさんがやっていたことを忠実に再現しようと意識してみた。

「そうそう、良い感じね。驚いたわ……まさかこんなに早くここまでできるだなんて」

カトラさんは後ろから僕の肩に手を添えている。体内を循環する魔力を読み取ってくれているみたいだ。

上出来か、やったぞ。

「じゃあ魔力の状態はもう十分だから、試しに発動してみましょうか。生活魔法を使うときと同じようにイメージしたら大丈夫よ」

「はい。……『ウィンド・カッター』」

手を前に伸ばし、魔力を放出する。同時に現象は起きた。

カトラさんのものと比べると全然だが、風の刃のようなものが飛んでいく。形は不安定で飛距離も短い。それは二メートルくらい先で霧散してしまった。

しかし、当たった背が高めの草がスパッと斬れた。成功だ。

「……っ！」

喜びが込み上げる。思わず笑顔で振り返ると、目を丸くしてキョトンとしていたカトラさんも、次第に満面の笑みに変わった。

「す、スゴいわ……いやっ、本当よ⁉　こんなにも順調に習得できるなんて、それこそいずれは聖級も夢じゃないくらいだわ！」

「あ、ありがとうございますっ」

強く抱きつかれ、息苦しくなりながら感謝を伝える。

「カトラさんが親身になって教えてくださっているおかげです」

「もうっ！　もっと素直に喜んでいいのよっ？　これ、かなりスゴいことなんだから！」

自分のことのようにはしゃいでくれているカトラさんは、なんだかいつもより子供っぽい。跳ねながら喜んでくれている姿は、普段が大人びている分、僕からすると年相応に見えた。

練習は日が傾く頃まで続いた。

結果ウィンド・カッターに加え、僕は同じく下級のウォーター・ボールと、中級のウィンド・ブレードの発動にも成功することができた。

まあ、どちらも一応形になったという程度だ。形も汚いし、威力も弱い。まだまだ本当の意味で使えるとは言えないけど……。

「ほ、本当にいいんですか？」

「ええ。手を抜いたら街の中でもできないことはないけれど、本気で魔法を使うには外に出ないと危険だから――」

「でもっ、休みのたびにお時間を頂くわけにも……。すでに普段からカトラさんには散々お世話になっていますし」

「そんなこと構わないわよ。私が、トウヤ君に魔法を教えたいの。なんだか懐かしくってね」

「……え？」

「私はもう冒険者を引退して、遠くへは行けない。けど、君はこれからどこにも縛られない冒険者としての日々を送れるのよ？　その姿を見ていると、昔の自分を思い出しちゃって」

だから、とカトラさんは続ける。

「応援したいのよ。私はその始まりの一端に関(かか)われるだけで幸せだから」

「………」

昔を懐かしむような視線に、なんと声をかければ良いのか分からなかった。

まだ若いんだから、そんなこと言わずに？　いや、僕が二十代前半だった頃とはわけが違う。カトラさんはその年ですでに、冒険者としての人生を駆け抜けた後なんだ。

……うん。

「今後とも、よろしくお願いします」

だから深く感謝をして、僕は与えてもらえるものを有(あ)り難(がた)く受け取ることにしよう。

「こちらこそ。頑張っていきましょうね」

さあ、練習の日々の始まりだな。

カトラさんの休日に、それまでの間の成長を確認してもらう。よしと判断されれば次の魔法へ進めるという形だ。

魔法への研鑽は苦にならない。頑張れば確実に成長できるから、夢中になれる。

あとは練習あるのみ。習得したのだから、練度は努力次第で上げていける。

覚悟を新たに今日のところはフストに戻ろうとなったとき、レイの姿がないことに気がついた。

「あれっ、レイは……」

走り回っていた辺りにいない。驚いて全方位を遠くまで見渡すと、森の方に米粒サイズの犬らしき影が見えた。

「あ、あんな所に」

ちょうど、こっちに向かってきているみたいだ。カトラさんと一緒に近づいていくと、レイが何かを咥えているのがわかった。

「ん？　あれは……兎？」

「あら、D級のホーンラビットねぇ」

「でぃっ、D級⁉」

魔物なんて、僕もE級のスライムしか倒したことないのに。どうやらレイが咥えているのは兎の魔物だったらしい。

もしかして、暇で狩りでもしてたのかな？

レイは僕の前まで来ると、地面に魔物を置いた。そしてジッとこちらを見てくる。

「えっと……これ、僕に？」

尋ねるとワンッと返事があった。

「あ、ありがとう……」

川で出会った時とは違い、ちゃんと僕にくれる物だったらしい。でもくれるのは嬉しいけど、いきなりD級の魔物を渡されてもなぁ。どっ、どうしたらいいんだろう。

僕が悩んでいると、カトラさんが屈んでホーンラビットとやらに触れた。

「傷も少なくて、綺麗な倒し方をしてるわね。こんな状態の物を持ってきてくれるだなんて、レイちゃんはよほどトウヤ君のことを気に入ってるのね」

「どう……なんでしょう？　単にエサをくれたお礼じゃないですかね」

「従魔とはいえ、いくらお礼だと言っても普通はここまでしないわよ」

「そうですか……」

じゃあ、やっぱり僕のことを気に入ってくれてるのかな？

「ありがとう、レイ」

ガシガシと大きな体を撫でると、レイは気持ちよさそうに目を細めた。手を離すと、満足したのか草原に寝転がる。

よし、そうしたらこの魔物は……。

僕がアイテムボックスに収納しようとホーンラビットに手をかざしていると、カトラさんがパチンっと手を合わせた。

「そうだわ。ここで魔石回収と血抜きくらいはして帰りましょう。その方が、ギルドで高く買い取ってもらえるのよ？」

「ち、血抜きですか」

「今後も食べられたりする魔物を倒したら必要になるんだから。ここは勉強よ、トウヤ君。私も手伝ってあげるから。ほらっ、嫌がってないで頑張りましょう」

……そっか。前回はスライムだったから話が違ったけど、肉も商品になる魔物を倒したらこういうこともあるんだな。

捌いたことのある動物なんて魚くらいだ。正直やりたくはない。

けど、冒険者としてやっていくなら、きっといつかは慣れるはずだと信じて気乗りしない作業も今のうちからやっておかないと。

それにさらに高く買い取ってもらえたら、かなり懐が潤うかもしれない。

何しろD級の魔物だ。銀貨一枚くらいにはなるかな？

「……が、頑張ってみます」

なので僕は短剣を使って、ホーンラビットの処理に挑戦してみることにした。

うっぷ。さ、早速吐き気が……。

ダメだ、集中集中。カトラさんにやり方を教えてもらいながら、なんとか処理を進める。

僕の場合は生活魔法を使って楽をすることができたので、少しして無事に処理は完了した。

短剣の入れ方が荒く、決して上出来とは言えないホーンラビット（処理済み）をアイテムボックスに収納して……深呼吸。

ふぅ、危なかった。何度か、危うくリバースするところだったな。

最後に体内から取り出した魔石も収納する。スライムの時とは違い、脆く割れやすいなどということはなかった。大きさも三センチくらいある。これは高値の予感がするぞ。

よく頑張ったとカトラさんに褒められながら、僕たちはフストに入り、高空亭へ帰る前にギルドへ向かう。

ちなみに無力化したレイはカトラさんに抱っこされている。カトラさんも、今朝の警戒心が嘘のようになくなったらしい。

ギルドは人の出入りが激しくなる時間に入ろうとしていた。

多くの冒険者がカトラさんを見て、それから僕、そしてまたカトラさんと順に不思議そうな顔をして見ている。

いっ、居心地の悪い。

なるべく視線を合わせないようにして、素材買取所へ。列に並んで待っていると、順番が回ってきた。僕たちを見てルーダンさんが「おうっ」と手を挙げてくる。

「トウヤとカトラじゃねえか。今日はなんだ」

「魔物の買い取りをお願いします」

「魔石だけじゃねんだな……んじゃ、付いてきてくれ」

壁で先が見えなかったカウンターの先へと案内される。

そこはだだっ広い倉庫のような場所だった。エリアが分けられていてよく見えないが、奥では巨大な魔物を解体しているようだ。

カトラさんが今日一日の流れを軽く触り、ルーダンさんにホーンラビットを手に入れた経緯を話している間、僕はこれまたガタイのいい他の男性職員に肉と魔石を渡した。

そして三人でカウンターの方へ戻る。

……。

しばらく待ち、呼び出されて渡されたのは大銅貨五枚だった。

え？　だ、大銅貨、五枚……？

肉が四枚、魔石が一枚になったらしい。全部で予想していた銀貨一枚の半分だ。魔石だけで言うと、回収しにくいとはいえスライム十匹分と同じ。

D級でも、こんなものなのかぁ……。

現実は甘くないな。なんか、世知辛さを改めて実感した気がする。

第六章

祭りに向けて

三日後。

庭の草刈りの依頼をこなして、資料室でカトラさんと勉強していると扉がノックされた。

レイは今日、高空亭(たかぞら)に置いてきている。依頼先のことも考えて悩んでいると、アーズがちょくちょく様子を見てくれるということで部屋で待ってもらうことにしたのだ。

ノックされた扉から顔を覗(のぞ)かせたのは、人が良さそうなおじさんだった。

「カトラくん、ちょっといいかい?」

「あっ、ギルド長」

癖(くせ)っ毛で小太り。この人が……ギルド長? 冒険者ギルドの長だから勝手にもっとゴツい人をイメージしてたけど、見えないな。

「わ、わかりました。トウヤ君、少し外すわね」

「はい」

カトラさんは目を泳がせながら席を立つと、部屋を出て行く。

何かマズいことでもあったのかな?

あ……もしかして。普通にお世話になってるから忘れてたけど、そうだ。受付をせずに僕の勉強

に付き合ってもらっているんだから、それの注意を受けてるんじゃ。

不安になって待っていると、カトラさんが帰ってきた。な、なんか物憂げだ。

「……はぁ」

それに溜息も吐いてる。

隣の席に座ったカトラさんは、しばらく固まってから「よし」と顔を上げた。気持ちを入れ替えたようだ。

でも、変わらず表情は曇っている。

多分無意識に吐いてしまっているんだろう。二度目の溜息があったとき、僕は意を決して尋ねてみることにした。

「どうか……しましたか？」

「ああ、いやっ。ご、ごめんなさいね。何でもないのよ」

「もしかして僕がご迷惑をおかけしているせいで、何か……」

カトラさんは構わないと言ってくれているけど、ギルド長から怒られてしまってまでお世話になるのは良くない。何があったか確かめよう。

そう思い一歩踏み込むと、カトラさんはゆっくりと首を振った。

「いいえ。さっきのは業務上の連絡よ。たしかに形式上の注意もされたけれど、忙しくないときは勉強を続けてもいいと言ってくれたわ。ギルド長、根っからのお人好しだから」

だからこそ、と言うようにカトラさんは俯く。

「優しくて、快適な職場で働いていることに悩みを抱えちゃっていてね。高望みだとわかってるわ。でも、このまま規則が多いギルドで同じ毎日を繰り返すと思うと……」

カトラさんはそこで顔を上げ、自身の頰を両手で叩いた。

「ダメね。トウヤ君に自分の悩みを打ち明けちゃったりして」

「いいえ、僕は全然構いませんよ」

カトラさんもギルド職員になって一年。色々と考える時期なんだろう。

ご両親の後を追ったように、本来は自由に生きる冒険者向きの性格なようだし。実はまだ、冒険者に未練があるのかな……。

「ふふっ。やっぱり優しいわね、君は」

笑ってそう言うが、カトラさんに悩みが重くのしかかっていることは、その力のない瞳を見るだけでわかった。

このまま勉強を教えてもらうのは、今日はもうやめておこう。

「そ、そういえばっ！　昨日から突然、いろんなお店で赤色のポンチョを見るんですけど……何かあるんですか？」

だから話題を変え、街で見たことを話してみる。変に声が上ずってしまったが、カトラさんはクスッと笑って耳を傾けてくれた。

「ああ、アヴルの年越し祭ね」

「アヴル……？」

どこかで耳にしたような。えーっと……。

「あっ、この街の英雄でしたっけ」

「そうそう。よく知ってるわね」

アヴルと言えば、レイの名前をどうするか悩んでいたときにアーズの案で出たもう一つの名前だ。

それにしても祭りかぁ……って、年越し祭？　今、そんな季節だったのか。

驚くが、知らないのはさすがに不自然すぎるので顔に出さないように努める。

カトラさんが教えてくれたところによると、アヴルは三百年前に実在した英雄で、ある日神域側の森に住み着いたドラゴンを神様のお告げに従い、打ち倒したらしい。その戦いから彼が帰還したのが元日だったことから、今もなお、年を跨ぐ盛大な祭りが行われているんだそうだ。

僕が街で見た赤いポンチョは、ドラゴンの返り血を浴びたアヴルと同じようにみんなでなり、感謝と自分たちの勇気を伝える物なんだとか。

アヴルの年越し祭。面白（おもしろ）そうだし、せっかくだ。僕も参加してみようかな。


ギルドから高空亭に帰ってきた。

グランさんは夕食の仕込みが長引いているらしい。僕は裏庭で短剣の素振りをしながら、アーズにレイを見てくれていたお礼を伝えた。

そしてそのまま、短剣を振りながらアーズと話していたのだけど……。

「アヴル祭のポンチョ？　あたしたち、明後日に孤児院で手作りする予定だからトウヤも来たら？」

カトラさんから聞いたアヴルの年越し祭の話になり、そんな提案をされた。

動きを止めてアーズを見る。膝を抱えてしゃがみ込み、足下のレイを撫でている。

「えっ、いいの？」

「うん。アンナちゃんが赤い布を使い切れないくらい貰ったらしくてね。全然大丈夫だと思うけど」

グーっと親指を立てられる。

ポンチョをみんなで手作りか。お店で買おうと思ってたけど、そっちの方が楽しいかもしれないな。

「……じゃあ、行かせてもらってもいいかな？」

「了解っ。アンナちゃんに確認して、明日時間とか伝えるから！」

「わかった。よろしく」

というわけで僕は祭りで着るポンチョを作るため、久しぶりに孤児院を訪れることになったのだった。

◆

そんなこんなで二日が経ち、ポンチョ作り当日。

アーズに言われた時間が昼過ぎだったので、遅めに起きて朝食後は魔力を操作して時間を潰す。

ウィンド・カッターを発動する寸前まで繰り返す感じだ。

もちろん、街の外で実際に全力で放てる時に比べたら効果は低いだろう。けど、これでも少しくらいは成長があるはず。やらないよりはマシだ。

気がついたら宿の中は静かになっていた。他の宿泊客たちが出払ったのかな。

僕もあと二時間くらいで……あ、そうだ。

ここ最近、毎日欠かさずに働いていたのでお金には余裕がある。今日は仕事ではなく、普通に孤児院にお邪魔するんだし、手土産の一つくらい持っていった方がいいか。

お店に寄って何か買っていこう。

どこに行けば良さげな物があるかは……わからないから、早めに出ていくつか見て回ってみようかな。何しろフストでの買い物経験が少なすぎる。食事も宿で済むし、本当に必要最低限の物しか買ってこなかった。

思い返してみれば随分と質素な生活だ。まあ、新鮮な風景や魔法のおかげで退屈はしてないが。

少ししてから部屋を出る。

レイは今日は留守番だ。今は床で静かに寝てる。

賢い上に無力化しているから問題は起こさないだろうけど、ポンチョ作りに集中して目を離すよりは、部屋に置いていった方が安心だと判断した。一応、グランさんにはその旨を伝えてある。

階段を下りていると、甘い匂(にお)いがしてきた。

何だろう、この匂い？

フロントに向かう途中で厨房(ちゅうぼう)を覗いてみる。グランさんが何か作っていたようだ。

「グランさん。鍵、お願いできますか？」

「おっ、もう行くのか？　まだ早いだろ」

昨日、僕とアーズが話をしているときにグランさんは横にいたので、話を聞いていたらしい。

「お土産でも買っていこうかな、と」

「土産？　そんな物、わざわざ買わなくても良いと思うぞ」

「……？」

グランさんが何かを持ってこっちに来る。

「ほれ、これでも持ってけ。チビたちも喜ぶはずだ」

そう言って差し出してきたのは、蓋付きの食器だった。グランさんが蓋を開けた瞬間、さっきからした甘い匂いがむわっと出てきて、一段と濃くなる。

パイだ。

「わっ、美味しそうですね！」

香りや見た目からすると、ブルーベリーに似た木の実を使った物だと思う。

「もしかしてこれ、今日のために作っていただけたんですか？」

「ま、まあそういうことだ」

「っ！　ありがとうございます。あ、お値段の方は……」

硬貨を取り出そうとすると、グランさんは「いや」と目を逸らしながら僕を止めた。

「食堂で出す新作の試しだからな。代金は結構だ」

「え。い、いいんですか？」

「ああ。他にもいくつか同じ物があるから持っていってくれ」

試作品であることは本当なんだろう。でも、孤児院の子たちや僕のために持たせてくれているんだろうな。まだ焼いている途中の物の匂いもする。

出発時刻を耳にして、それに合わせて全部が完成するように作ってくれていたみたいだ。

「……ありがとうございます」

このくらいの量なら、アイテムボックスに入れても不自然ではない。グランさんは食器を持ち運びやすいように袋に入れてくれようとしたが、僕は全てアイテムボックスに収納することにした。

これなら、せっかくのパイを温かいまま持っていける。

出発までの時間、食堂の椅子に座ってグランさんと話して時間を潰す。少しすると、扉が開いて鈴の音が聞こえてきた。

お、誰か来たみたいだ。お客さんかな？

グランさんも対応しないといけないだろうし、もうそろそろ僕も出発した方が良いだろう。

鍵はすでに預けているので、席を立って扉の方へ行こうとする。

しかし、宿に入ってきたのが見知った少女だったと気付き、僕は足を止めた。

「あれっ、リリー」

「久しぶり、トウヤ」

今日も今日とて表情が乏しい彼女。後ろにはピクニックの際にいた護衛の女性が、前回とは違い侍女っぽい服装で立っていた。会釈する。

ジャックさんたちは……いないみたいだな。目的はグランさんではなく僕のようだ。

なので、話を聞いてみた。

「なるほど……。僕をアヴル祭に誘いに来てくれたんだ」

「うん」

リリーは祭りを前に、当日一緒に回らないかと声をかけに来てくれたらしい。侍女服姿の女性がにこやかな笑顔を浮かべ、言葉を付け足してくれる。

「お嬢様、トウヤさんをお誘いするために急いでお勉強を終わらせて来たんですよ」

リリー、愛されてるんだなぁ。簡単にそうわかるほど、優しくて誇らしげな声音だ。当のリリーは女性の言葉に恥ずかしがることもなく、ジッと僕の返答を待っているが。

「もちろん。ぜひ一緒に行こうよ」

断る理由もない。わざわざ足を運んで誘ってくれたことを嬉しく思いながら、返事をするとリリーは小さく微笑んで頷いた。

「良かった。トウヤ、ポンチョ持ってる？」

「あ、ちょうど今から孤児院で、みんなと一緒に作りに行くところなんだけど……」

「そう。じゃあ、わたしも行く」

「えっ？　あ、いやっ。ど、どうだろ？　いきなり行ってもいいか僕には判断できないから――」

「大丈夫。もしダメだったら大人しく帰るから」

「そ、そう。だったら問題はない……のかな？」

優しいアンナさんたちのことだから、普通に参加させてくれるとは思う。

でも、ご迷惑にならないかなと心配したが、そのあたりはリリーもわかってくれているみたいだ。ダメそうだったら、本当にすんなりと帰るつもりなんだろう。

というわけで、僕はリリーと侍女さんを連れ、孤児院に向かうことになった。

二人は近くの停留所まで馬車で来ていたらしく、一度そこに寄って御者に話を通してから行くことにする。孤児院の方は道が狭いし、止める場所もないだろうからなぁ。

停留所で話を聞いていると、馬車はここでリリーたちの帰りを待つとのことだった。

孤児院へは時間通りに到着した。

前もってアーズから言われている食堂へ行く途中、リリーたちは興味深そうにあちこちを見ている。どうやら、孤児院の景色が珍しく映ったらしい。

食堂に入ると、長机に布なんかが一人分ずつ切り分けられ、ずらりと並んでいた。

「あー来た来た。トウヤと……ん？　あっ。えっと……ジャックさんのところの……」

入り口付近にいたアーズが僕たちに気付くと、近づいてきた。

そうか。グランさんとジャックさんの関係だもんな。リリーもアーズがいるときに高空亭を訪れたことがあって、顔見知りだったとしてもおかしくはない。

眉間に皺を寄せて必死に名前を思い出そうとしているアーズに、リリーが口を開く。

「リリー」

「そうそうっ、リリーだ！　久しぶり！　で、どうしたの？」

アーズは視線を侍女さんとリリーの間を行ったり来たりさせる。

「実は……」

僕が事情を説明すると、アーズは嬉しそうに笑ってくれた。

「了解。じゃ、リリーも一緒に作ろっか。チビたちには針を持たせられないから、実は人手が足りなくてね。ちょっと待ってて。念のためアンナちゃんにも伝えてくるから」

アーズはそう言うと、奥の方で子供たちと準備を進めているアンナさんのもとへ走って行く。

そういえば、ここには小さい子たちがいないな。食堂で準備を手伝ったり、椅子に座って開始を待っているのは、僕らと同じ十歳くらいの子ばかりだ。

アーズがアンナさんと話しているのを見ていると、突然「えー!?」とアンナさんが声を上げた。

チラチラとこっちを見ている。

何やらアーズに声をかけられ、胸に手を当て深呼吸をしているアンナさん。落ち着いた様子になってから、二人はこっちに来た。

「トウヤさん、お久しぶりです」

「お久しぶりです」

挨拶(あいさつ)をする間も、アンナさんはチラチラとリリーを見ている。どうしたんだろう？

「は、はじめまして。リリーさんとお連れの方も、楽しんでいってくださいね」

「ありがとうございます」

「いやっ、そ、そんな！」

リリーが頭を下げると、アンナさんはバタバタし出した。

「ほらアンナちゃん、もういいから」

「あ。そ、それでは失礼しますっ！」

苦笑いを浮かべるアーズに止められ、結局アンナさんは深くお辞儀をしてから足早に去って行った。アンナさん、なんかテンパってたけど……。

気になって僕たちがその背中を見ていると、アーズが理由を教えてくれた。

「フィンダー商会って聞いて緊張したみたい。もう、アンナちゃんは……」

やれやれといった様子のアーズに、思わず笑ってしまう。これじゃ、どっちが保護者かわからないな。無粋なことは口にしないでおくけど。

僕とリリー、アーズ、そして侍女さんの四人で同じ長机を使うことになった。

ポンチョ作りの手順は、アンナさんが前で説明しながら進めてくれている。材料や道具は全て揃(そろ)っているので、僕たちはそれを聞きながら手を動かすだけで良い。

ただ、裁縫なんて学生時代ぶり。家庭科の授業くらいでしかしたことがない。

特別手先が器用なわけでもない僕は、説明のペースに付いていくのも一苦労だ。

「痛っ」

針を指先に刺してしまい、ぷくりと血が出てくる。それをこっそり机の下で治癒の生活魔法を使い治す。

そんなことをしていたら、すぐに置いていかれそうになった。

「トウヤ、ここはこっち向きに縫った方がやりやすいと思うよ」

「え？　……あっ、本当だ！　ありがとう、アーズ」

そのたびに、アーズが助言や手助けをしてくれる。彼女は裁縫が得意らしい。テキパキと綺麗な縫い目で自分の物を進めながら、僕たちのことを常に気に掛けてくれている。

そう、僕たちのことをだ。

リリー……ではない。僕と、リリーの隣で手こずっている侍女さんをだ。

服装からするとパパッと終わらせられたりしそうなのに、侍女さんはむしろ僕よりも酷いくらいだった。

「あれ!? ぬ、縫えてないっ？」

「あーここはちゃんと結んでおかないと、糸が抜けちゃうんだよ」

「えぇー！　ど、どうしましょう」

「大丈夫、大丈夫。落ち着いてもう一回やってみよ？」

「は、はい……。ほんと私……すみません……」

ちょうど今も、ミスをしてアーズに慰められてる。

「マヤは剣しか振れない。この格好は、ただの制服」

僕がその姿を見ていると、黙々と順調に針を動かしているリリーがぼそっと言った。

「ちょっと、お、お嬢様っ？」

「頑張って」

会話する気はないと言わんばかりだな。バッサリと侍女さん……もといマヤさんを流したリリーは、また集中して手を動かしている。

にしても、アーズほど速くはないけどリリーも正確だ。

リリーの裁縫技術に驚いていると、自分はまったくポンチョの完成が見えていないマヤさんが自慢げに指を立てた。

「お嬢様は様々なお勉強をされているんですよ。商いについてやお料理、裁縫、魔法なんかも」

へぇー、スゴいなぁ。さすが大商人の娘さん、ハイスペックだ。

それに魔法か。どんなものが使えるんだろう？　一度だけでもいいから腕前を拝見してみたいところだ。

そんな感じで感心したり、苦労したりしながらポンチョ作りは夜まで続いた。

最終的に僕が作ったのは二つ。自分の分と、孤児院の小さい子の分だ。

僕が担当したのは五歳の子の物だったので、サイズが小さく、その上二回目ということもあり思いのほか早く完成させることができた。近くで見ると綺麗な縫い目とまでは言えないけど、そこまで悪くはないと思う。

アーズとリリーはそれぞれ三つずつ作っていた。自分の分と小さい子たちの分。それともう一つは孤児院では余りになり、近くの教会で売ることになっているのだそうだ。

チャリティー的な意味合いも含め、全部で三十着くらい販売するらしい。

三つ目までいった子たちのは、お店で売られてる物と遜色がないクオリティーだったからなぁ。商品としても十分に売れるだろう。

そして、最後にマヤさんだが……。彼女は自分のを作り終えた時、すでに夕方だったため一着で終了となった。子供たちは次のポンチョに取り掛かっているのに、自分だけがそんな状況だったからか以降はぐったりとしていたけど。

情けなかったのか、単に疲れただけだったのか。多分、両方だろうな。

途中の休憩時間にアンナさんに渡し、みんなで食べたグランさんのパイは好評だった。めちゃくちゃ美味しかったし、帰ったらグランさんに子供たちが喜んでいたと伝えよう。

きっと照れくさそうにしながら、グランさんも喜んでくれるはずだ。

最後にアンナさんが洗っておいてくれた食器を受け取り、僕たちは帰ることになった。ポンチョを忘れずに持って、孤児院を出る。

庭では、できたての赤いポンチョを纏(まと)った小さい子たちが嬉しそうに駆け回っていた。

祭りは三週間後だそうだ。帰り道にリリーと当日の約束をし、僕は高空亭へ帰った。

第七章

雨と教会、旅は道連れ

今日は街の外で一般魔法の練習だ。ついでにお金を稼ぐため、薬草を採取する。

街道を南下すると、森側の草原に良いポイントを発見した。長い間、手つかずだったのだろう。ナツルメ草が群生している。

いっぱい生えていたので今日は少し多めに採ってみた。まだ残っているけど、ちょっと欲張りすぎたかな？

アイテムボックスに入れた物を全部売れば、薬草採取としては過去最高額になるかもしれない。カトラさんに採ってきすぎだと釘を刺される可能性があるくらいだ。

だから、今日は薬草もルーダンさんの所で売るとして……ホクホク気分で魔法の練習に入る。先に収入の確保をしておけば、余計なことは考えずに済むのでバッチリだ。

ちなみに無力化を解いたレイはさっき森の中に入っていってしまった。心配と言えば心配だが、まあ大丈夫だと思う。何しろ……。

いや、今は練習練習。

今日は重い曇り空。いつ雨が降り出すかも分からない。さすがにびしょ濡れになりながら練習をするのは嫌なので、雨が降ってきたら帰るつもりだ。その時はレイもすぐに戻ってくるだろう。

カトラさんに魔法を見せてもらった日から、街の外で練習したのは一回だけ。それ以外は魔力の操作しかしていない。

しかし、本日最初のウィンド・カッターで形になりつつあることが明確にわかった。

魔力を練る。詠唱。展開。発動。

シュギンッ……！

鋭い音を響かせて、風の刃が飛んでいく。二十メートルほど先までの草、その上半分がバッサリと断たれパラパラと落ちていった。

「よしっ」

やったぞ。思わず一人でガッツポーズをして、達成感を噛みしめる。

たしかに生活魔法に比べると、こんな現象を起こせるのにもかかわらず同じくらいの魔力消費量でいいみたいだ。これだったら、みんなが生活魔法を連発できないのも頷けるな。そもそも普通の人は、練習しまくった僕よりも燃費が悪いのだろうし。

一方で一般魔法はというと、魔法が使える人々に重宝されるだけあって、努力次第ではここからさらに燃費を良くさせられるだけの余白が残っている。

とにかく、魔法の速度やコントロールは満足できるものではないが、ついに第一関門をクリアできた。

あとはウォーター・ボールとウィンド・ブレードの技術向上も目指したいところだな。次にカトラさんに見てもらえる時までにウィンド・カッターと同じくらいにまでは成長しておきたい。

ここからは集中して、ひたすら練習あるのみ。三つとも満遍なく頑張ってみよう。

体感でさらに一時間くらい練習していると、レイが戻ってきた。僕の足下にホーンラビットをぽいっと置く。

………。

「今日も持ってきてくれたんだ。ありがとう」

撫でて感謝を伝える。

レイはカトラさんと来た時と同じく、前回もホーンラビットを持ってきてくれた。本人は暇つぶしの運動がてら、ついでに僕にプレゼントしてくれているみたいだ。疲れた様子もない。

足が速いので、本当に危険な状態になったら森を駆けて逃げてくるだろう。そう考え、単独で森へ行っても過度に心配することはやめた。

魔物を捌く練習にもなるから助かっている。同じホーンラビットを持って帰ってきてくれるのは、僕がやりやすいように気を遣ってくれているのだろうか。いや、さすがにそれは考えすぎかな?

まだ不慣れだが、なんとか処理を終えてホーンラビットを収納する。

前もって一部だけ切り取っておいた肉を炎の生活魔法で焼き、狩ってきてくれたお礼の印としてレイにあげた。満足した様子で食べてくれている。

今日はそろそろ引き上げようと、帰り道、門に向かって街道を歩いているとポツリポツリと雨が降ってきた。地面の土が滲んでいく。

「うわっ。レイ、急ごう」

滅多に人が通らない辺りは速めに走る。レイも余裕の表情で後ろを付いてきた。

僕は服が、レイは毛が濡れていく。

これは結構本降りだな……。

フストに近づき無力化したレイを抱き上げると、水浴びでもしたかのようにずぶ濡れだった。僕も髪までぺったりとなっちゃったし。

街に入り、乗合馬車の停留所の端で風の生活魔法を使い、全身を乾燥させる。モフモフ度を取り戻したレイと馬車に乗り込む。

ギルド付近までの道中、雨の中を小走りで行き交いしたり、雨宿りをしている人々をたくさん見た。傘がないから、こんなちょっとした光景も日本とは違うんだなぁ。

それに気付いたことがもう一つ。数日前より、店先に赤いポンチョを並べている場所が多くなった気がする。

雨の下、街で一気に祭りの気配が強まっているのを感じた。


ギルドで諸々(もろもろ)を売ってきた。ちょうど今、カトラさん以外の受付嬢の方々がいないらしく、今日の勉強はなしとなった。

カウンターに座るカトラさんと一言二言話したが、なんだか元気がなかったな。ここ最近、よく溜息(ためいき)を吐いてるし心配だ。

資料室でギルド長に呼び出されていた後に聞いたように、色々と悩んでいるのだろうか。これだけお世話になっているんだし、僕にも何かできないかな？

今度魔法を見てもらう時に、もし良ければ話し相手くらいにならなれるかもしれない。

外に出ると雨は弱まらず、変わらずザアザアと降っていた。

でも静かだ。立ち話をしている人もおらず、耳に入るのは雨音だけ。雨が地面を打つ音は大きいけれど、他に物音はしない。

レイを抱いて、このまま宿まで走ろうか？

ギルドの軒先で考える。

うーん……そうだな。もう少しだけ待つとしよう。今は雨が強すぎる。

重い雲だからすぐには止まないだろうけど、ちょっとくらい弱まるタイミングがあるはずだ。そこを狙って帰ろう。高空亭までの距離を考えれば、そうすればびしょ濡れにはならずに済む。

この天気だと短剣の素振りもできないと思うしなぁ。急ぐ必要はない。

ぼうっと雨が降るフストの街を見る。

レイは腕の中で大人しくしていた。

地下水路があるくらいだし水はけのことは考えられているみたいだけど、早速大きめの水溜まりができてきている。

時々そこを突っ切るように、雨に濡れながら強行突破で移動している人の姿もあった。

また一人、そんな人物が視界に現れた。

と思ったら、その人は僕と同じようにギルドの軒下に入ってきた。二、三メートル離れているが、この人もここで雨宿りをするようだ。

ちらっと見ると女性だった。持っていた布をかぶせた大きな木箱を下に置いて、あわあわとしている。

うわ、大変だな……。水がポタポタと滴るくらい髪も服もびちょびちょで、服に至っては体にピタッと張り付いてる。

「うぅ……ど、どうしましょう……っ」

そう言って自身の体を抱いて、凄く寒そうに震えている。

詠唱を聞こえないようにして、一般魔法と言って風の生活魔法で乾かしてあげよう――ってあれ？　今の、聞いたことがある声だったような……。

失礼にならないようにあまり見ないようにしていたが、思い切ってちらっと女性を見る。すると服は修道女っぽく、髪色は金だった。

「あれ、アンナさん？」

「……？　あっ、トウヤさん⁉　え？　……ああ！　そういえばここ、冒険者ギルドでしたねっ」

顔に引っ付いた髪を払いながら、アンナさんはギルドを見上げて納得したように手を合わせた。

レイを見て、パァっと顔が明るくなる。

「わぁ！　可愛いワンちゃんですね。この子がアーズが言っていたトウヤさんのペット……じゃなくて従魔ですか？」

「あっ、そうです。それよりも……」

「……はい？」

「あの、寒そうですけど大丈夫ですか？」

「そ、そうでしたっ！」

濡れたままだと心配だし、やっぱりそうだな。

「よろしければ魔法で乾かしましょうか」

「え！　そんなことができるんですか？」

「まあ、簡単なものですが。風邪を引くと良くないですし」

「で、では……。よろしくお願いしますっ」

アンナさんがコクリと頷いたところで、僕は少し離れて詠唱しているように見せてから、風の生活魔法を発動する。

髪も服も綺麗に乾かし切ると、彼女は全身をくまなく触りながら目を輝かせた。

「トウヤさん、スゴいですね！　さすが冒険者さんですっ」

「あはは、ありがとうございます」

喜んでもらえたみたいだ。良かった。

「それにしても、こんな雨の中どちらに？」

「実はこれを運んでいたところだったんです……」

アンナさんが、持っていた木箱の中を見せてくれる。

「あ、ポンチョじゃないですか」

中に入っていたのは、孤児院で作ったあの赤いポンチョだった。話を聞くと、ちょうど孤児院を出て、ポンチョを販売する教会に向かう途中だったらしい。

「でもかなり距離があるのに、ここまで歩きで来たんですか？」

「はい……。お恥ずかしい話ですが、馬車の代金を節約しようと思いまして」

「な、なるほど」

「出発した時は小雨で、ずっと木箱を守りながら歩いていたんです。でも、段々と雨が強まってきて……『もうダメだ』と雨宿りできる場所を探していて。ちょうどここが目に入ったんです」

アンナさんが目指す教会はあと十分くらいの場所にあるらしい。

約束の時間に間に合うように、雨が弱まったタイミングで出発するつもりなんだとか。

せっかくなので僕もついていってみても良いかと訊くと、了承を得ることができた。あんなにびちょびちょになるまで強行突破しようとしていたアンナさんも心配だし、それにアーズやリリーたちが作ったポンチョの行く末も気になる。

それほどせずに雨は弱まった。

「トウヤさんっ、今です！　行きましょう!!」

「あ、は……はい！」

そのチャンスを見逃さなかったアンナさんは木箱を持ち上げ、軒下から出る。僕も遅れて後に続くと、実際に濡れたとしてもすぐに乾くくらいの小雨になっていた。

道にはいくつも水溜まりがある。レイは降ろせないから、抱いたままだ。僕は靴が水浸しになってしまうけど、それは仕方がないだろう。

アンナさんは小走りで進んでいく。ここから北方向へ向かうみたいだ。

目的の教会は、来たことがない地区にひっそりと建っていた。周囲には大きな家が多い。いわゆる高級住宅街のような場所だろうか？

でも、教会はシンプルな石造りでそこまで大きくはない。冒険者ギルドよりも小さいくらいだ。隣に家庭菜園をしている庭が見えた。

アンナさんと一緒に、駆け足のまま教会へ入る。

……ふぅ。あんまり濡れずに来られたな。アンナさんもレイも、わざわざ風の生活魔法で乾かす必要はなさそうだ。

教会の中はステンドグラスから取り入れられた雨天の自然光くらいで、薄暗かった。それにしーんとしている。

「シスターは……奥ですかね？　トウヤさん、ちょっとここで待っていてもらえますか？」

「はい」

アンナさんは教会の造りをよく知っているようで、講壇横にある扉を開け、奥へ消えていった。

教会といえば長椅子（ながいす）がいくつも並べられているイメージがあったけど……ここは違うんだな。講壇の前は何も置かれておらず、空間が広がっているだけ。広いホールみたいなものだ。

ぐるりと全体を見回す。

天井は高い。その近く、この中で最も明るい光を取り入れてるステンドグラスは……何の模様だろう、あれ。

じっと凝視する。

すると次第に内容が理解できてきた。

多分、フストの街だ。もしかしたら似た街なだけかもしれないけれど、背景に高台から見下ろすような角度で、市壁に囲まれた街が描かれている。

手前の高台には木。その下で本を読んでいる女性がいる。

「綺麗でしょう?」

思わず見惚れていると、突然後ろから声がした。ハッとして振り返る。

そこに立っていたのは優しい雰囲気の、アンナさんと同じような修道服を着た細身のおばあさんだった。隣にはどこかに木箱を置いてきたのか、手ぶらになったアンナさんもいる。

どうやら、この人が言っていたシスターのようだ。

「お邪魔してます。はじめまして、トウヤと申します」

「うふふ、はじめまして」

優しく微笑んだシスターは僕の隣に来て、ステンドグラスを見上げる。

「主三神教の全ての教会堂に、それぞれの街を背景に描いたこのガラスがあるのよ。見るのは初めてかしら?」

「はい。何か意味が込められているんですか?」

「そうね……まずは」

シスターはステンドグラスを指でさした。

「木や大地。あれらが世界をお創りになられた創造神ヴァロン様を表してるわ」

そのまま視線を落とし、彼女は講壇の後ろにある神像を見る。

あれが、創造神ヴァロン様ということなのだろう。長い髭を蓄えているように見える。

「次にそれぞれの街と女性が読んでいる本」

シスターはまた視線と指先をステンドグラスに戻した。

「人々の繁栄を意味する街と彼女が手に持つ本は、学問や商売、理性を司る知性の神ネメステッド様の象徴よ」

さっきと同じように示された方を見る。

今度は教会の入り口から右手にあたる壁だった。中央が凹んでおり、そこにネメステッド様らしき神像が置かれている。ヴァロン様に比べ、小さく子供のような像だ。

「最後に、あの女性自身」

主三神教という名の通り、三柱の神様を一つの教会で祀っているのか。

指されたステンドグラスの女性を見る。白めの肌で、おっとりした印象を受ける人物だ。

「命ある者、全ての根幹とも言える生命と愛を司る――」

シスターはさっきと反対側の壁にある像に目を向ける。今度は女性の姿をした神像が置かれていた。

……ん？　あれ、そういえば生命と愛ってどこかで聞いたような……。

「あ」

「女神レンティア様」

僕が声を漏らすのと、シスターがそう言ったのはほぼ同時だった。

そ、そうだ。ステンドグラスの女性も神像も、まったく似てないからすぐに気付けなかったけど……この世界で生命と愛を担当しているのって、いつもブラックさながらの環境で忙しくしているレンティア様だった。

「どうかしたかしら？」

「あっ、いえ……」

変なリアクションをしちゃったな。

シスターに尋ねられ、誤魔化そうとしていると後ろにいたアンナさんが間に入ってきた。

「トウヤさん、もしかして……っ！」

ぐいっと距離を詰め、腰を曲げて顔を近づけられる。

「な、なんですか？」

声を弾ませていて嫌な予感しかしない。もしかして、何か感づかれた？　この人、勘が鋭かったからな。

不安がよぎるが、顔には出ないように気をつける。

「今の反応を見て私、ピンときちゃいましたっ。トウヤさんって——」

アンナさんは嬉々(きき)とした表情で続ける。

よ、よし。ここは自然体だ、自然体。あの程度の反応で核心をつかれるとは思えない。落ち着いて答えさえすれば大事にはならないはず。

ポーカーフェイスでアンナさんと目を合わせる。

「やはり、レンティア様を信仰されているんですかっ？」

「……え？」

「私、以前から思っていたんです！　とてもしっかりされていて、優しくて、周りの人たちに接するときに愛を感じる方なので。主三神教の『生命と愛の教え』を守られているのかなって。あっ、でもステンドグラスを見たことはなかったから……」

「そ、そう。実はそうなんですよ！　主三神教徒ではありませんが、レンティア様を知り信仰していまして」

話題を長引かせないようにスパッと認める。

アンナさんはふむふむと頷き、得意げな表情をした。

「なるほどっ。では私の予想は見事的中ですね！」

……うん、嘘(うそ)は言っていない。レンティア様を信仰しているのは事実だ。

まあアンナさんは僕が、主三神教にある『生命と愛の教え』とやらを守っていると思ったらしいが。それは知らなかった。単純に、ご本人と会って感謝してるって話で。

アンナさんはルンルン気分だから問題ないだろうけど、返答に違和感がなかったか確認するため、シスターを一瞥して様子を窺う。

シスターは微笑んで、レンティア様の神像を見た。

「入信し教徒にならなくとも、同じ神を信じる者の一人として貴方を歓迎するわ。レンティア様にだけでも、ぜひ祈っていってちょうだい」

「ありがとうございます」

寛容な方だな。他にも二柱の神様の像があるのに、無理に頭を下げさせることはせず、僕が信仰していると言ったレンティア様だけでも良いからと仰ってくれるなんて。

今、祈ってもいいようなので神像のもとへ行く。僕が知っているレンティア様とは似ても似つかない女神像だ。

今はレイを抱えている。感覚的には手を合わせたいところだけど、一瞬とはいえさすがに室内で床に下ろすのは気が引けるしな。アンナさんに預け……ずに、上手い具合に小さなレイを肩に乗せてみる。

うん、思ったよりも安定していて大丈夫そうだ。

僕は神像の前で目を閉じ、日頃からしているレンティア様への感謝、それを一心に込めて祈った。

そうすると、瞼の向こうから眩い光を感じた。全身を包み込むような暖かさも感じる。外で降っている微かな雨音を掻き消すように、背後で同時に上がるシスターとアンナさんの声。

「なんっ⁉」

「えぇっ⁉」

一体、何が起こってるんだろう？　気になって目を開けると、僕は知らない場所に立っていた。

「………………あれ？」


三百六十度に顔を向けて確かめる。

シスターやアンナさんの姿はない。ほんのついさっきまでいたはずなのに……。

ただ、肩には変わらずレイがいた。目をパチパチさせながら僕と同じように落ち着きなく辺りを見回している。

どうやらここは、光が降り注ぐ神殿のような場所みたいだ。

転移？　ファンタジーな出来事に遭ったが、今回ばかりは興奮していられない。困惑が勝る。

ど、どうしたらいいんだろう？　とりあえず歩き回って教会へ戻る方法がないか探してみようと思っていると、前方から光が差した。反射で目を細める。

見ると十数段ある階段の先、祭壇のような場所に人影があった。差してきた光は、まるでその人物から発せられた後光のようだ。

その時、空間全体に声が響いた。

「汝……」

「……あのー、もしかしてレンティア様ですか？」

「ん？」

口調はいつもと違い柔らかくふんわりしたものだったけど、声質が明らかにレンティア様のものだった。最後の「ん？」なんていつもの感じだ。

何か話が始まりそうだったので失礼を承知で先に尋ねさせてもらうと、パチンッと指を鳴らす音が聞こえた。後光が消え、祭壇にいる人物の姿が露わになる。

やっぱりだ。ずかずかと、レンティア様が階段を下りてくる。

「はぁ……ったく、忙しい中準備したってのにアンタだったのかい」

「お、お久しぶりです」

いつもの調子に戻ったレンティア様は僕の前まで来ると、レイを見て眉を上げた。

「いつの間に……フェンリルなんか手懐けて」

「……はい？」

ふぇ、フェンリルって……レイが？

「その反応。もしかしてアンタ、知らなかったとか言うんじゃないだろうね？」

ギクッ。

「あ、あはは……」

図星だ。恐る恐る頷くと、レンティア様は深く溜息を吐いた。

「フェンリルは神族じゃないとはいえ、同じくらいの力を持つ種族の一つなんだよ。歯向かってくる危険性を考えて数百年前からアタシの知り合いが管理してるんだが、まさか使徒とはいえヒューマンのアンタに懐くなんてね」

「実は……僕も何で懐かれたのかわからないんです。怪我してるところを治癒してあげたくらいで、その前に何があったかも知らないですし」

「なんだい、そういうことなら……」

膝を曲げ、レンティア様はレイの目を覗き込む。真っ直ぐとそれを見つめ返しているレイ。

少しして、元に戻ったレンティア様は疲れた目を癒やすように瞼をぎゅっと閉じた。

よく見ると隈が酷いな。激務続きなんだろうか？　今度、甘い物でも送らせてもらおう。

「なるほどね。コイツは親といたところをエンシェントドラゴンに襲われて、命からがら逃げたそうだ」

「え？　あの……」

いきなり始まった解説にどういうことなのか尋ねようとすると、手で制された。まあ話を聞け、ということらしい。

「生後一年未満で、親と別れて行く当てもないからアンタについて回ってるそうだよ。救ってくれた感謝の念もあってね。以上、満足かい？」

「えーと、今のがレイの？　でもどうやって」

「記憶を見たんだ。コイツ……あーレイだったっけ？　が自ら進んで開示してくれたから、一瞬で色々と見ることができたよ」

「記憶を……見た、ですか」

女神様ってやっぱりスゴいな。もしかして何でもできるんじゃ？

というか、レイも事情を説明するために自分から記憶を見せてくれたんだ。

「では、レイは親と離れて僕と一緒に……。これって何か問題になりますか？」

「いんや、まあ一応アタシからフェンリルの管轄に許可を取っておくよ」

「あっ、ありがとうございます」

まさかレイがフェンリルだったなんてなぁ。たしかに鑑定もできず、これまで謎の魔物ではあったけど。

生後一年未満ってことは、まだまだ大きくなるのだろうか。今後、どれだけ食べる量が増えるかだけは心配だ。

それに逃げてきたというエンシェントドラゴンって、以前カトラさんから聞いた国を滅ぼすレベルのドラゴンで間違いはないだろう。まったく想像がつかない。

レイの親も心配だけど、もしも再会できたらレイは親元に戻るのかもしれないな。

そうしたら従魔化を解いて……。

ま、いつになるかはわからないんだ。今から考えていても仕方がないし、その時が来るまで考えないようにしておこう。

僕が一人で感慨にふけていると、レンティア様が腕を組んだ。

「で、話は戻るが……どうせアタシの神像に祈ったってところだろう？　アンタには話すこともないし、もう終わってもいいかい？」

「はい。でもその前に、最後に一つだけ質問させていただいてもよろしいですか？」

「ああ、構わないよ」

「えっと……ここって何なんですか？　仰るとおり、教会でレンティア様の神像に成り行きで祈ることになって、気付いたらここにいて」

何故ここに飛ばされたのか。レンティア様も最初、来たのが僕だってわかっていないようだったけど。気になって仕方がない。

「神への謁見の場というか、神族が人々に神託を与える場所だね」

答えは実にシンプルだった。

「普通は司教なんかの長期間、そして強く祈り続けた者だけが、一定のラインを越えそれぞれの神の下に召喚されるんだよ。アタシたちは大体、姿を見せず下界の者たちに向けたよそ行きな感じだがね」

「じゃあ、僕はどうして……。今回、初めて神像に祈ったんですが」

「そりゃあアンタがアタシの使徒だからだよ。結びつきが強くて、祈りのラインを越えたと誤判定されて召喚されることが時々あるんだ」

「え。そ、それは、ご迷惑をおかけしました」

「ああ。それじゃあ今後はアタシの像に向かって祈らないように気をつけてくれよ？　伝えてなかったのも悪いが、誰か来るとなったらこっちもこっちで色々と面倒でさ」

「わかりました」

この世界って、下界の人々が実際に神様たちに会える機会があるんだな。

たしかに神族が実在するのだから変な話ではないが、地球にいた頃とはあまりにも違う感覚だ。

といっても通常は姿を見せないらしいから、神像なんかのデザインは謁見した人たちが勝手に受けたイメージなのだろう。他の神様も、何気に本当の姿はまったく違ったりするのかもしれない。

「じゃ、とにかく今日はこれで終わるよ」

レンティア様がそう言った瞬間、神殿内に降り注ぐ光が強まった。

ここに来たときと同じだ。暖かさが全身を包む。

目を瞑り、暖かさが消える頃には……シスターとアンナさんの声が聞こえていた。

「どういうこと⁉」

「とっ、トウヤさん⁉」

どうやら僕が飛ばされたときから、こっちは一秒たりとも時間が経っていないらしい。この間、僕とレイだけがレンティア様と会い時間が経過していたのか。

目を開け、振り向く。

正体が判明したレイは、また落ち着いた様子で脱力している。

だけど……さて、僕はどうしよう。目をキラキラさせながら突進してくるアンナさんと、茫然としているシスター。ステンドグラスを見てレンティア様の名前が出てきた時はなんとかなったけど、これればかりはどうやって誤魔化せばいいのか。

二人に詰め寄られる。

何しろ十歳の子供が、本来は長期間強く祈り続けた者だけが辿り着ける境地に至ったのだ。それはもう目を疑ったことだろう。アンナさんは興奮し、シスターは困惑している。

えーっと、この状況を脱せられる方法があるとすれば……。


その一。

自分がレンティア様の使徒だと自白する。

そうしたら特別な立場であることもあり、今の現象を理解してもらえるはずだ。

ただし、いくら口止めをしたとしてもリスクがありすぎる。噂（うわさ）が広がって、さらに大事になるかもしれない。


その二。

完全な嘘で誤魔化す。

たとえば何らかの……うん、これはダメだな。情けない話だけど、良い嘘が思い浮かばない。


その三。

曖昧にして流す。


……よし。その三でいこう。これなら、まだ一縷（いちる）の望みがある。

と言うわけで、全てを曖昧にして流してみた。言うに言えない事情がある感じで、あやふやに答える。とにかく、他の人には言いふらさないでほしいと念押しをして。

結果、二人とも絶対に腑に落ちてはいないようだったが、ある意味で神様に謁見することができた僕を尊敬してくれているのか、それ以上無理に問い詰めてくることはなかった。

ここまで来たら、僕にできることはもう何もない。アンナさんとシスターを信じるだけだ。

困った状況になったけど、どうか平穏が続きますように。

冒険者としての学習ペースだとか、貯金だとか、今のところ何となく予定しているフスト出立の日が早まらなければそれでいい。逃げるように街を去ることになるのだけは勘弁だ。


教会では明日、明後日とバザーを開き、そこでリリーたちが作ったポンチョを販売するらしい。

庭や表で商品を売るため、最後に僕たちは外に運び出しやすい場所に物を移動させる手伝いをすることになった。この空模様だと、明日には晴れる見通しだそうだ。

アンナさんは今日持ってきたポンチョを入れた木箱を、僕は同じ場所に置かれていた瓶が詰められた箱を移動させる。

僕が箱を持ち上げようとしていると、後ろで二人が何かこそこそと話してる声が聞こえてきた。

「……シスター。絶っっっ対にトウヤさん、大司教様の隠し子だったりすると思いませんかっ？」

「アンナ、そういうことは言わないの。気になるかもしれないけど、あまり詮索するのは良くないわ」

「で、でも。まさか、大司教様でもなく先代の聖女様の血を受け継いでいて……お家騒動でっ⁉」

神都から放浪の旅に出てきたのでしょうかっ。年齢的には現聖女様の弟様ですかね⁉」

聞き耳を立てるつもりはなかったが、つい耳を澄ましてしまった。

アンナさん、噂好きの学生みたいなテンションだなぁ……。他の誰にも話せないから、シスターに全てをぶつけているといった感じだ。目を輝かせながら斜め上を見ている。

「アンナ……？」

「……っは！　す、すみませんっ」

そんな彼女に、シスターは眉を顰め釘を刺してくれている。

この様子を見る限り、もしかしたら心配しないでも大丈夫かもしれないな。シスターはしっかりした人だと思うし、まあアンナさんも普段はあの人数の子供たちを育てている人なのだから。

別に今のくらいで不安にならなくてもいいだろう。まだ若いんだし、こういうこともあるかくらいの話だ。

それと、神都……聖女様……。気になるワードも聞けたから、勉強中にカトラさんに教えてもらうとして、今のは聞こえなかったことにしておこう。

「シスター。あの、これは？」

二人の話が終わったようなので、緑色の瓶の中身が気になったこともあり尋ねてみた。アンナさんは慌てて口を一文字に結んで、何もなかったとばかりに目を逸らしている。

「ナツルメ草で作ったポーションよ。薬師の方の物に比べたら質は落ちるけど、うちでも作っているの」

「へぇー、これがナツルメ草の……」

僕がいつも採っている薬草が、こんなふうにポーションになるのかぁ。飲み薬ってところかな？

荷運びを終えると雨は小雨程度に落ち着いていたので、僕とアンナさんは今のうちに帰路につくことになった。シスターに挨拶(あいさつ)をして、教会を出る。

そして道の途中でアンナさんと別れ、姿が見えなくなった辺りで僕は足を止めた。

「ふぅ」

な、なんとかなったから良かったけど……いやー危なかったな。正直、レイがフェンリルだったとかそういう衝撃が薄れてしまったくらいだ。

◆

三日後。カトラさんが休日だということで、これまでの一般魔法の練習成果を見せる時が来た。

自信は十分だ。ここ最近は練習のため、毎日薬草採取で街の外に出ていたからな。

カトラさんが見せてくれたものにはほど遠いが、自分なりにそこそこ満足できるレベルまでには、この期間でしっかりと進歩できたと思う。

朝。僕たちは以前と同じように宿の裏庭で集合して、街を出た。

向かった先も前回と同じ。草原の中、三本木の近くだ。

無力化を解いたレイが森へ走って行くのを横目に、早速僕は教えてもらった三つの一般魔法を披露した。

　で、その結果は……。

「お、驚いたわ。すぐに習得できるとは言ったけれど、まさかここまで早くものにできるだなんて」

　ちょっと動揺気味に、カトラさんは頬(ほお)を引き攣(つ)らせながらそう言ってくれた。

「これも全てカトラさんのおかげですよ。僕はただ、魔法が楽しくて練習しているだけなので。先生になってくれる方がいて本当に助かりました」

「ふふ、またそうやって謙遜して。私、これから君が嫌な目に遭わないか心配になるわ。冒険者は時に、自分を強く見せないといけないこともあるんだから」

「そ、そうですよね……善処します」

　段々と分かってきたが、フストを拠点にしている冒険者は見た目が怖くても、根っからの悪人がいない。おかげで絡(から)まれることもなかった。

　でも、他の支部に行ったら……。じ、自分のことながら心配だ。なるべく面倒ごとは避けて生きていきたいものなんだけど。でも万が一そういう場面に出くわしたら、嘗(な)められないよう強気でいけるように気を張っておかないとな。

　決意を固めていると、カトラさんが笑ってから歩き出した。

「トウヤ君は、魔法知識が集まる学園なんかに入学するのもいいかもしれないわね。そうしたら稀代(きだい)の魔法使いになれるかもしれないわよ？」

「いや、そんな……」

「ほらまた」

「あっ」

クスッと明るい笑顔を向けられる。

レンティア様に頂いた【魔法の才能】があっても、さすがに英雄とかになれるほどの存在ではないと本気で思ったけど、今のは単に遊ばれていただけだったのか。

カトラさんは三つのうち一本の木の下で腰を下ろした。僕も後に続き、隣に座る。

最近どこか思い悩んでいる表情が多いカトラさんだが、それは今朝も同じだった。

しかしさっきから、いきなりスッキリしたような顔をしている気がする。何か、心に変化でもあったのかな？

などと思っていると、カトラさんは雲が流れる青空を見上げながら口を開いた。

「実は私、幼馴染みと女二人でパーティを組んでいたの。この辺りでは少し名を馳せるくらい、順調にランクも上がっていって。でも、一年前……」

その語り口は、僕に教えると同時に自分の中で物事を整理しているようだった。

何ができるかはわからないけど、せめて話を聞くくらいなら。初めからそう思っていたので、静かに耳を傾ける。

「遠征したときに強力な魔物と戦って、命からがら何とか勝つことは出来たわ。でも、幼馴染みは酷い怪我で二度と歩けなくなってね。私も怪我を負ったけれど、ちょっと違和感があるくらいですぐに元気になっちゃったわ」

だから、とカトラさんは続ける。

「後ろめたくて、申し訳なくて。自分だけ無事に冒険を続けられるだなんて。すぐに冒険者を引退すると決めて、前にも話したようにギルド長に誘われたこともあって受付嬢になったの」

暗い過去であるはずなのに、カトラさんの表情は決して暗くない。言葉からはもう、後悔などは感じなかった。

風が吹く。

空気が澄んでいて、今日は遠くの山がよく見える。

「やっぱり毎日ギルドに通って事務仕事ばかりの受付嬢は、私には合わなかったわ。幼馴染みは一人でも冒険者を続けることを勧めてくれたけれど、結局踏ん切りが付かず我慢しながら一年。そんなとき、トウヤ君と出会ったの。これから冒険者を始める君の姿を見て、勝手に羨(うらや)ましがって。色々と考えちゃった。考えれば考えるだけ、悩みが深くなってね」

カトラさんが次に言うことが何となくわかった。僕と接することが、彼女にとって悩むことに繋(つな)がるだけではなくて良かったと思う。

「だけどさっきの魔法。トウヤ君の成長ぶりを見て、もう一度やってみようと思った」

やっぱり。僕は彼女が自分で自分にしていた蓋を、外すきっかけになれたのかもしれない。

顔を見ると、カトラさんもこっちを向いた。

「私、受付嬢を辞めて冒険者に戻るわね。君の行く道を見てみたくなったから、フストを発(た)つときに一緒について行ってもいいかしら？」

「はい、僕も応援………ん？」

一緒に……ついてくる？　単に冒険者に戻るだけかと思っていたんだけど。

彼女が次に言うことなんか、まったくわかっていなかったのかもしれない。吹っ切れた表情のカトラさんを見て僕が固まっていると、二人の間をピューっと風が過ぎていった。

ひとまず街に戻ってきた。

道中、時間を貰って僕はあれこれ考えたが……特に返事もできないままギルドに寄って、今日も
レイが獲ってきてくれたホーンラビットなどを売ってきた。うーん、どうしよう。

カトラさんと並んで高空亭へ歩いていると、途中で甘い物が置いてある屋台を発見した。

あ、そうだ。レンティア様への貢物に甘い物を探していたところだし、ちょうどいいから買って
いこう。それに……カトラさんに話を聞けるタイミングというか、時間がほしいし。

「あれ食べてみたいので、少しだけ待っていてもらえますか？」

「ん？　ああ、あれ美味しいわよ。せっかくだし、私も買っていこうかしら」

ということで僕は二つ、カトラさんは一つ購入して広場のベンチに座って食べることになった。

短めのチュロスをシロップに浸したような食べ物だ。串に刺されていて、外側は少し硬めだが嚙
むとジュワッと甘さが広がる。カヌレ系統というか、独特な嚙みごたえがあって美味しい。

レンティア様へ送るのは後にして……。もう一つはアイテムボックスに入れておく。

レイも食べたそうにしているけれど、犬じゃなくてフェンリルなら濃い味付けの物をあげても大

丈夫なんだろうか？　今度、魔物の食事について図鑑でも当たってみよう。

　食べ終わった頃、カトラさんが旅への同行を申し出たことに対して何となく考えがまとまってきた。屋台の筒に串を捨ててから、話を切り出す。

「カトラさん。あの、さっきのことなんですが……」

「ええ」

「本当にいいんですか？　僕についてくるって」

　再び並んで歩き出すと、カトラさんは目を丸くして僕を見た。

「いいって……トウヤ君は構わないの？　もし嫌だったりしたら私は素直に身を引くわよ？　あまりに突然言い出しちゃったけれど」

「いや、僕は嫌じゃないですよ。別に一人にこだわっているわけでもありませんし、旅の仲間がいた方が安心できることもあると思いますから。それに、カトラさんは信頼できますし」

　使徒であることを伝えるか、伝えないか。その他にも考えないといけないことは多々あるが、相手がカトラさんなら一緒に来てくれると嬉しいくらいだ。人柄的にも、強さ的にも安心できる。

「ただ……カトラさんはでも、本当に僕に付いてきても問題はないんですか？」

「問題？」

「冒険者に戻るだけだったらあれですけど、街を出るとなったらグランさんだって寂しくなるんじゃ」

「ああ……うん、そうね。お父さんはきっと、寂しがってくれるはずだわ」

真っ直ぐと前を見るカトラさんは、優しい微笑みを浮かべている。

「でもそれと同じくらい、きっと喜んでくれもするはずよ。だって拠点を定めずに各地で冒険者をするだなんて、お父さんの後を追うようだもの」

「……え？　ぐ、グランさんって冒険者だったんですかっ？」

「あれ、聞いてない？　実の両親が亡くなった私を引き取るまでは冒険者だったのよ？　それから趣味の料理を活かすために、高空亭を開いて」

「へぇー。そ、そうだったんですか……」

たしかにあのガタイだったら、冒険者の中でも大きいくらいだもんなぁ。

「年頃だったから、昔は私も自分のせいでお父さんを引退させたんだって負い目を感じちゃったわね。何しろ、Sランクの全盛期に引退したんだから」

「え、Sランクっ⁉」

「ふふっ、スゴいでしょ？」

いや、スゴいの一言で済ませられないレベルなんじゃ……。

カトラさんが前、勉強中にフストにいる冒険者で最高がBランクだと言っていたくらいだ。なんだか最近、後になって知らされる事実に色々と驚かされてばかりだな。

「とまあこれから話してみるけど、お父さんのことは問題ないはずよ。話は追い追い詰めるとして、本当にトウヤ君が構わないのだったら……私も同行させてもらってもいいかしら？」

カトラさん本人がいいのなら、特に断るつもりはない。

「わかりました……では、改めて。よろしくお願いします、カトラさん」

「うん、よろしくね」

とんとん拍子で話が進む。まだ実感が湧かないけど……そうだ。あとでギルド職員を辞めるのにかかる時間とかも確認しておかないとな。

あ、それと……。

「冒険者に戻るのだったら、カトラさんもEランクからの再登録になるんですか？」

「うーん……冒険者を続けるのが困難だとギルド側に判断されたわけでもないし、私はギルド証を手元に置いてるから再登録しなくても大丈夫なはずよ。私のランクだと依頼を受けなくてもまだぎりぎり失効していないはずだから」

「え？　受付嬢になられてから一年経っているんですよね」

「あと少しで一年ね。だから急いで薬草採取だけでもしたら、顔も知られていることだし失効は免れられるはずだわ」

えーっと。たしか僕のEランクだったら、一ヶ月が期限だったはずだ。それ以上の期間、依頼を受けなかったらギルドから登録が抹消される。

一年間依頼を受けなくても大丈夫だってことは、まさか。

「か、カトラさんは何ランクだったんですか……？」

「Bランクよ」

「…………」

窺うように尋ねると、あっさり答えられた。

B……B……。その年齢でBランクになっていたって、どれだけスゴい人だったんだろう。まあ、Sランク冒険者の娘さんだったら不思議ではないのかもしれないけれど。

驚きを超えて呆然としてしまう。頼れる受付嬢さんは今後、頼れる先輩冒険者さんになってくれそうだ。

時刻は昼時。いつもは宿に戻り、グランさんの手が空いている時は短剣の素振りを見てもらいアドバイスを貰ったりしている。

だけど今日は、食堂に来てカトラさんの今後を伝えに来た。受付嬢から冒険者に戻り、僕の旅に同行すると。

カトラさんとグランさんは今、食堂の端の席で向かい合って話している。

「……だから私も冒険者に復帰して、トウヤ君についていこうと思うわ」

「そうか……」

まずは親子二人だけで話させて、とお願いされた。

あとで僕もグランさんと話すことになるはずだ。なので二人がいる席から一番遠い対極に位置する端の席で、話が終わるのを待っている。

食堂はそこまで広くない。その上、今は他に人もおらず静かなので、ほとんどの会話が普通に聞こえてきた。話を聞くグランさんは落ち着いた様子で、特に声が大きくなるような場面もない。

カトラさんに悩みがあることも知っていただろう。親として、いつかこんな時がくるとわかっていたのかもしれないな。

嬉しそうな顔を……いや、やっぱり寂しそうにしている気がする。

「帰ってくる気は、あるのか？」

「私はそのつもりよ。話はこれから詰めるから、どうなるかはわからないけど。トウヤ君の旅についていくわけだから、もちろん彼の行きたい場所を優先するわ」

「なるほどな……」

グランさんは顔を下げると、フーッと長く息を吐いた。

「……おう、わかった！　お前がいた方が坊主の心配もしなくていいしな。行ってこい、カトラ。お前の人生だ」

「うん。ありがとう、お父さん」

カトラさんがどこまで旅を共にするつもりなのかはわからない。

一年か二年か。それとも、もっと長くなのか。フストを出た後の旅路は明日、ギルドの資料室にある地図を見ながら話し合うことになっている。

手軽な通信機器もなさそうな世界で、各地を巡る冒険者という生き方を選んだ娘。それはかつての自分と同じで。グランさんは一体、どんな想いなのだろう？

今生の別れに等しいのか。思いのほかあっさりした感覚なのか。価値観の異なる日本育ちの僕には、何となく想像するのが限界だった。

「んじゃあ、坊主」

「……は、はいっ」

二人をぼんやり見ていると、グランさんが席を立ってこっちに来た。僕も立ち上がろうとするが、その前に大きな手を頭に置かれる。

見上げるとグランさんは気恥ずかしそうに視線を外した。

「お前さんだったら心配はいらねえだろうが、守られるだけの存在にはなるな」

手を下ろし、彼はそのまま厨房に入っていく。

「カトラを頼んだ。冒険者仲間っつうのは、互いを守り合うもんだからよ」


カトラさんはこれから薬草採取に向かうらしい。

「休みのうちにしておくわ。いきなり持ち込んでも、ルーダンさんに手続きしてもらえば色々と察して内密にしておいてくれると思うから」

家にあるギルド証を取ってから街の外へ行くと、カトラさんはツカツカと早足に去って行った。で、僕は食堂に一人残されてしまったわけだけど……何かと早く終わってしまったばかりに、暇になっちゃったな。

机の下を覗くと、伏せていたレイと目が合った。

フェンリルとBランク冒険者と一緒に旅かぁ。神域を出たときは思いもしなかったな。

いつかは旅の仲間が増えるかも？　なんて想像をしたこともあったけど、まさかこんなに早い話だなんて。知らない街に来て、ここまで知り合いができるとも思ってなかったし。

この世界に来てから、本当に恵まれてる気がする。

使徒だからなのか。最近のレイとの出会いなんかは、ジャックさんに貰った幸運の指輪の効果によるものなのか……。

半透明の指輪を触っていると、すぐ後ろにある階段から足音がした。二階の客室掃除を終えたアーズが下りてきたみたいだ。

「あ、トウヤ！　ちょっと待ってて。えっとね……」

「……？」

彼女は僕に気付くと、すぐに厨房へ入っていった。

「あったあった」

そして、何か小さな袋を持って出てくる。

「はい、これ」

「ん、なにこれ？」

「なんかアンナさんアンナちゃんが渡してだってさ」

アンナさん……。教会での一件以来会ってないし、名前を聞くだけでそわそわしてしまうな。

片手に収まるサイズのその小さな袋をアーズから受け取り、中身を覗いてみる。

「……クッキー？」

入っていたのは、手作りっぽいクッキー数枚だった。アーズも中を見て、眉根を寄せている。

「ほんとだ。でも、なんで？」
「あっ、アーズ。アンナさんから何も聞いてないよね？」
「うん、別に。……何かあったの？」
「いや、な、何もないけど」

良かった。このクッキーがどういうつもりなのかはわからないけど、教会でのことは本当に誰かに話したりはしていないみたいだ。

もしかしてっ、このクッキーに何か隠されたメッセージが？　いや、あの尊敬されたような眼差し的に、お布施か何かのつもりなんだろうか……。

夜、食後にアンナさんから貰ったクッキーを食べてみた。

おぉ。素朴な味で美味しい。

今度、お礼を言いに行こうかな。教会でのことを口外しないでいてくれてるようだし、その感謝も込めて。

レイがホーンラビットを持ってきてくれるおかげで、最近は少しだけお金に余裕ができてきた。

だからその際は子供たちが喜びそうな物でも買っていこう。

……あ、そうだそうだ。

忘れないうちに貢物をっと。アイテムボックスから屋台で買ったお菓子を取り出し、レンティア様に送る。

いつもすぐに反応があるので今回も喜んでくれるかなと思ったが、脳内に声が響くことはなかった。うーん、今は仕事で忙しいのかな？　まあ、時間があるときに食べてくれるだろう。

お仕事、頑張ってくださいレンティア様……。

◆

次の日。午前中にお爺さんが住む家の庭にある木を伐る依頼をこなしてきて、今は予定通りカトラさんと資料室にいる。

「ここがフストで、この辺りまでがドルーム伯爵領。グラゼン王国の領土はこんな感じね」

「な、なるほど……」

机に広げた地図の上を、カトラさんが指でなぞり教えてくれる。

そうだった。一度耳にしたけど完全に忘れてた国名。僕が今いるフストは、グラゼンという王国の東にあるドルーム伯爵領内に位置するみたいだ。

えーっと王国の領土は僕が来た神域の南西側から、西へ山脈を越え広大な平野、そして巨大な湖まで伸びている。

地球とは違う世界。大雑把な地図らしいけど、わくわくするなぁ。

ちなみに今見ている地図も十分に大きいが、周辺の国が六つ程度しか載っていない。それも、領土の一部だけで見切れている国もいくつかあるくらいだ。世界地図となると、カトラさんも見たことがないらしい。

「トウヤ君は、どこか次に行きたい場所とかはあるのかしら？」

「うーん、そうですね……。せっかくですしグラゼン王国の王都も見てみたいですけど、距離的には……ここ、とかですかね？」

「ネメシリアね」

フストから南下した場所にある都市を指すと、カトラさんが地図上の文字を口にしてくれた。

国境を越えてペコロトル公国という国に入るようだが、王都よりは断然近い。それにフストとの間に険しい山もなく、大河が一つ流れているくらいだ。

「こっちも湖ですか？」

僕が選んだ都市のすぐ側には湖か何かがある。地図では途中で途切れてしまっているので訊くと、カトラさんは「いや」と首を振った。

「これは湾ね。ネメシリアは公国でも有数の港町だから」

「港町……っ。いいですね！」

「道中も比較的安全だと思うし、悪くない選択だと思うわ」

街についてさらに詳しく聞くと、このネメシリアには人も多く、食文化が豊かな場所らしい。船で他の土地と結ばれた港町だからこその雰囲気があるんだとか。

これは、漁で取れた海産物とかにも期待できるかもしれないなぁ。……おっと、想像で唾が。

カトラさんは地図上に乗せた指を、スーッと右に滑らせる。

「その後は東に足を伸ばせば、こっちも公国内にある迷宮都市。さらに東に流れて神王国方面に入

ることもできるわね」

「あ、神王国って神都がある場所ですよね？」

「そうそう。主三神教の聖地ね」

教会で聞いた場所だ。迷宮都市ってワードにも興味を引かれるな。

また詳しく話を聞いてみると、迷宮都市は高い標高の山間に位置し、ダンジョンを中心に栄えている都市なんだそうだ。せっかくだったら神王国にも行ってみたいし、いい旅程かもしれないな。

「ではその辺りを巡って、あまり東に行きすぎずに戻ってくるルートがベストかもしれないですね。一度、フストに寄ることもできるかもしれませんし」

フストは僕にとって、たまたま最初の街だっただけ。でも最初の街だったからこそ、僕もここをホームタウンのように感じている節がある。

だから、最初のルートはこれくらいがいいかもしれない。

「そうね。通過地点として戻ってこられると、王国内を回るにも北の他の国へ行くにも良いわね。それじゃあ……」

カトラさんも賛同してくれてるみたいだ。話に出てきた辺り一帯を指でぐるりと囲む。

「旅だから途中でどんな変更が生じるかはわからないけれど、とりあえずこの辺りを回ってみましょうか。まずはネメシリアを目指して出発ね」

「はい！」

ひとまず目指す場所が決まった。

ようやく旅が始まると思うと変な感じだな。元々前世で死んだ僕が、この世界で使徒として生きる上で与えられたメインの使命なのに。

そういえば……カトラさんは今日、ギルド長に退職を申し出たらしい。惜しまれもしたが、冒険者に戻ると伝えるとみんな喜んでくれたんだとか。アヴルの年越し祭が終わり、しばらくしたらギルドを退職できると言っていた。

だから、これで旅の出立は祭りが終わり次第、予定通りにできると思う。

第八章 アヴルの年越し祭

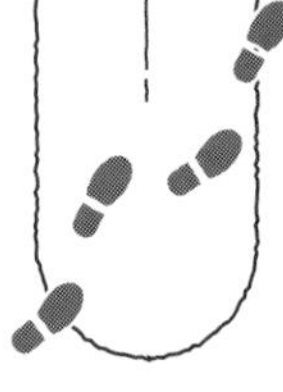

祭りまで十日を切った。今日は仕事が休みのカトラさんと街の外に来ている。

前回、新魔法を教えてもらい損ねたので今日こそは、と意気込んでいたのだけど……僕たちは今、いつもの草原ではなく森の中を歩いていた。

「はぁ……」

「どうかした？」

「ああいえ。カトラさんのお時間を頂けたので、せっかくだったら魔法の練習がしたかったなと」

答えると、カトラさんは目尻を下げて笑う。

「そんなに慌てなくても大丈夫よ。これから旅に出れば、飽きるほど時間はあるんだから」

「……た、たしかに」

でもやっぱり、いち早く他の魔法も使ってみたい。探究心をそそられるというか、なんというか。魔法はいいものだ、何度見てもワクワクする。

「それにお父さんが言っていたように、今のうちに強くなっておけば良いことだらけじゃない？強さがあれば怯える必要もないし、どこへ行っても自信を持てるわ」

「うーん。そうですけど……」

「安心して。もしもの時は助けるから。まあ、私の見立てだとトウヤ君の魔法だったら問題はないはずよ？」

「でもやっぱり……はぁ」

僕が溜息を吐いた理由は、魔法の練習ができなかったからだけではない。話は何故、僕たちが現在森の中にいるのかに繋がる。

始まりは先日、短剣を振っていたときにグランさんからこんなことを言われたからだった。

『剣の腕も良くなってきたな。坊主、カトラから聞いたがお前さん一般魔法の筋もいいらしいじゃねえか。……んじゃあ解禁だ。カトラに協力してもらって魔物を倒してこい。旅に出る前に強くなっとけ』

そう、魔物討伐。魔物を倒すことで上げられるレベルを、今のうちに上げておけということになったのだ。

あー不安で仕方がない。今まで避けてきたのに、こんなことになるだなんて……。

断っても良かったけど、僕もグランさんの助言が理にかなってると思ったからなぁ。カトラさんが言うように、強いに越したことはないだろうし。

「わかりました。とりあえず頑張ってみます」

「うん。いつもホーンラビットを倒してきてくれるレイちゃんもいるんだから、心配しないで気楽にいきましょ」

他の冒険者に野良の魔物と勘違いされないよう、ピタリとくっついて横を歩いているレイを見る。

そうだな。レイも子供とはいえフェンリル。そこそこ強いようだし、僕も足の速さを活かせば、もしもの時に逃げられないこともないだろう。

と言っても今日はBランク冒険者のカトラさんが腰の後ろに双剣を携えてるので、そこまで怖がらなくてもいいのかもしれないが。

「あ、でもレベルアップしても分かるんですか？　フストには鑑定の魔道具がないって……」

僕は『鑑定』スキルがあるから自分のステータスをいつでもどこでも見られる。

だけどステータスは通常、魔道具を使って確認するものだったはずじゃ……。

「レベルが上がったら感覚的に分かるのよ。体の底から元気が湧いてくる、そんな感じね。トウヤ君もあれだけ倒したんだから経験してるんじゃないかしら？」

「えっ？」

「ほら、スライムの時よ。通常体とはいえ、以前にたくさん倒してたじゃない」

「あー。そう言われるとたしかに、あの時元気が湧いてきたような……」

孤児院の地下を清掃した時、スライムを倒したらエナジードリンクを飲んだ後みたいになった記憶がある。

祠にいた最初の頃は、頻繁にステータスを出したり消したりしていたんだけどな。あまりに変化がないからいつしか見ないようになっていた。

久しぶりに確認したいけど、ステータスは声に出さないと表示できない。カトラさんに不審がられないように、どうやって見よう？

タイミングを窺って いると、突然カトラさんが足を止めた。

「近くに狙ってた魔物がいるわ。付いてきて」

気配を読み取ったのだろうか。カトラさんはこれから行く方向を示し進んでいく。

そ、そうか。もう魔物と戦う時が来てしまったのか。緊張するなぁ……。

「ステータスオープン」

気を紛らわすついでに、カトラさんが離れた今だとボソッと呟く。すると、前と記載されている情報が変わったウィンドウが視界に出現した。

【名　前】トウヤ・マチミ
【年　齢】10
【種　族】ヒューマン
【レベル】2
【攻　撃】3100
【耐　久】3100
【俊　敏】3100
【知　性】51
【魔　力】5050
【スキル】鑑定　アイテムボックス

【称　号】女神レンティアの使徒
幸運の持ち主
フェンリル（幼）の主人

ほんとだ。レベルが2に上がってる。それに伴って能力値も上昇してるし……なんか、以前より称号も増えてるな。

それからカトラさんに置いて行かれないよう気をつけながら、百メートルほど歩くと、カトラさんがまた立ち止まった。おいで、と手のひらをクイッとされる。

彼女がいる木の下まで行き、下り坂になった先を覗くと巨大な魔物がいるのが見えた。

小声で言葉を交わす。

「あれが……？」

「ええ。森オークよ」

全身を覆う茶色の毛。顔は豚のようで、鼻が潰れている。でっぷりとしたお腹を揺らしながら、二足歩行で坂の下に流れている小川の側を歩いている姿を見て、思わず顔を顰めてしまった。

見たくなかったけど、見てしまったな。

あれがフストの屋台で串焼きにされてる森オークなのか。イメージしてたよりは猪っぽい。

だからまだマシ……いや、自分が昔から食べてこなかったからって気持ち悪がるのも違うか。

フストでは当たり前のように食べられてるんだ。今後もいろんな場所を巡れば、いろんな食材と出合うことになるだろう。

まあ、生きてるところを見たり、自分で倒したりはしたくなかったんだけど。

「トウヤ君、いけるかしら？」

「……は、はい」

「よしっ。じゃあ良いと思う所まで近づいて、『ウィンド・カッター』を使うのよ？　一回で倒せなくても慌てないで。落ち着いて二回目を発動すれば大丈夫だから」

肩に手を置かれる。僕は唾を飲み込み、コクリと頷（うなず）いた。

覚悟を決めよう。すぅーはぁー。

……。

深呼吸をして木の陰から出る。背を向け、のそのそと去って行っている森オークは僕に気付いていない。カトラさんとレイは距離を保ち、後ろから静かに見てくれている。

魔法の属性、飛距離。事前にそれらを考慮して、僕が現在使える三つの一般魔法のうちウィンド・カッターを使うことになった。

練習を重ねれば飛距離をもう少し伸ばせるみたいだけど、今でも十分に中距離魔法と言えるレベルだ。五〜八メートルは飛ぶから問題はない。

歩行速度が遅い森オーク。こっちの存在がバレたとしても、距離を詰められることはまずないはずだ。しっかりと後退しながら攻撃を続けたら、僕が怪我（けが）をする心配はないだろう。

小川付近まで斜面を下り、森オークの背後を取る。

大丈夫。カトラさんが言っていたように、一発でダメだったら落ち着いて二発目だ。

殺される恐怖さえ取り除けられれば、魔物と対峙することは容易い。

大体、食べるために生き物を殺すことに抵抗感はなかった。元から誰かがやってくれているのだし、生き物に感謝する心があれば忌避することではない。

足音に気をつけて近づく。

よし、ここからだったら……。

あと六メートルくらいの場所で詠唱を始める。森オークが僕の声に気がつき振り向く頃には、すでに魔法が発動していた。

「『ウィンド・カッター』！」

風の刃が飛んでいく。

よし、狙いはバッチリだ。首を目掛け、安定した状態で発動できた。

――シュパッ。

抜群の切れ味で刃が通る。僕は続けて詠唱を始めていたが、森オークの巨体が傾いた。そして、バタンッと倒れる。

「ん？」

一発で……倒せた？　よく見ると、首から上が綺麗に分断されている。

「うっ」

さ、さすがにこれはっ。咄嗟に顔を逸らすと、カトラさんがレイと一緒に斜面を下りてきていた。

「完璧だったわよ。威力も、狙いも。森オークとはいえ一人で、それもいきなり一撃で倒すだなんて。試験さえ受ければすぐにでもDランクに昇格できるわね。もしかして君、Cランク目前くらいの強さはあるんじゃないかしら？」

「あ、ありがとうございます」

「この様子だと旅の途中でお金の心配はしないでよさそうね」

「カトラさん……。あの、僕はそんなに積極的に戦う気は……」

「お金があれば良い宿に泊まって、良い料理を食べられるわよ？」

ごくり。……し、しょうがない。検討だけはしておこう。


倒した森オークは勉強ついでに水で冷やし、諸々の処理をしてからアイテムボックスへ収納する。

その後、レベルが二つ上がるまでさらに三体の森オークを倒してから、僕たちはフストに戻った。

まだ冒険者が帰ってくるには早い時間のため、買取所も、ギルド同様に空いていた。

「ルーダンさん、こんにちは」

「おう。今日もホーンラビットだな」

僕が挨拶をすると、カウンターの奥で腕を組んで座っていたルーダンさんが立ち上がり、魔物を解体する裏へと足を向ける。

「ふふ、今日は違うわよ？」

「……んあ？　トウヤが持ってくるもんっつったら、ホーンラビットに決まってんじゃねえか」

カトラさんの言葉に、ルーダンさんは首を傾げている。

手前にある小さめの魔物用スペースに入ろうとして、カトラさんの腰にある物が目に入ったのか、眉を上げた。

「お、なんだ。今日はお前も手伝って他のもんを持ってきたのか」

「いや、私のこれは念のため持って行っただけよ。結局全部、トウヤ君が一人で倒しちゃったから必要なかったわ」

「はあ……まあいい。デカい奴ならこっちだ」

初めてさらに奥へ通される。そこは天井が高く、大きな机がいくつも置かれてあった。

長いカーテンで区切ることもできるようだけど、今は捌く物がないのか、どこも開いたままで広々とした印象を受ける。

「トウヤ、担当する奴を呼んでくるからこの上に適当に並べておいてくれ」

「あ、はい」

ルーダンさんはそう言うと、横にある扉の先へ行ってしまった。

今日、僕が倒した森オークは全部で四体だ。一つの机に載らないこともないが、全てを綺麗に並べられるほどのスペースはない。なのでドーンっとアイテムボックスから出し、良いバランスで重ねておく。

カトラさんと話しながら待っていると、ルーダンさんが戻ってきた。

「待たせたな――って、森オークが一、二……四体もいたのかっ⁉」

「一人じゃ時間がかかるわよ？」

ワクワクしたように目を丸くするルーダンさんに、カトラさんが何故か誇らしげに声をかける。

「だな。すまねえが他の奴らも呼んできてくれるか？」

「おうっ！　ちょっと待っとけ」

ルーダンさんが後ろに声をかけると、つなぎ姿の男性が奥へ戻っていくのが見えた。残ったルーダンさんは森オークを観察している。

「ホーンラビットから、えらい進歩だな。それにこの切り口、今日はその犬ころじゃなくトウヤが倒したのか！　魔法で一撃かっ」

いつもはレイが獲ってきてくれてると言っているので、ルーダンさんは現在カトラさんに抱かれているレイに目を向けてからニカッと笑った。よくやったじゃねえか、と頭をガシガシされる。の、脳震盪（のうしんとう）が起きそうな勢いだ。

「ちょっとルーダンさん！　トウヤ君が倒れるわよっ」

「うぉっ、す、すまねぇ……」

カトラさんが間に入ってくれたおかげで、僕はなんとか事なきを得た。

四体の森オークは、五人の男性たちによってあっという間に解体された。ほとんどの部位を売ったが、自分たち用に一部のお肉と皮を貰（もら）うことにする。

それらを収納してから僕たちは買取所を後にした。

全部で大銀貨一枚と、大銅貨五枚。魔物としてはD級～強い個体でC級のようだから悪くはないけど……体の大きさを考えるといまいちな気がするのは、脂が多く、美味しく食べられる部分がそこまで多くないからだそうだ。

アイテムボックスに入れておけば物は劣化しないから、何よりも食材には適した保存方法だと思う。たとえ野営が続いたとしても、これで食べる物には困らないだろう。

森オークの皮は、なめしたら外套にできるらしい。雨具がなくて、雨に濡れて困ったからなぁ。ぜひ、フストを出る前に外套を作っておきたい。そう思って引き取ったのだけど……。

「すまないねえ、注文がいっぱいで」

「いえいえ。お邪魔しました」

カトラさんに案内してもらい買取所から直接向かったお店は、大量の予約が入っており、完成が僕たちの出発に間に合いそうになかった。優しそうな女性店員さんに謝られ、店を出る。

歩いていると、カトラさんが顎に指を当てた。

カトラさんは外套を持っているそうだから、問題は僕の分だけだ。

「どうしたものかしら……。皮をなめすのはお父さんができるけど、縫い物は私たち二人とも苦手なのよねぇ」

「あ、でしたら」

「ん？　何とかなりそうなの？」

「はい。まだいけるかは分からないですが、アーズの孤児院の院長さんに手伝ってもらえないか頼んでみます。以前、祭りのポンチョを自作するときにお世話になったので」

前からタイミングがなくクッキーのお礼がまだできていなかったし、そのついでに伺ってみるのがいいかもしれないな。

「にしても……」

外套の件に光が見え、街の光景に疑問を抱く。

「なんか、人が多くないですか？」

いつにも増して行き交う人の数が多い気がする。

「祭りが近くなったらいつもこうよ。旅人や、周辺の街から人が集まってね。この様子だと多分、明後日ぐらいから高空亭（たかぞら）も忙しくなるんじゃないかしら？　全部の部屋が埋まって」

僕がキョロキョロと周囲を見ていると、カトラさんがそう教えてくれた。

そうか。祭りで人がフストに集まってきているのか。


カトラさんが言っていた通りだった。二日もすると宿は満室で、食堂もいつにもまして賑（にぎ）わい始めた。グランさんとアーズは忙しそうだ。

祭りが近づくにつれて、夕食時に満席状態が続く時間も長くなってきている。

グランさん一人では調理に精一杯で、提供に手が回らないらしい。この期間だけはアーズも少し遅くまで残り、配膳を手伝っていた。

そんな中、僕の外套のために手を煩わせるわけにもいかず、グランさんに皮をなめしてもらえるか言い出しづらかったが……そこは娘のカトラさんがお願いしてくれた。僕たちの出立を前に贈り物だとグランさんは快諾してくれ、皮なめしに時間を割いてくれている。

感謝してもしきれない。

代わりと言ってはなんだが、僕もこの繁忙期に少しでも手伝いをと、アーズのサポートをすることにした。グランさんは「お前さんも客なんだから」と言ってくれたが、常連として楽しくやっている。

アーズにはアンナさんに外套を作る協力をしてもらえないか確認してもらい、翌日、返ってきた答えはＯＫとのことだった。

あとはグランさんの作業がいつ終わるかだったが……思いのほか早く完成したようだ。祭りの四日前、昼頃にカトラさんとの勉強を終えギルドから帰ると、食堂でグランさんに呼ばれた。

「頼まれてた物、できたぞ」

「えっ……も、もうですか!?」

「ああ。この街に住む者として、森オークの皮の扱いは昔に近所の婆さんたちから教え込まれてな」

森オークの皮をなめすために、古くからフストで用いられている特別な薬品があるらしい。それを使うことで、この短期間で完成したんだそうだ。

深みのある焦げ茶色の革を差し出される。

「まあ完成度はまずまずってとこだが、革細工でもねえんだ。十分だろ？」

「もちろんです！　本当～に有り難うございますっ」

「おう、大事にしろよ。丁寧に扱えば長持ちするはずだ」

「はい！」

絶対に大切にしよう。あとはアンナさんの日程さえ合えば、外套を作り始められる。アーズからアンナさんが「ポンチョと同じ要領だから、比較的すぐにできる」と言っていたと聞いたし。

受け取った革を眺めていると、グランさんが照れくさそうに言葉を続けた。

「あー後だな、このことはジャックから提案されたんだが……」

ジャックさんから？　最近会ってなかったけど、なんだろうか。

「祭りの初日に日が沈んでから年を越すまでの間、ここでお前さんのためにパーティーを開きたいんだとよ」

「パーティーを、ですか？」

「ああ。元々毎年、俺たち知り合い数人でやってるもんなんだが、今年はトウヤの旅立ちを祝いたいらしくてな」

恒例行事で、催しを開いてくれるそうだ。嬉しいけど……。

「い、いいんですか？　わざわざ僕のために」

「当たり前だ。んじゃあ話を進めていいか？」

「はい。皆さんとお食事するのが嫌だとか、そんなことないですよ」

料理はグランさんが作ってくれるのかな。もしそうだったら、それだけできっと最高の集まりになるだろう。

「あ、どなたが参加される予定なんですか？」

「毎年参加してるのは俺とカトラ、ジャックんとことエヴァンスんとこの一家だな。エヴァンスっつーのは……」

「フィンダー商会の副会長さんですよね。一度だけですが、ちらっとお会いしたことがあります」

「そうか、だったら問題はないな。あとは……アーズを誘うのはどうだ？　お前さんだけじゃなくて、カトラも出て行くって聞いたら寂しがってたぞ」

僕の前じゃ寂しがっているような素振りは見せなかったけど、アーズにもカトラさんがいなくなるって伝わっていたのか。

「わかりました。では、僕の方で誘っておいてみますね」

「おう、頼んだ」

お世話になった方といえばアンナさんもいるが、彼女は子供たちもいるし来られないだろう。その分、外套を作るときにしっかりと感謝を伝えておかないとな。

アーズはリリーとも知り合いだから、双方に確認を取って一緒に祭りを回るのも良いかもしれない。そうしたら、そのままの流れでパーティーに参加できる。

アーズにそのことを話すと、ぜひパーティーに行きたいと言ってくれた。さらにリリーが了承する前提になってしまうが、祭りの当日にアーズも集合場所に来てくれることになった。

そしてグランさんが皮をなめし終えてくれたので、アーズに早速アンナさんが時間のある日を訊いておいてもらうと——祭りの二日前、アーズが僕のもとにやって来た。

「明日ならいいって。アンナちゃん」

「あ、外套？」

訊くと、彼女は「そうそう」と頷く。

「了解。わざわざありがとう」

アンナさんのスケジュール的に、そこがベストだったらしい。そんなこんなで、僕はアヴルの年越し祭の前日に孤児院を訪れることになった。

◆

……と、いうわけで僕は現在、孤児院にお邪魔している。

カトラさんに紹介してもらったお菓子屋さんで、気を遣わせないくらいの価格のクッキーセットをたくさん買ってきた。これは子供たちへのお土産だ。アンナさんには別に、少し高級なセットを購入してみた。

子供たちもアンナさんも、喜んでくれていたので良かった。

「これで……どうですか？」

ポンチョを作ったときと同じ机で、完成した外套をアンナさんに確認してもらう。

「はいっ。とっても良いと思います！」

「ふぅ。アンナさんに協力していただけて本当に助かりました」

まだ開始から三時間も経っていないだろう。

こんなにも早く完成することができたのは、アンナさんが事前に図面などを用意してくれていたからだ。

深みある茶色の外套。折り返し部分を調整することで、後々サイズアップすることもできるようにアンナさんがデザインしてくれた。

うん、最高のできになったと思う。

「お力になれて良かったです！　むしろ私や子供たちの分までお菓子を頂いちゃって。ありがとうございましたっ！」

「いえ、僕のためにわざわざお時間を作っていただいたんですから、そんな。……あの、アンナさんはお忙しいと思うので、出立を前に今のうちにご挨拶と感謝を伝えたいと思いまして」

「わっ。あ、はい！」

アンナさんはバタバタッと背筋を伸ばし、胸を張る。

「あと二週間くらいで僕は街を出ることになると思います。今日の外套作りも、以前のポンチョ作りも、本当にありがとうございました。それと、教会でのことも約束通り秘密にしてくれているようで、何と感謝を伝えればいいのか……」

「と、当然ですよっ。トウヤさんのお願いなんですから、誰かに言うだなんて……！　そ、そうだ。これ、受け取って頂けませんかっ⁉」

僕が頭を下げると、アンナさんはあわあわしながら何かをテーブルに置いた。

これは……ペンダント？　先端に＊型の金属が付いている。

「お渡ししようとずっと思っていたんです」

「あ、ありがとうございます。でも……」

普通にプレゼントを頂けただけなのか。それとも、何か意味がある物なのか。よくわからず視線で尋ねる。

察してくれたアンナさんは何故か顔を赤らめ、伏し目がちになった。

「じ、実はこれ、主三神教で特別な物なんです……っ」

ん、特別？　このペンダント、宗教的な物だったのか。普通のアクセサリーに見えるけど。

顔を近づけ、何か模様があったりしないかと観察してみる。

しかし……チェーンの部分もトップの部分も、シンプルなデザインでやっぱりこれと言った特徴はない。

うーん。失礼だけど、その辺のお店に売っていそうな感じだ。

「このペンダントは『仰印（ぎょういん）』と呼ばれていて教会から修道女に渡される物なんです！　旅に出るトウヤさんにぜひ私の物を持って行っていただきたくてっ」

アンナさんが耳まで赤くして、一息にそう説明してくれる。

目を閉じて、めちゃくちゃ早口だった。緊張……照れくさいのかな？

いやでも、それだけじゃないような火照り方だけど……まあ理由はそれ以外にないだろう。

「なるほど。仰印、と呼ばれる物なんですね。お守りとしていただけるってことですか？」

「あ、は、はいっ。そうです！　旅の安全を祈願して。それとアーズから聞いたんですが、神都にも行かれる予定とか？」

「変わるかもしれませんが、一応その予定です」

「でしたら神都では仰印を外から見えるように首から掛けていただけたら、何かと役に立つかと思います！」

「そんな効果も……ありがとうございます」

「はい！　受け取っていただけて良かったですっ」

顔の赤さもピンクに治まり、アンナさんはふぅと息を吐く。

僕はペンダントを手に取り、早速首に掛けてみた。

「あっ。し、神王国……とりわけ神都では役立つと思いますが、他の場所では服の中に入れていただくか、持ち歩いていただくかだけで十分ですよっ？」

「え。そう……なんですか？」

「はい！　その、トウヤさんのご迷惑になるかもしれませんし。そ、それにっ。旅の途中でなくしちゃったら大変じゃないですか！　あと、冒険者さんはギルド証もあるので、首から掛けている物が二つになったら疲れちゃうかもしれませんしっ！」

「……はぁ」

とにかく、今は付けるなということらしい。色々と理由付けしてるけれど、はっきりと言いづらい理由でもあるのだろうか。

たとえば宗教問題とか。主三神教の国である神王国以外では、これを付けていると害をなしてくる人がいたりするのかもしれないな。

じゃあ今はポケットに入れておいて、あとでアイテムボックスに収納しておこう。

神王国に入るまで持ち歩くのには変わらないので、お守りとしての効果はしっかりあるだろう。

それからアンナさんとしばらく話し、僕は帰ることになった。

レイをアーズに見てもらっているので、夜まで長居したりはできない。

また出立の日が正確に決まったら、アーズを通してアンナさんに伝えてもらうことになった。時間さえ問題なければ、見送りにも来てくれるようだ。嬉しい話だな。

残りのフスト滞在期間の間に、もうこの孤児院には来ないと思う。

地下室の清掃依頼のことなんかを思い出しながら、高空亭に戻る。

変な寂しさを感じたが、これが街を出るとなったらどうなるのか。まったりと、街に慣れすぎてしまったのかもしれない。

旅人としては、もっとその場所その場所を軽く楽しむくらいが合ってるのかもなぁ。

まあ前向きに考えよう。見たことがない景色を知りに行きたい、という気持ちは消えていない。

レンティア様が僕の周辺を観察しようとしたとき、代わり映えのない風景だったら申し訳ないし。

カトラさんとの旅が始まったら、きっと色々な経験ができるはずだ。今は好奇心を頼りに、素直に旅へのワクワクに目を向けるべきなのかもしれないな。

◆

翌朝。目を覚ますと、しんとしていた。

普段から他の宿泊客の朝は早いが、僕が起きたときも廊下を歩く人や、下の階で食事をしたりしている人の気配がする。だけど……今日はなんか、人がいる感じがしない。

もしかしてっ、寝坊した？

体を起こして窓の外に目を向ける。が、日差しを見るに起床はいつも通りの時間にできたみたいだ。

「はぁ。なんだ……」

ほっと息を吐き、僕はベッドから抜け出して着替えを済ませた。眠たそうなレイに食事をあげて抱き上げ、廊下に出る。

やっぱり、いつもより静かだな。階段を下り、厨房（ちゅうぼう）にいるグランさんに挨拶をする。

「おはようございます。今日はみなさん朝が早いんですね」

「ああ、観光客は早くに出て行ったぜ。普段から泊まってる冒険者連中は、仕事に出ず祭りに行くから昼頃まで寝てると思うがな」

「あっ、まだ眠ってましたか……」

いつもと違うのは、そういうことだったらしい。ま、この静けさも悪くはない。

広々とした食堂でまったりと食事を済ませ、今日もコーヒーを啜ってから街に出ることにする。

「グランさん、それじゃあレイのことよろしくお願いします」

「おう、楽しんでこい。夕暮れ時にはジャックたちも集まってくるはずだからな」

人混みになるだろうからレイを連れていくのは大変だ。ということで今日は、事前にグランさんの目が届く範囲でレイを待機させてもらえないか頼んでおいた。

外に出て、集合場所へと向かう。目指すのは以前にリリーと侍女で護衛のマヤさんが馬車を停めていた停留所だ。

いい天気になって本当に良かったなぁ。晴れてはいるけど、決して暑くはない最高の祭り日和だ。


集合時刻は朝二つ目の鐘が鳴る頃。

いつも聞こえるから鐘の存在自体は知っていたけど、僕はどこにそれがあるのかはわからない。

そういえば最近は、普段から正確な時間を気にして行動していなかったしな。いつも大体感覚で、というか。

あと少しで住宅街を抜けようかという所で、前に家族連れの姿が見えた。全員が赤ポンチョを羽織って、楽しそうに歩いている。

そうだ、僕ももう着ておこう。後ろをちらっと確認してから、アイテムボックスに入れているポンチョを取り出す。

うん、自分で作っただけあってピッタリなサイズだ。

羽織ってから進むと、遠くから微かに音が聞こえてきた。なんだろう？

その音は進むにつれて次第にハッキリとしてくる。どうやら、リズムよく管弦楽器が奏でられているみたいだ。

……。

大通りは、ぞろぞろと大量の人で溢れかえっていた。老若男女問わず、みんな赤いポンチョを羽織っているのは不思議な光景だな。

街は赤が基調とされた旗が吊されていたり、装いがいつもとは異なっている。奥の方では露店がずらりと並び、所々で跳ねるようなリズムで心地よい音を奏でている音楽隊の姿があった。

凄い熱気だ。日本とは違う街並みにも少し慣れてきたところだったけど、今日は一段と異国情緒を感じる気がする。

祭りの人混みを抜けて停留場へ辿り着くと、見覚えがある馬車が停まっていた。

近づくと、銀髪に映える赤い髪飾りをつけたリリーが降りてくる。隣にはマヤさんの姿もあった。

「久しぶり、リリー」

「久しぶり」

「マヤさんもおはようございます」

二人とも孤児院で作った自作のポンチョを羽織っている。

僕が会釈すると、マヤさんは一歩下がってキビキビとした動きで会釈を返してくれた。

「私はお嬢様の身辺を警護いたしますが、本日は少し後ろから見ています。お気になさらないでください」

「あ……しょ、承知しました」

前に裁縫でテンパっているのを見てるから違和感が凄いけど、今は完全にお仕事モードな様子だ。思わず背筋を伸ばして、こちらも畏(かしこ)まってしまう。

「そうだリリー。前もって伝えられずに申し訳ないんだけど……今日、アーズも一緒に回ってもいいかな?」

「うん、問題ない」

「ありがとう、良かった。多分、もうすぐ来るはずなんだけど……あっ」

孤児院方向の道に目を向けると、赤ポンチョ姿のアーズが走ってきていた。

「来た来た」

「ごめんっ、待たせちゃって」

僕たちのもとまで来たアーズは、肩で息をしている。

「……大丈夫。時間通り」

リリーがそう言ったかと思うと、たしかに祭りの音楽の裏で薄らと鐘の音が聞こえた気がした。

「アーズ、リリーが一緒に回ってもいいって」

「ほんとっ!　ありがとね、リリー」

「うん」

僕たちは早速、祭りの中心地へ行くため人混みの中に突入することにした。

街中が赤い。

みんなが着ているポンチョはもちろんのこと、全ての屋台に赤い布が掛けられている。フストのソウルフードである森オークの串焼きも、今日ばかりはトマト……のような野菜で作ったソースに浸けられていた。

リリーの提案で購入することに。

アーズは宿で働いているとはいえ、給金を孤児院に入れている。今日も一応お金を持ってきているようだけど、あまり手持ちもないだろうし、ここは最近余裕が出てきた僕が……と思ったが、全員分リリーが支払ってくれた。

アーズと一緒に手を合わせておく。後ろでマヤさんもお辞儀をしていた。

モグモグモグモグ……。

うん、いける。森オークが動いている姿を見た後も、案外普通に食べられるな。変に逃げ出さず、しっかり倒して捌いたりしたのが良かったのかもしれない。

僕たち三人、と一歩後ろをついてくるマヤさんで串焼きを食べ終え、祭りを回る。

途中で槍を持った男性の像を見かけた。あれがドラゴンを倒したという英雄アヴルらしい。

う、うーん……。正直、カッコよさは感じられないな。返り血を浴びて帰ってきたと言っても、像の全身をくまなく真っ赤に塗装する意味はないだろうに。

像がある広場では、音楽隊の他に芸を披露する魔法使いの姿もあった。

水を操作して作った魚を、空中に浮かべ泳がせていたりする。僕が生活魔法で水を浮かべても崩壊してしまうほど遠くまで、繊細な形の魚が浮遊している。

実用的でなくても、極めればこんなこともできるようになるのか……。いつか、できるようになったら面白いかもしれないな。

さらに魔法使い以外にも、剣を使った妙技を見せている人なんかもいた。

テレビやスマートフォンがない世界。祭りに娯楽を求めて集まる人の熱が、日本よりも一極集中しているように感じる。

しかし、日中の今は前座に過ぎないという。

アヴルの年越し祭の本番は今夜。日付が変わり、年が変わってから朝方までだそうだ。

………。

僕たちは一通り祭りを回り終えると、夕暮れ時には高空亭に向かうことにした。住宅街に入ると人もまばらになる。

アーズがくぅっと伸びをした。

「いやー楽しかったねっ！　人もたくさんいてさ。大きい街に行ったら毎日こうなのかなっ？」

「王都は、そう」

「えっ！　リリー、行ったことあるの？」

「うん」

リリーが頷くと、アーズはさっきから輝かせていた目をさらにキラキラとさせる。

「いいなー！　あ、トウヤは王都に行くつもり？」

「え、僕？　そうだなぁ……」

いつかは行きたいけど、今のところは……と考えていると、リリーがバッと勢いよくこちらを見た。

「わたしも気になる。フストを出て、トウヤはどこを目指すの？」

め、珍しい。凄い食いつき方だな。

前にピクニックに行った時も旅のことを聞いてきたし、この手の話題が好きなんだろうか。交通の便が発達していないから、遠くの土地についての話は好まれるのかもしれない。

「今はとりあえずネメシリアに行くつもりかな。その後は迷宮都市？　とか神都に行くと思う。だから王都に行けるのはいつになるかわからないね」

僕がそう言うと、二人はふむふむと頷いた。特にリリーは、見たことがないほど集中した様子で一点を見つめている。

そ、そこまで気になる話だったかな？

高空亭に戻ってきた。中に入ると、すでに僕たち以外のメンバーは全員揃(そろ)っていた。

「あら、主役が帰ってきたわ」

料理を運んでいたカトラさんが僕たちに気付き、席へ案内してくれる。

街の中心地では道まで席を拡大した店が、夜遅くまで営業するみたいだった。

客はせっかくだから祭りの中で食事をしたい。グランさんは他の注文に追われなくて済む。ということで、今日の食堂は僕たちの貸し切りで、他の宿泊客たちは外で食べることになっているらしい。

「トウヤ、久しぶりだな」

「あ、エヴァンスさん。お久しぶりです。それと……」

「妻のビスと、こっちのガキたちは息子のマークとネッドだ」

「はじめまして。トウヤといいます」

ジャックさんが営むフィンダー商会の副会長、エヴァンスさんのご家族に挨拶をする。

息子さんたちは双子だろうか。二人とも五歳くらいで小さい。奥さんは優しく、庶民的な雰囲気で大商会のお偉いさん一家という印象は受けなかった。

美味しそうな料理が次々と、くっつけられた机に並べられていく。

「ジャックさんとメアリさんもお久しぶりです」

「やあトウヤ君。それとアーズちゃんも、リリーと仲良くしてくれてありがとうね」

続けて挨拶すると、ジャックさんは機嫌が良さそうにワインか何かが入った銀杯を掲げた。

「ごめんなさいね。ジャックったら、一杯呑(の)んだだけでこれで」

隣のメアリさんが、自分も優雅に杯に口づけながら微笑(ほほえ)む。

おかげでフィンダー商会のナンバー一、二に緊張しているみたいだったアーズも、肩の力が抜けたらしい。

元々人懐っこく、明るい性格の彼女。僕が配慮するまでもなかったみたいだ。

グランさんお手製の料理が並び終えられる。

街を歩き回って疲れたけど、まだまだ祭りの一日は終わらない。みんなで机を囲み、パーティーが始まった。

調べによると魔物は味が濃い物を食べても問題ないらしいが、それでもレイはシンプルな味を好むようだ。今日もグランさんに味付けせずに焼いてもらったホーンラビットのお肉と、食後に木の実を食べ、食堂の端で寝たり歩き回ったりしている。

僕たちはというと、乾杯してから料理をいただくことになった。もちろん乾杯は、僕も自然な流れで他の子供たち同様に果実水でだ。

大人たちはワインを呑んでいる。

僕も久しぶりに呑みたかったけど……この体だし、仕方がないか。

ちなみに王国だけでなく、この近辺の多くの国で十五歳ぐらいからお酒を呑み始めるのだそうだ。法律でというより、子供のことを考えて風習的にそうなっているらしい。

元から頻繁に飲酒する方ではなかったし、今後も本当に気になるお酒があった時だけこっそり呑めばいいだろう。

一時間ほど経つと、カトラさんが自分も旅に同行することを皆さんに報告した。

「まあっ。カトラちゃん、冒険者に戻るのね」

メアリさんが口元に手を添え、目を丸くしている。ジャックさんも驚いた様子だ。

「それはめでたい。君がトウヤ君と旅に出るというなら、心配は無用だね。……そうだ、門出に馬車をプレゼントしよう。たしか馬の扱いは……」

「ええ、私ができるわよ。でも本当にいいの？」

ん？　ジャックさんの突然の発言に、カトラさんも落ち着いて対応してるけど。

「いやいやっ貰えませんよ！　馬車だなんて」

「え、ど、どうしてだい？」

僕が慌てて立ち上がると、ジャックさんは本気で戸惑いながら首を傾げた。

眠ってしまった息子さんたちを見ていたビスさんと、デザートを作りに厨房に入ったグランさんも、何事かと顔を覗かせてこっちを見ている。

「だってそんな、さすがに高価すぎますし……頂いたとしても、お返しできる物も……」

「なんだ、そういうことかい。なら心配はいらないよ。何も対価は求めないからね。これは相手がトウヤ君とカトラちゃんだからこそプレゼントしたいんだ」

「で、ですけど……」

遠慮を超えて、本当にここまでしてもらっても良いのかと心配になる。ジャックさんにいらぬ負担を掛けてしまっているんじゃ？　向かいに座るカトラさんに助けを求める。

僕とレイだけでなく、カトラさんも魔法を使えば足が速い。だから長距離でも走ればなんとかなるだろうに。

「有り難い話じゃない。旅人という性質上、馬車があった方がいろんな所で警戒されにくくなるのよ？　お金があればすぐにでも買うべきなくらいだから……ね？」

馬車には、そんな利点もあったらしい。

「まあ、あれだな」

僕がわたわたしていると、エヴァンスさんが肘をついて切り出した。

「馬車はカトラへの贈り物ってことにしたらいいだろ？　あんなに小っちゃかった妹分が、もう一回冒険に出るって言ってんだ」

「そうだね。じゃあ、馬車はカトラちゃんへのプレゼントだ。これでいいかい、トウヤ君？」

すでに顔が赤いジャックさんは、グビッとまたワインを飲み干す。決して酔った勢いで言っているわけではなさそうだが……って。

「わかりました。カトラさんへの贈り物だというなら、僕に何かを言う権利はありませんから。そ、それよりも皆さん、そんなに昔からお知り合いだったんですか？」

「ええ。ジャックとエヴァンスが商会を大きくするときに知り合ったの」

おふたりと同じくらい呑んでいるのに、顔色ひとつ変わらないメアリさんが答えてくれる。

「当時、面倒な騒動があってね。もう引退していたのだけど、元Sランク冒険者のグランさんに解決してもらって……」

遠い過去を見ているような目だ。しかし、フィンダー商会の面々の表情は明るくない。

い、色々と大変なことがあったのかな？

空気を変えるように、カトラさんが咳払いをする。

「ごほんっ。まあ、ジャックさんたちと出会えたおかげで助かったこともたくさんあったわ。ほら、私の双剣だって商会の伝手で名匠に打ってもらえたんだから。……あ、デザートができたようね」

そうこうしていると、お皿を持ったグランさんが厨房から出てきた。

「ほい、できたぞ。って、どうしたんだ？」

薄く焼いた生地に生クリーム。ベリーと、それを使ったソース。

クレープが乗ったお皿を一人一つずつ出しながらグランさんが訊くと、ジャックさんが元の表情に戻って答えた。

「グラン、なんで教えてくれなかったんだ？　カトラちゃんも旅に出ること、聞いたよ。だから門出に馬車をプレゼントしようとね」

「そりゃお前、俺の口から言うことじゃないだろ。にしても馬車か……。だったらアーズ、お前さんも行ってみたらどうだ？」

「えっ。あ、あたし……⁉」

旅の話だからと、リリーと二人で残った料理を摘まみながら話していたアーズが、いきなり声をかけられてビクリと跳ねる。

たしかに、大所帯になるのは大変だけど、アーズも旅のことや他の街のことを興味ありげにしていたしなぁ。それにカトラさんもいなくなることを寂しがってたって聞いたし。

グランさんは僕の顔色をちらっと窺ってから、もう一度アーズに問いかける。

「馬車があれば移動もラクになるだろ。最初は体力がなくても負担にはならない。宿や俺のことは気にするな。だから……どうだ？」

ここは僕も、アーズの返答を聞いてから対応を考えよう。

みんなの視線が彼女に集まる。俯いたアーズは、しばらくしてから顔を上げ、にっこり笑った。

「ありがと、おやっさん」

……そうか。アーズも一緒に行けるなら、より明るく楽しい毎日を送れることだろう。

自分自身ビックリするほど、彼女の言葉を嬉しく感じていることに気付く。

カトラさんも同じように……ん？　なんか、アーズを見る表情に陰りがあるような。

……あっ。

そこで僕もハッとした。アーズが小さく頷いてから言葉を続けたのは、僕がもう一度彼女の顔に目を向けた時だった。

「でも――あたしはフストに残るよ」

その晴れやかな表情に、グランさんは確認するように繰り返す。

「本当に、いいのか？」

「うん。今はまだ、孤児院のみんなのためにもここにいたいから。あと一年くらいしてチビたちの負担が減ったら、この街で冒険者にでもなってみようかな？」

その時は、と続ける。

「おやっさん、あたしに色々と教えてよ。いつかは遠くの街を見に行けるようになりたいしさ。もちろん最初のうちは休日だけ冒険者をやって、あとはここで働くから。……って、あたしクビになる予定とかないよね？」

グランさんはジッとアーズを見た。

しばらくして、フンッと笑うといつもの調子に戻る。

「クビにしたら困るのは俺だ。わかった、んじゃあ俺が冒険者のいろはってやつを教えてやる。弱音を吐いても逃がさねえからな？」

「やった！　約束だからね？」

僕は一瞬、三人での旅を想像しただけに反応が遅れた。

だけど……本人が残ると決めたのだから、僕が出る幕はなさそうだ。もしかしたらフストに戻ってきたとき、冒険者を始めたアーズに会えるかもしれないな。

じゃあデザートを……。

「だったら、わたしが行く」

「…………え？」

みんながクレープに手を伸ばそうとしたとき、これまで静かだったリリーが唐突に口を開いた。

やけに通った声に、全員が一斉にリリーを見る。

本人はナイフとフォークを使い、美味しそうにクレープを食べているが、け、決して聞き間違いではないはずだ。一気に酔いが覚めた様子で、ジャックさんが身を乗り出す。

「り、リリー？」

かなり肝が据わっているはずの大商人が、困惑気味に頬をひくつかせている。

「冗談なんて珍しいじゃないか……。ぱ、パパ、ビックリしたよ」

「冗談じゃない、本気」

「メアリっ、大変だ!!」

真っ直ぐと目を見て即答したリリー。身をよじり助けを求めているジャックさんだが、一方でメアリさんは落ち着きを崩していない。膝の上で手を重ね、リリーを見ている。

「ダメよ、絶対に」

「どうして？」

「三年後には魔法学園に入学するのでしょう？　万が一入学が遅れたら、パパの努力が水の泡になるわ」

メアリさんの語気は、あくまで穏やかだった。

「もちろん貴女の意思を最優先する。けれど、同級生として入学できず、婚約破棄にでもなったら取り返しがつかないわ。貴女が構わないと言って結んだ婚約よ？　トウヤ君のおかげで今があるけれど、商談の間にパパが大急ぎで移動して、死にかけてまで取り付けた」

魔法学園に、婚約。フィンダー家の話なので、完全に僕たちは蚊帳の外だ。

ジャックさんが死にかけたって、僕と出会った時のことを言ってるらしい。神域近くの森にある街道を抜け、ワイバーンに襲われていたときの。

ということは……あれって、リリーの婚約について他の街で話した後に、商談のために急いで帰っていたところだったのか。

「メアリ、婚約のことはいいよ」

しかしジャックさんはそう言うと、ふぅと息を吐いた。

さっきまでの狼狽えた姿はもうどこにもない。

「婚約はリリーが『嫌だ』と言わなかっただけで、『進んでやりたい』と言ったわけでもないだろう？　だから、問題は魔法学園だ」

何が重要なのか。ポイントを絞り、ジャックさんは指で机をトンっと叩く。

「リリー、君がどうしても魔法学園に入学したいと言ったその気持ちは、今も変わりないんだね？」

「うん」

「じゃあ、旅に出てしまったら入学は？　規定の十三歳になったらすぐに入れるよう、今まで努力してきたじゃないか」

「入学はする、十三歳で」

丁寧に確認するジャックさんから、リリーは目を逸らさない。どころかハッキリと言い切った。

「トウヤがネメシリアに行って、迷宮都市、神都を目指すって言ってた。フストに帰ってくることもできる」

祭りからの帰り道、僕の行き先を真剣に聞いていたのはこういうことだったのか……。元から共に旅へ出たいと言い出そうと思って、色々と聞いてたのかもしれないな。

メアリさんが、静かにワインを口にする。

「リリー、わかったわ。でもトウヤ君の気持ちも聞きましょう」

「……あ、ぼっ、僕ですか？」

いきなり話を振られ、背筋が伸びる。

だけどそうだ。リリーは、アーズとは状況が異なる。

「そう、ですね。リリーはまだ十歳……あ、僕もですけど。とにかくまだ冒険者になっても見習いのような扱いにしかなれませんし、旅には危険がつきものだと思うので。メアリさんたちが反対するなら厳しいかな、と」

魔法学園や婚約……というようなことには触れないでおく。

僕には詳しいことはわからない。だからとにかく自分の立ち位置をハッキリと伝えたつもりだ。けれど、何故かみんな険しい顔をしている。グランさんなんて、あちゃーっと額を叩いているくらいだ。

リリーを見ると、いい加勢だと言わんばかりに僕を見ていた。

「危険については大丈夫。向かう場所は比較的安全だし、カトラちゃんとトウヤもいる。それにわたし、魔法が得意」

いや、だからって……。

魔法に自信があるのかもしれない。が、それでもどうしようもなくなった時、カトラさんと僕で守り切れるとは言い切れない。

リリーにそう反論しようとしたけれど、その前にカトラさんがジャックさんたちに気を遣いながら、小声で呟いた。

「トウヤ君……。リリーちゃんは魔法学園の入学試験のために、十歳になると同時に冒険者登録をして……実はすでにDランクなのよ。魔法の腕だけで言ったらCランクの魔法使いにも引けを取らないわ」

「え。しっ、Cランクっ？」

衝撃の事実だ。もしかして……今の僕よりも凄い？

リリーのハイスペックぶりに驚かされる。

しばらく話は続いたが、結局平行線のままで決着はつかなかった。

リリーの主張によると、僕たちが行く場所は強い魔物が少なく、治安が悪い街もないらしい。だから淡々と、危険はほとんどないと説明していた。

だが……それでも親として、ジャックさんたちが心配するのは当然のことだろう。

いくら本人が強く、さらにBランクのカトラさんもいるとはいえ、十歳の娘を旅に出すなんて普通はしない。

僕は改めて、ジャックさんに行く先を尋ねられた。だから今のところは、

港町のネメシリア　↓　迷宮都市　↓　神都　↓　フスト

の順で一度戻ってこようかと考えていると伝える。

ジャックさんは顎に手を当てた。思考を巡らしているようだ。

「うん、ありがとうトウヤ君。みんなもすまないね。リリー、このことは家に帰ってからでいいかい？　しっかり話し合うためには、パパとママにも考える時間が必要だ」

「……わかった」

結局リリーが頷いたことで、この話題は終了となった。

曖昧なまま終わってしまったけれど、リリー自身は落ち込んだりしてはいない。むしろ僕が一番、話の結末が気になってしまっていそうなくらいだ。ひ、ヒヤヒヤしたなぁ。

気を取り直してパーティーが再開される。眠気に襲われても、今日だけは寝たりしないようにしないとな。

この世界は朝が早いこともあり、アーズやリリーだけでなくグランさんたちも欠伸をしている。

ジャックさんとエヴァンスさんは、商会が祭りに出店しているため、朝方まで参加できるよう日中に仮眠を取っていたんだとか。二人は今も楽しそうにお酒を呑んでいる。

朝から動きっぱなしだったので、僕は意思の力でなんとか目を開いているような状態だ。祭りを見逃せないという一心で耐える。

旅に出る前に、みんなとこんなにゆっくり話せる時間はもうないだろう。眠気対策の意味もあり、話しているとすっかり時間を忘れて盛り上がってしまった。

いつの間にか時間が迫っていたらしい。普段は夜間に鳴らない鐘の音が聞こえてくる。

カトラさんが席を立って伸びをした。

「んーっと。ようやく年越しね」

続いて僕たちも腰を上げ、ぞろぞろと外に出る。エヴァンスさんの息子さんたちも、ビスさんに起こされ、まどろんだ表情で来ている。

外は少し肌寒かった。

聞くところによると、鐘の後にしばらくしたら何かがあるみたいだ。道には所々にランタンが掛けられており、いつもより明るい。

ほぼ全ての家から人が出てきていた。

街の中心地の方に目を向けると空が明るいように見えたが、それも何故か段々と暗くなってきている。

「グランさん、何があるんですか？」

「おっ。なんだ、聞いてなかったのか？」

「はい。カトラさんに何かがあるとは聞いているんですけど、詳しくは教えてくれなくて」

ちょうど隣にいたので尋ねてみると、グランさんは腕を組んで空を見上げた。

「だったら後でのお楽しみだな。すぐ始まるぞ」

すぐ始まる……？　にやりと笑うグランさんの視線の先に目をやる。すると月明かりに照らされた市壁の上に、人影が見えた。

一人じゃない。横に広がって複数人いる。

目を凝らす……が、何をしているのかはわからないな。ただ、周囲にいる誰もが口を閉ざして、一様に空を見上げている。

その時。

ゴォーンゴォーン……。

先ほどと同じ鐘が、より雄大に鳴り響いた。辺りが静かだったからではない。いつもと比べて、明らかに音量が大きい。大気を震わせ、地面を揺らすほどだ。

不思議な高揚感を覚える。

見ると、市壁の上にいる人たちが空に向けて腕を伸ばしていることがわかった。そして……。

ピッタリと揃ったタイミングで、一斉に火球が放たれた。

フストの上空に広がる星空を、明るく大きい火の玉が飛んでいく。まるで同時に投げられた槍のように、綺麗に並んで。

火球は僕たちの頭上を通過し、街の中心、そして最後は西の方へと消えていった。

絶景だ。目を奪われ、夢現（ゆめうつつ）な気分になる。

気がつくと、至る所で拍手や雄叫（おたけ）びが上がっていた。

◆

祭りは夜明けとともに終わったそうだ。僕はというと、あの後パーティーがお開きとなり、カトラさんと二人でアーズを孤児院まで送った。

帰りに少し足を伸ばして、人が集まるエリアを覗いてみたが……それはもう凄い熱気だった。

普段は暗く静かな夜が過ぎるフストの街。しかし、あの夜だけは一帯が光に照らされ、人々が行き交っていた。

イメージ的には台湾(たいわん)の夜市のような光景だ。日中とは違い、お酒を提供する屋台も数多く出ていた。まあ、屋台があるエリア自体は昼間よりも縮小していたけれど。

街を十字に区分する大通り、その中心街あたりだけに屋台が並んでいたのだ。多分、住宅が密集するエリアへ配慮してそうなっていたのだろう。

カトラさんにおすすめされた甘辛い揚げパンのような物を買って、僕たちはそれを食べながら宿に戻った。

眠気のピークを過ぎたと思っていたが、かなり疲労していたみたいだ。ベッドに入ったら、すぐに眠りに落ちてしまった。

そして目を覚まして、昼頃。僕が起きると、街はもう通常運転に戻っていた。

信じられない。元日くらい、のんびりするものだと思っていたのに。

そんな暇はないと言わんばかりに、宿の主人であるグランさんはもちろんのこと、カトラさんもギルドに出勤していったらしい。

祭りの次の日に働く冒険者は……ほとんどいないのかもしれない。けど、それでも出勤しないといけないギルド職員は大変だ。

また、仕事に出ていたのはカトラさんだけではなかった。僕が食堂に下りると、テーブルを拭くアーズの姿があった。

「あ、トウヤ。おはよっ」

「お、おはよう……」

凄いなぁ。元気いっぱいに働いている彼女の姿を見て、年齢とか関係なく、普通に尊敬してしまう。グランさんが特別に朝食の時間を長くしてくれていたので、僕は遅めの朝ご飯を食べることにした。

第九章　いい旅を！

二日後。今日、カトラさんはギルドを退職した。

思ったよりも早かったけど、人手が十分に足りていたから面倒にならずに済んだそうだ。午前は最後に依頼を捌く受付嬢の仕事を手伝い、それから他の職員たちへの挨拶をしたらしい。

僕はレイの無力化を解いて自由に運動させてあげるために、朝から街の外へ出ていた。

薬草を採取、レイが獲ってきたホーンラビットを解体。習慣化した行動を一つ一つ丁寧に行う。

天候に問題がなければ、あと一週間くらいでフストを出発するつもりだ。

今後のため、稼げるときに稼いでおきたいところだけど……今日からは準備に専念することになっている。カトラさんも時間ができるので、二人で必要な物を買って集めようということになったのだ。

だから多分、今日が最後。

慣れた動きでホーンラビットの下処理を終え、一部の肉を焼いてレイに上げる。そしてギルドに戻り、ルーダンさんに買い取りをしてもらった。

その際「帰ってきたらカトラと一緒に顔でも出せ。土産話、楽しみにしてるぜ」と声をかけられた。どうやらカトラさんから話を聞いていたようだ。

「はい、必ず。ルーダンさんもお元気で。お世話になりました」

「おう、またな」

元冒険者らしい軽い別れ方。

でも、決して薄情さを感じたりはしない。優しくて、温かみを感じる。今まで経験したことのない不思議な価値観に触れたような気がした。

ギルドの外で待っていると、少し遅れてカトラさんが出てくる。

「お待たせ。じゃあ行きましょうか」

彼女はもうギルドの制服を着ていない。退職したてホヤホヤのカトラさんは私服姿。手には一つ、小さめの花束を持っている。

昨日、高空亭にジャックさんからの伝言を伝えに使いの方がやってきた。『以前パーティーで話に出た、馬車一式を上げたいから時間があるときに家に来てくれ』とのことだった。

なので僕とカトラさんは時間を合わせ、早速翌日である今日に伺うとお返事したのだ。

カトラさんはジャックさん宅を訪れたことがあるらしい。道案内をしてもらいながら言葉を交わす。

「……じゃあ、カトラさんがいなくなることを他の冒険者は知らないんですか?」

「そうね。冒険者時代も、元から他とはあまり親交がなかったから。ギルド長と受付嬢仲間。それとルーダンさんと……あと、お世話になった酒場のマスターに挨拶したくらいね」

一年間の受付嬢生活でも、特に冒険者たちと親しくなることはなかったんだそうだ。

混雑時にカトラさんの列に並ぶ人数とか、周りからの視線から察するに、かなり人気の受付嬢だったみたいなのになぁ。

「変に冒険者連中に絡まれると最悪よ？　普段から食事に誘われるばかりで。いなくなるときは無言が一番ね」

も、もしかして……それも職員を辞めたがっていたストレスの一つだったりしたのかな？

僕が冒険者として、ここまでカトラさんに目をかけてもらえたのは幸運だったとしか言いようがない。

見た目が子供で、無知にもほどがあったこと。ジャックさんと出会ったこと。そのことでカトラさんに紹介してもらい、さらにグランさんの宿に泊まることになったこと。

様々なことが重なり合い、本当に偶然ここまで仲良くなれたのだと思う。

まだ若いのに大人を感じさせる美しい女性だし、本来は冒険者たちの高嶺の花的な存在だったのだろうか。

「あ。そ、そういえばっ。幼馴染みの方とはしっかりお話しできましたか？」

空気と一緒に話題を変えてみる。

「ええ。私が新人冒険者の子の旅に同行するって言ったら、あの子ったら驚いてたわ。質問攻めに遭った後、自分のことのように喜んでくれて」

昨日の夜、カトラさんはかつて冒険者だった頃の相棒で、怪我を負い引退した幼馴染みの家に行っていた。冒険者への復帰と、旅に出ることを報告するためにだ。

「……良かったです。たしか、今は実家で裁縫師をされているんですよね？」

「そうそう。それで馬車で街を出ると伝えたら、毛布にクッション、いろんな物を持たせてあげるって言われちゃって。明後日くらいに受け取ってくるわね」

「毛布にクッションですか！」

馬車内の快適さを上げるために必要な出費を抑えられる。有り難い話だなと思っていると、カトラさんが足を止めた。

「着いたわ」

「ん、ここですか――ってえええぇっ？」

カトラさんに示され、目を向けた先にあった光景を見て口をポカンと開けてしまう。

ジャックさんたちの家が高級住宅街であるフストの北地区にあるのは、別に驚くようなことではない。だけど……いや、これ。

見上げるほどに大きい鉄門。その奥に見える庭園に、巨大な屋敷。周囲のどの家よりも壮観だ。

こ、これがジャックさんたちの家なのか。恐るべし、フィンダー商会……。

僕がジャックさん宅の豪邸っぷりに驚いていると、門の向こうから男性が一人やって来た。

「お待ちしておりました」

腰を曲げ、挨拶される。

マヤさんのようにフィンダー家に仕えている方みたいだ。年齢は五十代後半くらい。真っ直ぐと伸びた背筋から、Ｔｈｅ・執事といった服装に包まれた体がしっかりと鍛えられていることを感じる。この人も……戦えるのかな？

僕たちが来るのを待ってくれていたらしい。

「こちらへどうぞ」

すぐに門を開け、中へと案内してくれる。

広い庭園を横切り、敷地の左手奥へ進む。晴れ空の下、働く庭師の姿。こんなにも広いのに、管理の手が隅々まで行き届いている。

改めてだけど……自分にこんな場所に住む知り合いができていたのかと、日本にいた頃とのギャップを感じるな。まるで映画に出てくる資産家の家って感じだ。

少し高くなった場所に建つ屋敷を見上げながら、案内をしてくれる男性の後に続いていると、一台の馬車の前で彼が止まった。

「旦那様、お連れいたしました」

「ん？　……おぉ、ご苦労」

その声に反応して、馬車の陰からジャックさんが顔を出した。

「カトラちゃん、トウヤ君。今日はわざわざ足を運んでもらってすまないね」

「いえ、私たちが……というか私がだったわね。ジャックさんからプレゼントを貰うんだから、このくらい当たり前じゃない。感謝の気持ちでいっぱいよ」

カトラさんが下手に出ると、ジャックさんは可笑しそうに笑った。

「ははっ、それは助かるよ」

それより……ジャックさん、今日は服装がいつもと違うな。つなぎを着ていて、首からはタオルを掛けている。それこそ知らない人が見たら、この豪邸の主人だとは思わないような格好だ。

僕の視線に気付いたのか、ジャックさんは幌が張った荷台型の馬車を叩いて口を開いた。

「馬車をあげるなら、馬がいないと意味がないだろう？　だから今日は朝から、離れた場所にある厩舎へ行って、馬を一頭連れてきたんだ。それで最後に、別れる前に体を洗ってあげていてね」

馬を……だから作業着だったのか。

自分で洗ってあげるほどだ。相当可愛がっているのだろう。

「大切にされているのに、譲っていただいてもよろしいんですか……？」

だからこそ、本当に良いのかと不安になる。

だがジャックさんは微笑みながら馬車の向こうに足を向けた。

「ああ、もちろんさ。私の相棒でもあったが、トウヤ君――の旅に同行するカトラちゃんに見てもらうんだ。何しろ君のことを気に入っていたようだから、ぴったりだと思ってね」

僕たちもそちらへ行くと、陰になった場所で縄に繋がれた一頭の馬がいた。

体は乾いているが、話にあったように足下の地面は濡れている。

ジャックさんの言い方でまさかと思っていたけれど……やっぱりか。あれ以来会っていなかったが、すぐにわかった。美しい黒毛に、引き締まった筋肉。

「ユードリッド！」

ワイバーンに襲われていたジャックさんを助けたときに、同じく僕が治癒の生活魔法をかけた馬だ。僕に気がつくと、ユードリッドは顔を寄せてくる。

腕の中にいるレイは顔を上げユードリッドを見たが、すぐに興味が失せたように脱力した。

「あら、知ってる子？」

カトラさんが首を傾げる。

「はい。僕がジャックさんと出会ったときに……」

「ああなるほど。そう、この子だったのね」

カトラさんも挨拶をするように、「よろしくね」と声をかけている。

ジャックさんはユードリッドの体に優しく手を添えると、僕たちを見た。

「こいつは体力もあるし、旅には向いてると思う。賢いから何かあったときに逃がしたとしても、できる限り主人を探してくれるはずだ」

少し寂しそうな気もしたが、すぐに数歩、彼は屋敷の方へ行く。

「二人にはユードリッドとこの馬車をあげるとして、とりあえず家の中へいこうか。諸々の説明と……一つ、しっかりと話し合いたいことがあるからね」

きっとリリーのことについてだろう。家に招かれた時点で、今日のうちに返答が聞けるとは思っていた。

早速ジャックさんに続き、屋敷の中へとお邪魔する。レイも連れてきて良いとのことだったけど、本人が地面に下りたそうにしていたので下ろしてみた。

するとユードリッドがいる日陰で、自分もまったりと待つつもりらしかったので、一応ジャックさんに許可を得てから、レイにはしばらくその場で待っておいてもらうことにした。ユードリッドと問題を起こすということもないだろう。レイ自身、警戒のかけらもないようだったし。

それにしても改めて凄いなぁ。屋敷の廊下には、ふかふかの絨毯が敷かれており、端から端までかなりの距離がありそうだった。洋館として王道なタイプだと思う。

……と、そこで。

カトラさんから本日付でギルドを退職したことなどを聞いていたジャックさんが、立ち止まって僕たちを交互に見た。

「私は着替えてくるから、先に行っておいてくれるかな？　少し待たせてしまうが、すまないね」

構わないと伝えると、彼は傍に控えていた執事さんに声をかける。門を開け、僕たちを中へ入れてくれた男性だ。

「セバス、二人を応接間に案内してくれ」

「承知いたしました。では、こちらへ」

そのまま僕たちは一階の左手に案内され、ジャックさんは駆け足で階段を上り、二階へと消えていく。

通された応接間は、前世で僕が住んでいた部屋全体よりも広いくらいだった。カトラさんと並んで座ると、セバスと呼ばれていた執事さんが紅茶を出してくれる。

「あ、ありがとうございます」

緊張するな。カトラさんは普通だけど、僕はそわそわしてしまう。

まだ、ここがジャックさんの家であることだけが救いだ。

「あれっ？」

気持ちを落ち着かせるため、カップを手に取ったら冷たくて驚いた。

この世界に来てから、紅茶なんかはポットが基本。ポットから注がれたので、今回も温かいと思っていたんだけど……。

「あのポット、注ぎ口に魔法がかけられた魔道具らしいわよ？　私も前にお邪魔したとき、驚かせられたわ」

そんな僕を見て、カトラさんがこそっと教えてくれる。

「魔道具ですか。喉が渇いているとき、氷いらずで冷たい飲み物を飲めるなんていいですね」

「そうね。ジャックさん、魔道具が好きだから。商会で扱う物の他にも、たくさん持ってるらしいわよ。まあトウヤ君やリリーちゃんみたいに魔法が得意だったら、必要ないのかもしれないけど」

「いえそんな。僕も興味ありますよ？　魔道具」

魔法は魔法。魔道具は魔道具だ。

お金が十分に貯まったら、僕もぜひ一つくらいは買ってみたいと思っている。効果云々よりも、ロマンとして。

心外な、と言い返すような口調に聞こえてしまったのか、カトラさんは可笑しそうにクスッと吹き出した。

「ごめんなさい。トウヤ君も、やっぱり男の子ね」

ど、どういう意味なんだろうか……イジられたというか、何というか。子供扱いされた気がして、小っ恥ずかしくなる。

会話を断ち切り、アイスティーで喉を潤していると扉が開いた。ジャックさんだ。

「お待たせ。じゃあまずは、ユードリッドの世話や荷台について話そうか」

手に分厚い本を二冊持ったジャックさんは、先ほどまでの作業着とは違い、いつも通りの服装になっている。

「リリーはもうしばらく時間がかかるそうだ。勉強中でね」

そう言いながら僕たちの向かいに腰を下ろした彼は、早速馬車関連のことを教えてくれた。

形式上はカトラさんへの贈り物となったけど、僕もしっかり話を聞いておく。

……。

一通り説明が終わった頃、再び部屋の扉が開いた。

涼しげなワンピース姿のリリーがやって来る。彼女もまだ、ジャックさんから何も聞かされていないのか、珍しくどことなく緊張した面持ちをしている。

「リリーも来たことだ。それじゃあ年越し祭のパーティーでの続きといこうか」

ジャックさんはリリーに隣に座るように言うと、そう切り出した。

「まず、結論からだが……」

部屋に入ってきた時に持っていた、分厚い本を机に置く。

「これから提示する条件を飲み、約束を守ってくれると言うのなら――私とメアリは、リリーが君たちの旅について同行することを認めよう」

「……え」

いやいや。あまりにあっさり出された結論に、僕は思わずカトラさんとリリーの顔を見た。

あんなに反対していたメアリさんも……？

カトラさんは真剣な表情で、眉根(まゆね)を寄せている。

実際に僕も不思議に思った。可愛い我が子を、魔物以外にも危険があるこの世界で旅に出しても良いのだろうか。リリー個人の意思は尊重したいけど、さすがに無理のある話だと僕は踏んでいたのだが。

意外だったのは何も僕たちだけではなかったらしい。リリー自身も目を見開いて驚いている。

しかし、すぐにぱぁっと明るい表情を見せた。

「その条件とやら、詳しく聞かせてもらえるかしら？」

腰を浮かせ、浅く座り直したカトラさんがジャックさんに切り込む。

「まずはこの本……」

ジャックさんは机に置いた、分厚い本の上に手を載せた。

「『合わせ鏡のマジックブック』を持っていくことだね」

「『合わせ鏡のマジックブック』っ？　ジャックさん、そんな珍しい物まで持ってたのね……」

「ははっ、一応趣味だからね。これがあれば私たちがいらぬ心配をせずに済む。絶対の条件として、メアリが提示した物だ」

「な、なるほど。それで適宜、リリーちゃんが現状を報告するってことね」

納得だ、と頷くカトラさん。だけど僕には、ジャックさんが持っている本が何なのかわからない。凄い珍しい物であることは確かみたいだけど。

「あの……その本、どんな物なんですか？」

「おっと、そうだ。トウヤ君と、それとリリーも知らなかったね」

ジャックさんが説明してくれる。

「この本は二つで一セットの魔道具なんだ。この中のページに何か書き込んだ後に魔力を込めると、もう片方の本にも同じ内容が転写されるんだよ」

パラパラと捲ってくれたページは、全て真っ白だった。

「タイムラグとか、距離の制限はあるんですか？」

「いや、それがなくてね。凄いだろう？　ただ私が持ってる魔道具の中でも特に高価な上、ページにも限りがある消耗品である点が厄介だがね」

試しに、とペンを持ったジャックさんが一ページ目に短い線を引く。そして手をかざし本に魔力を込めると、開かれたもう片方の本の一ページ目が淡く光り、スーっと線が現れた。まるで見えないペンによって今書かれているみたいに、ジャックさんが書いたのと同じスピードで。

「す、すごい……」

今まで見てきた魔道具の中で、マジックバッグにも引けを取らない直感的な摩訶不思議さ。

高価で、消耗品であっても誰もが羨むほどの凄い魔道具だ。戦争でも商売でも役に立ちすぎるくらいの。

一体、どれほどの値がするのか……。うん、怖くて聞けないな。

僕たちがこの魔道具について理解したところで、カトラさんが再びジャックさんに問いを投げかける。

「でも、わざわざそんな物を使ってまで……リリーちゃんを送り出してあげるために、どうしてそこまでするの？」

「いやぁ。私としては、リリーが興味を持ったことはさせてやりたいんだ。君たちが巡る場所は王都を目指すよりもよっぽど安全だし、何しろカトラちゃんとトウヤ君がいるからね。不安がないと言えば嘘になるが、命の心配をしなくてもいいくらいには安心なのさ」

だけど、とジャックさんは続ける。

「メアリが何か良い提案がない限り、断固として反対すると言って口をきかなくなってしまってね。だから納得してもらえるよう、この『合わせ鏡のマジックブック』を使うことにしたんだ。大切にコレクトしていた魔道具だけど、なかなか思い切って使う機会もなかったからね」

メアリさん、今そんな状態だったんだ……。

リリーはメアリさんの名前が出てから、気まずそうに俯いている。

親に自分がしたいことを反対されてしまう。両者で深く話し合わなければ、決して円満な解決には至れない類いの問題だからなぁ。

カトラさんは大人の表情で短く思慮したあとで、小さく頷いた。

「わかったわ。元々トウヤ君が反対でないのだから、ジャックさんが認めた以上私はリリーちゃんが来ることに関して何も言わない。でもねリリーちゃん、出発までにちゃんとメアリさんと向き合うのよ？　それだけは絶対。これは約束よ、でないと楽しく旅はできないんだから」

顔を上げ、リリーはカトラさんを見た。そして視線を横にずらし、続けて僕のことも見る。

自分がやりたいように旅についてくると言うのなら、自分自身でなんとかしなければならない。だから、その視線に答えるように僕は頷いた。

リリーは、目を逸らさなかった。

「……ママと、話す」

「うん。それが良いと思うよ」

心を決めたらしい。

ジャックさんがほっとしたように小さく息を吐き、嬉しそうに微笑んでいるのが目に入った。

「ではジャックさん、他の条件や約束も聞かせてもらえますか？」

「そうだね。じゃあ次は、ネメシリアでの話になるんだけど……」

僕が切り出すと、ジャックさんはリリーが同行する上で守ってほしいと言っていた、いくつかの条件を提示してきた。他にも、リリーが週に一回の頻度でマジックブックに近況報告を書くことなど、約束事が結ばれていく。

全ての話が終わる頃には、外はとっくに暗くなっていた。

「今日はありがとうございました」

「ああ、またね」

馬車やユードリッドは、出発までジャックさんが管理してくれるとのこと。これから出発日まで、馬車に荷物を積んだりと、もう何度かお邪魔することになりそうだ。

僕が門まで送ってくれたジャックさんと挨拶をしていると、隣でリリーと話しているカトラさんの声が聞こえた。

「今日中にメアリさんと話しなさい。絶対に逃げちゃダメよ?」

「……わかった」

リリーはカトラさんという昔から知っているお姉さんからの言葉を、素直に受け取っている。

家族ではないけれど、深く知っていて信頼できる人。そんな立場であるカトラさんからの言葉だからこそ、良かったのかもしれない。

これで円満解決といってほしいところだ。次にお邪魔するとき、メアリさんも納得してくれているようだったら改めて挨拶もしておきたいし。

◆

待ち時間が長すぎて暇だったのか、庭師のおじさんに構ってもらっていたレイを抱え、僕たちは帰路につくことにした。

夜。白い空間の中、僕は久しぶりにレンティア様に会っていた。

そういえば、ここもいつぶりかな？　結構長い間来てなかった気がする。

「……で、フストを出たらネメシリアに行くのかい？」

「はい。その予定です」

レンティア様は絶賛仕事に忙殺されている真っ最中らしい。だけどあまりにも間が空いてしまったので、休憩ついでに顔を見せたと仰っていた。定期報告会のようなものだそうだ。

「なるほどね……。最近はアンタの様子もなかなか見られてなかったんだが、目的地も決まって、ちゃんと動き出すんだね。まあアタシの仕事もあと少しで一山越えるから、ネメシリアでの生活を見られるのを楽しみにしてるよ」

ボロボロなレンティア様は、思い出したように以前僕が送った甘味の感謝を挟んでから、話を続ける。欠伸を噛み殺したから目が潤んでいる。

「それにしてもネメシリアね……いいチョイスじゃないかい。あそこは魚介類だけじゃなく、地球にあったような食べ物も結構あるからね」

「え、本当ですかっ？　祠を出てから手に入らなくなった食材も多いので、それは楽しみですね」

「貿易の要所だから、海の向こうから色々と入ってきてるんだよ。美味い酒に、美味い料理。まあ詳しいことは行ってのお楽しみだね」

「そうですね。レンティア様も楽しみに待っていてください。引き続き、貢物も送らせていただくので」

その後もしばらく話していると、ネメシリアには観光名所が多いと聞くことができた。レンティア様曰く、地中海風の港町だそうだ。

想像するだけで期待が膨らむ。わくわくしてきたなぁ。

僕との会話が少しリフレッシュになったのかもしれない。レンティア様は、最初よりも幾分か明るい表情で去っていった。

「じゃあ、また。次はなるべくすぐに声をかけられるはずさ。アンタも元気でね」

「はい。お忙しいなか、わざわざありがとうございました」

◆

数日後の早朝。薄暗い部屋の中で目を覚ます。まだ鳥のさえずりも聞こえない。

緊張か興奮で、早く起きすぎたなぁ。もう少し眠っていても良いけど……二度寝して、寝坊するのは最悪だ。

しょうがない。体を起こして、着替えを済ませる。

いつもと違うと理解しているのか、レイも起き上がって近くに寄ってきた。軽く撫でて、ベッドを整える。

ジャックさんの家には、あれから三度お邪魔した。

馬車にカトラさんが幼馴染みの方から貰ったクッションを乗せてみたり、試運転をしてみたり。

驚いたことに、僕たちが貰った馬車は揺れがほとんどないタイプの物だった。ピクニックに参加させてもらったとき、あの豪華な箱馬車がそうだったように。

幌を張ったタイプだから、普通のかと思ってたんだけど。

『スピード重視でなくとも、揺れは少ない方が良いだろう？』とジャックさんは仰っていた。

もちろん有り難い。

有り難いのだけれど……。カトラさんがさすがに一度遠慮していたくらいだから、かなりの代物なんだろう。これもまた、さすがに価値を聞く気にはなれなかった。

大切にさせてもらおう。感謝して受け取るのが、いつも僕の精一杯だ。

……さて。

長らくお世話になった部屋の中を見回す。

ありがとうございました。心の中でそう呟く。

長期的な計画なんてないに等しいフストでの毎日だったけど、ここはたしかに自分の居場所になっていた。楽しかったな。思い返すと、寂しくなってしまうくらいだ。

だから……またフストに戻ってきた時、どうか泊まれますように。そう願い、僕はレイを抱き上げて、さっさと部屋を出た。

他の宿泊客の迷惑にならないようにっと。足音に気をつけて食堂へ下りると、グランさんが朝食の準備をしていた。

調理をする音が、小さく聞こえる。

「おう」

「あ、おはようございます」

「……食うか？　いつもの」

一度早くにトイレへ行ったとき、グランさんが仕事をしていたのでもういるとは思っていた。だから仕事姿を見たり、軽く話せたらなぁとは思っていたけど……僕に気付くと、グランさんは顔を逸らしたままそう訊(き)いてきてくれた。

「じゃあ。い、いいですか？」

「ああ。今日は特別だからな」

まだ朝食の提供時間には早すぎる。だけど、すぐに『いつもの』の準備を始めてくれる。

厨房(ちゅうぼう)が覗(のぞ)けるカウンター席に座り、膝(ひざ)にレイを乗せる。

ボウッと火の音。コポコポとカップにコーヒーを注ぐ音。

「はいよ」

出されたのは、お気に入りのホットドッグとブラックコーヒー。

「ありがとうございます」

ホットドッグは、最初に食べたときから進化した。途中でグランさんからアドバイスを求められ、その結果マスタードのような酸味と辛みのあるソースが追加されたのだ。

今では他の宿泊客たちからも人気の、朝の定番メニューとなっている。

感慨深くなりながらも、いつも通りに完食する。コーヒーを飲んでいると、黙々と調理をしていたグランさんが口を開いた。

「美味かったか？」

「はい、美味(おい)しかったです。やっぱりしばらく、グランさんの料理が食べられなくなるのは寂しいですね」

「そうか……ま、とりあえずだ。何があっても俺(おれ)が教えた剣と、お前さんの魔法で全員元気に帰って来いよ」

「はい」

「んじゃあこれが、俺からの餞別(せんべつ)だ」

「え？」

カウンターの向こうから大きな皿をドンッと出される。

そこに山のように積まれていたのは……。

「な、なんですかこれっ？」

「餞別だ。カトラは誤魔化(ごまか)していたが、お前たちの会話が漏(も)れ聞こえてきてな。俺の予想じゃ、お前さんのアイテムボックスは時間停止の効果を持った珍しいタイプなんじゃないか？　だったらこの数でも腐らせはしないだろ」

「あー……な、るほど」

まあ、たしかに。

混んでいない時間帯、僕たちは旅への作戦会議と称して、必要な物などをこの食堂で話し合っていた。一応声を潜めていたけれど、元Sランク冒険者のグランさんは聴覚も普通の人より優れているのだろう。全部、聞かれてしまっていたみたいだ。

カトラさんとの話し合いの結果、大量の食料を僕のアイテムボックスに入れることにしたので、そのことから時間停止の効果がバレてしまっていても不思議ではない。

今後は気をつけないとなぁ、などと思いながら僕は皿の上に山積みにされている物を見つめた。

綺麗に積まれた、ホットドッグたちだ。

「はい、実は……。仰る通りです」

信頼している人なので大人しく白状して、ホットドッグを収納させてもらうことにする。

「ありがとうございます。では、大切に食べさせて頂きますね」

「おう。これで俺の料理とも、しばらくは別れずに済んだだろ？」

カッカッと笑うグランさん。

その後しばらく二人で話していると、冒険者コーデのカトラさんがやって来た。

親子での話はすでに済んでいるらしい。

僕たちの出発は、門が開いてから少しした頃に決めている。食堂で朝食を提供する時間に重なっているので、南門付近へアーズが見送りに来る代わりに、グランさんとはここでお別れだ。だから、三人で挨拶を済ませてから高空亭を出る。

「グランさん、本当にお世話になりました」

「楽しんでこい。ここからはお前たち、冒険者の旅だからな」

「お父さん、体だけには気をつけるのよ？　アーズちゃんがいるから大丈夫だとは思うけれど、私たちがいない間に倒れたりしないようにね」

「ったく、俺をなんだと思ってんだ。まあ……あれだ。カトラ、お前も元気にな」

号泣して抱き合う、なんてことはない。

日が昇り青白くなった空の下、僕たちは軽く手を振って別れた。

フストの街を少し遠回りして、ジャックさんの家へ向かう。


しばらくして、フスト南門付近にある馬車の停留所。

その端に停めた馬車の前で、わざわざ時間を作って来てくれたアンナさんが、僕の手を取って強く語りかけてきた。

「トウヤさんっ。たくさんお世話になって、本当にありがとうございました！　あのっ、お体には気をつけてくださいね！」

あわあわと、いつもの調子だ。

「ありがとうございます。アンナさんもお元気で……アーズもね」

「うん！　お土産、楽しみにしちゃおうかな～」

「了解了解」

しゃがんで、恋しそうにレイをモフってるアーズに親指を立てる。

「忘れないように気をつけておくよ」

「やった！　……あっ、別に安いやつでいいからね!?　今度トウヤたちが帰ってきたときに、話を聞かせてもらえるだけでも全然嬉しいし」

アーズはハッとしたように、両手をぶんぶん振る。

「そんな、遠慮しなくても良いのに」

まあアーズに合いそうな物を見つけたら買っておこう。

「じゃあ僕が帰ってきたら、代わりにアーズにあったことも聞かせてよ」

いずれ日曜冒険者（？）を始めることは、まだアンナさんに言っていないらしい。だから顔を寄せて、こっそりと伝える。

「わかった。楽しみにしといて、ちゃんと日記にまとめておくからさ！」

ニシシと、いたずらっ子っぽい返事。アンナさんは僕たちのやりとりを見て、首を傾げている。

横ではリリーが、ジャックさんとメアリさんと向き合っていた。

僕とカトラさんが家にお邪魔した初日、その後すぐにリリーはメアリさんと話し、旅立ちへの了解を得たそうだ。今は普通にメアリさんも言葉をかけている。

「リリー。トウヤ君とカトラちゃんに迷惑をかけないようにね？」

「うん。ママも、また」

亀裂は無事、修復されたようで良かった。

「あぁ～！　リリーがっ、リリーが行ってしまうだなんて!!」

そんな二人を、ジャックさんは目をうるうるとさせながらまとめて抱きしめている。

「ジャック……。この子も、前に私たちの下を離れて魔法を勉強しに行ったことがあったじゃない。そんなに悲しまなくても大丈夫よ」

「で、でもっ。それとこれは別だろう⁉」

「ほら、落ち着いて。貴方と取引している方に見られるかもしれないわよ？」

じゃ、ジャックさん……。メアリさんから宥められてるけど、もうどっちがリリーの旅立ちを後押ししてたのか、わからなくなってしまうなぁ。

「す、すごいね……」

アーズが引いちゃってるし。アンナさんも口元に手を当て、「まぁ」と同じく困惑気味だ。

リリーたちのさらに向こうでは、カトラさんが屈んで車椅子の女性とハグしていた。

あの人が、幼馴染みの方らしい。先ほど挨拶をさせてもらったけど、物腰が柔らかい人だった。

いつも大人びていると感じるカトラさんも、彼女との関係では妹っぽいのかもしれない。今も、優しく頭をポンポンされている。

見送りには、エヴァンス夫妻も来てくれていた。

アーズがカトラさんと話している間、エヴァンスさんは僕にリリーとカトラさんと仲良くするように言い、わざとらしく肩を回してみせた。

「ようやく、商会で俺のカリスマ性を活かすときがきたぜ」

「はは、頑張ってください！　巡り巡ってエヴァンスさんにもご迷惑をおかけすることになってし

「なぁに気にすんな！　俺の負担を増やした元凶は、ジャックの野郎ただ一人だからな。あいつの命の恩人のトウヤと、リリーとカトラ。三人の旅立ちは目出度い、ただそれだけだ」

力強く背中を叩かれる。

「頑張れ……じゃねえな。楽しんでこい！」

「はい！」

そう、エヴァンスさんには結果的に負担を強いることになってしまったのだ。

原因はジャックさんから僕たちに持ちかけられた一つの提案。僕たちが出発した約一週間後、目下の仕事を片付けたジャックさんとメアリさんも、ネメシリアを目指してフストを出るというものだった。

フストからネメシリアへの道のりは一週間弱。つまり僕たちがネメシリアに到着してから、一週間もすればジャックさんたちも街に来るという話だ。

公国の港町ネメシリアにも、フィンダー商会ではないが実質ジャックさんたちの商会が、また別にあるらしい。だから形式上は、その商会の視察へ来るんだとか。

まあ本当は、移動や他の街での生活に対し、リリーがどうだったか確認するためにだろうけど。

さすがにマジックブックを持たせるだけで娘を旅へ出すわけにはいかない……ということで、まず最初のネメシリアは、実質お試し期間のようなものになったみたいだ。

なので最低でも二週間。たぶん三、四週間くらいは、フィンダー商会をエヴァンスさんが回すことなった。

負担とはそういうことだ。

何もなければジャックさんたちにはまたすぐに会える。そのためリリーも両親と離れることに特別寂しがる様子は見せず、僕と同じようにアーズたちとの挨拶を重点的にしていた。

皆が言葉を交わし終えた頃。

ゴォオーン……ゴォオーン……。

遠くから、朝二つ目の鐘の音が聞こえてきた。時間だ。

「それじゃあ、行きましょうか」

軽い身のこなしでカトラさんが御者台に飛び乗る。

「はい。それでは皆さん、行ってきます」

馬車の荷台にレイを乗せ、最後の挨拶をする。アーズが少し、涙目のような気がした。

リリーと一緒に僕たちも荷台へ乗る。

「トウヤ君、カトラちゃん！」

ジャックさんが大きな声で呼びかけてきたとき、カトラさんの合図でユードリッドが歩き出し、馬車が動き出した。

出発に関しては計画通りに、と僕たちは話し合っていた。

事前に決めた時間で、手順は変更しない。だから一度動き出したら、馬車はもう止まらない。

「リリーを頼んだよっ！」

ジャックさんが叫ぶ。

「任せてくださーい!!」

僕は返事をして、大きく手を振ってくれているみんなに、同じくらい大きく手を振り返した。アンナさんが、アーズの肩に手を添えているのが見える。

……。

停留所を出たら、すぐに南門だ。みんなの姿が見えなくなり、門で街を出る手続きを済ませる。

さぁ、ようやく出発だ。この世界での旅が始まる。

高鳴る胸。門を抜ける、その時だった。

隣にいるリリーに肩を叩かれる。見ると、彼女は後方を指さしていた。

なんだろうと後ろに視線を向ける。すると、門のぎりぎりの場所まで全力で走ってきている、赤い髪の少女が目に入った。

「アーズ！」

彼女は立ち止まると、すぅっと息を吸っている。

「みんなぁー!!　どうか！　どうか……!!」

馬車が門を通過して、街の外へ出る。最後にフストから届いたのは、アーズからの言葉だった。

「——いい旅をっ!!」

アーズは彼女らしい太陽のような笑顔を浮かべ、年相応の涙を流していた。

馬車は止まらない。アーズがどんどん小さくなっていく。

カトラさんが言っていた通りだと、僕は思った。

『たとえ何度経験したとしても、故郷から旅に出るのは大変よ。だから、計画通りに動きましょう。居心地の良い場所から旅へ行くには、つい長居してしまいそうになる自分を立ち止まらせない必要があるから』

僕でさえなんだか寂しくなっているんだ。街に家族がいるリリー、そして一番にグランさんを置いて旅へ出ることにしたカトラさんは、より強く後ろ髪を引かれる想(おも)いがあることだろう。

それでも、旅に出る。二人とも理由は違えど、結果として僕の旅の仲間になった。

これから僕は、レンティア様の使徒として彼女たちと旅をするんだ。

馬車は止まらない。まずは港町ネメシリアを目指して。

青く澄んだ空の下、やがてフストの街は遠くなっていった。

番外編

まったり、スパイシーな散策

「もう少し行ったら、今日は止まりましょうか」

御者台に座るカトラさんが声をかけてくる。

フストを出発して十時間くらいだろうか。途中で休憩を挟みつつ、僕たちは順調に旅路を進んできていた。初めは白んでいた空も、今はとっくに夕暮れで赤く染まっている。

「そうですね。お腹も空いてきましたし、良さそうな場所があったら野営の準備を始めましょう」

「わかったわ。場所は私が決めるけど……リリーちゃんも良かったかしら？」

振り返って僕の返事を聞いたカトラさんが、視線を横にずらす。

ちょうど僕の向かいに当たる位置だ。そこには、いくつかのクッションに埋もれるように座っているリリーがいた。

彼女は顔を向けると、小さく頷く。

「……うん」

すぐにまた、ボフンッとクッションに体を預けるリリーに、カトラさんは苦笑している。

「ふふっ、了解」

彼女は顔を前に向けて続けた。

「リリーちゃん、そのクッション気に入った？」

「これ……ふかふかで気持ちいい」

「そう、良かったわ」

リリーの返答に、カトラさんからどこか嬉しそうな雰囲気が伝わってきた。

ユードリッドが引き、少ない振動で進む荷台。僕たちが座っているそこには、ふかふかの絨毯が敷かれていた。他にもリリーがたくさん使い、僕が背中に一つだけ挟んでいるクッションもある。

僕は移動中は無力化によって小さくなっているレイが、隣でぐーっと伸びをしている姿に目を向けたが、リリーはカトラさんが何故喜んだ様子なのか気になったようで、また顔を上げて彼女の背中を見つめていた。

……そうか。リリーは、このクッションとかを誰から貰ったのか知らないんだったな。

「これはカトラさんの幼馴染みの方がプレゼントしてくれたんだよ」

「プレゼント……？」

レイが荷台の後ろに行き、前足を縁にかけて外の景色を見始めたのを横目に、リリーに説明する。

彼女は首を捻ったが、詳しい説明はカトラさんが引き継いでくれた。

「私がトウヤ君と旅に出るって伝えたら持たせてくれてね。あの子の一家は裁縫師だから。そこにある物は彼女と、その両親のお手製よ」

「全部……？」

「ええ、全部。もちろんこれもね」

カトラさんは、自身が使っている御者用のクッションを持ち上げて見せてくれる。

「買おうと思ったら、さすがにこの数は費用がかかりすぎて厳しかったかしら。おかげで快適な旅が送れそうなんだから、感謝しないとね」

話を聞いて、リリーは周囲にあるクッションに視線を向けた。そこから一つ手に取って、抱きしめる。

「うん。……感謝、しないと」

カトラさんが嬉しそうにしていた理由もわかったからだろう。リリーはそう言うと、カトラさんを見て少し口角を上げたように見えた。

馬車が進む平野の中で、ずっと三人でいるんだ。フストを出た朝から、途中にある村などに寄る時以外は、ネメシリアに到着するまでずっと。

だから取り留めのない会話を終えると、一回全員が黙る。無理に話を続ける努力は必要ない。思ったよりも早く、現時点でもう僕たちの間には黙っていても苦痛にならない空気が流れていた。

まあ……元々関係性あったからかな。全員、肩に力を入れず付き合えているのは。

天気は良く、優しい風が通り抜けていく。リリーは口に手を添えながら小さく欠伸をして、クッションに身を埋める。景色を見るのに飽きたのか、レイが隣に戻ってきて丸くなった。

僕は顔を左に向け、進行方向の景色をぼうっと見つめる。

そういえば、カトラさんがクッションを貰いに行った日って……僕はレイと一緒に出かけたんだったな。旅立ちまで時間もあるし、あんまり行けてなかったフストの西側を散策してみようって。

クッションの話とレイの姿から、ふと、僕はその日のことを思い出していた。

◆

初めてフィンダー家にお邪魔した二日後。まだリリーとメアリさんの話し合いが、どう決着したのか不明だった頃。僕は朝早くに高空亭(たかぞら)を出た。

カトラさんもクッションなどを受け取りに家を空けることになっていたので、この日は自由に過ごそうと前もって決めていたのだった。

向かう先は、フストの西地区。

祠(ほこら)を出てジャックさんと出会い、この街には東門から入った。それからというもの、行動範囲は主に東地区になっていた。まあ、ちょっとは北側や南側に行ったり、中心部に足を運んだりはあったけど。

薬草を採りに行ったりしたときも、南門を利用するだけで、すぐにギルドがある辺りまで戻ってきてたからなぁ。せっかくフストに滞在しているんだ。一度くらい西側にも行ってみよう。

……と、いうわけで。乗合馬車を利用して、のんびり移動することにする。

西地区の主要な市場にある停留所で馬車を降りると、僕はレイを肩に乗せて、初めて来る場所を歩き始めた。

天気は良好。心地よい気温で、風もあり程よく涼しい。まさに歩き回るのに絶好の日だ。

周囲の景色は、同じフストの中なのでそこまで大差はない。だけど、東側よりも滑らかな坂や数段だけの階段が多い気がした。全体的に少しだけ、西に向かった高くなっているみたいだ。

とりあえず、ふらふらしてみようかな。特に行く当てがあるわけでもないし。

大通りを、さらに西に向かって進んでいく。物を売っているお店が多い一帯を抜け、主要な道を使って一本奥へと入る。

心にあるのは、どこへ出るのかわからない不安感。それとワクワク感だ。

いつもは脱力していることが多いレイも、知らない場所に来て興味が湧いているらしい。肩の上で顔を上げ、頻りにキョロキョロと辺りを見回している。

「……あっ」

しばらく人通りのある道を進むと、噴水のある広場に出た。丁字路の交差点にあたり、時間帯ももう昼頃だからか子供たちが遊んでいる。

噴水の奥、道のない方は斜面になっていて階段が続いていた。なるほど、あそこを上れば高台になった所にも行けるみたいだ。

これは……行くしかないな！　そう直感に促されて広場を通り抜け、階段を上っていく。

さてさて、どんな景色が待っているのか。絶景とまではいかないだろうけど楽しみだ。さっきいた時に確認してないから、実は高い建物で視界が遮られている……なんていう可能性があったりして。そんな落ちだけはご免だな。

前を向いたまま高台まで上りきる。そこにあった新たな広場と、往来が盛んな通りにも目を引かれたけど、まずは期待を胸に振り向いてみた。

おぉ、良かった。

そこには、高い建物があったりはせず、かなり遠くまで見通せる眺望が待っていた。

ここからだと、三本の道を行く人や馬車がよく見えるな。道を駆ける少年に、立ち話をする女性たち。近くにある建物の窓辺には、日向ぼっこをして気持ちよさそうに寝ているお爺さんの姿もある。

いい眺めだ。フストの街を見渡せるような場所は、今まで行ったことがなかった。俯瞰的に人々の生活が見える気がして、なんだか温かい気持ちになるな。

いつまでも階段の前にいるのも邪魔なので、横の手すりがある場所まで移動しようとする。その時、不意に吹いた風に乗って、美味しそうな香りがしてきた。

スパイスをまぶして焼いたような、お肉の香りだ。今や僕も慣れ親しんだフストのソウルフード・森オーク焼きと似ているけど、それとはちょっとだけ違う。もう少し芳醇で、甘塩っぱそうな匂いだ。思わず唾が出てくる。

レイもくんくんと鼻を動かしている。気になって香りの出処を探すと、すぐに見つけることができた。

あそこか……。軽食屋さん、かな？　広場を出て、すぐの場所にあるお店だ。

目の前には、ここも丁字路になった三本の道がある。左右に伸びる道には普通に馬車が通っているけれど、正面の道には歩きの人しか見当たらない。どうやら、僕が気になっていたここは商店街のような場所だったみたいだ。美味しそうな匂いがしてくるお店は、その入り口に位置している。

この近郊の国では一般的という、朝夜の二食に慣れてきた僕でも、思わず昼だけど軽く食べてみようかな……などと惹かれてしまうほどの香り。ゴクリと唾を飲み込み、吸い寄せられるように自然と足を向ける。

店は道沿いに壁がなく開けていて、カウンターの奥に調理場があるタイプだった。端から中へ入り、店内に数席だけある座席も利用できるらしい。そこでお茶をしている人もいる。

また店頭には、今は空席のベンチが二つ置かれていた。

カウンターの向こうでは頭にタオルを巻いたおじさんが、鉄板を使って黙々と香りの正体であるステーキを焼いている。その隣には、上下に切られたバゲットが見えた。

おじさんはチラリと僕を見たが、すぐに手元に視線を戻す。僕が子供だからだろう。気になって見ているくらいに思われたのかな。

上に掛けられている板がメニューか。

えーっと……なるほど、ステーキサンドのお店だったみたいだ。何種類かバリエーションがあるけど、基本的にステーキサンドとドリンクだけを売っている。

フストに来てから学んだことの一つとして、どこも前世で利用していたお店ほどメニュー数が多くないことが挙げられる。ほとんど初めて行くお店だし、僕は毎朝ホットドッグを食べてブラックコーヒーばかり飲んでいるような人間だから、別にメニューが少なくても困りはしてないけど。

「すみません。普通のステーキサンドを一つと、この……ユボスジュースをください」

「お、らっしゃい。ちゃんとお金は持ってるか？」

変に冒険するのは怖いのでシンプルな物に決めて声をかけると、おじさんが顔を上げた。笑顔で優しく訊いてくれる。

「はい。これでお願いします」

ポケットから取り出すように見せながら、アイテムボックスから出した硬貨を手渡す。しっかり枚数を数え、おじさんは調理を再開した。

「ちょうどだな。じゃあ、この先の客の分が終わったら用意するから待っといてくれ」

「ここのベンチで食べてもいいですか？　連れがいるもので」

「おう、もちろんだ」

僕がレイを見つつ尋ねると、おじさんは鉄板の上で焼けているステーキをナイフで華麗にカットしながら頷いた。バゲットに野菜とともにステーキを挟み、店内にいるお客さんに持って行く。

帰ってきたおじさんは、休まず僕の分を作り始めた。

下ごしらえがされたお肉に、ぱらぱらっとスパイスが振りかけられる。このスパイスだ、僕が気を引かれた匂いは。

それから油が引かれた鉄板にステーキ肉が置かれる。ジュージューと音を立てながら、途中で裏返され、次第に焼き上がっていく。同時に上下に分かれたバゲットも、それぞれ内側に鉄板で軽く焼き色を付けて、バターと何かのソースを塗っている。

ステーキは良い焼き加減になるとカットされ、最もシンプルに、レタス風の葉野菜だけを相棒にバゲットに挟まれた。慣れた手つきで皿に載せ、一緒にほんのり黄色っぽい色のジュースが入ったコップをトレーに置き、それをカウンター越しに渡される。

「はい、お待ち」

「ありがとうございます」

調理中に一段と増した香りに刺激され、食欲が加速していた。レイを地面に下ろすと、今か今かと待っていた分、自分でもわかるほど笑顔で受け取ってしまう。

遅れて恥ずかしくなりながら、僕はベンチに座ることにした。トレーを隣に置き、手を合わせる。

「いただきます……」

溢れ出てくる唾を飲み込み、小声で呟く。

最初に手をつけるのは、もちろんステーキサンドだ。

この豪快ながら美味しそうな見た目。昔テレビで紹介されているのを見たことがあるオーストラリアのステーキサンドを思い出すなぁ。

もう我慢できないとばかりに口を開け、頬張る。

葉野菜のシャキシャキ感と、ジューシーなステーキ。スパイスが効いたお肉は、噛めば噛むほど美味しさが口の中に広がる。ハード系のバゲットは、焼き目もついているからカリッとした食感もあって……塗られたバターと、辛みのあるソースが最高だ。

「～っ！」

モグモグしながら、目を閉じて上を向いてしまう。店頭のベンチで僕がそんなふうに食べているものだから、引き寄せられるようにお客さんが数人来た。

一口目を飲み込み、二口目にいこうとしたところで、ふと足下にいるレイと目が合った。

……。

この目、絶対にくれって言ってるな……。もう、わ、わかったよ。

あまりにジーッと見つめられ、圧に負けてしまった。ステーキサンドをちぎって、口の前に差し出す。レイはパクリと咥えると、満足そうに咀嚼し始めた。人間と同じ物を食べても大丈夫なので、このあたりは心配する必要がないから有り難い。

食事を中断したので、ついでにサンドを皿に戻し、ジュースを飲んでみる。

鼻を通り抜ける爽やかさ。口に広がる甘さと、ちょっとの酸味。

このジュースの元になっているというユボスは、レイが何を食べるか試した際にも出した果物だ。そのまま齧ることもできるので、レイだけでなく僕も気に入っている。

「これも美味しいな……」

さすがにジュースはいらないからか、レイは皿に置かれたステーキサンドを見て固まっていた。二口目にいく前に、またちぎって分けてあげる。

やっぱり、お肉にかけられているスパイスが一級品だな……と感動しながら食べ終え、最後にジュースで喉を潤す。

僕の後に来たお客さんは、サンドだけを持って帰って行った。慣れた様子で軽く食べながら歩いていたので、よく利用しているのかもしれない。

今は新たなお客さんはおらず、店主のおじさんは手際よく鉄板の掃除をしている。

「ご馳走様でした」

舌鼓を打ちご機嫌なレイを横目に、僕は皿とコップを載せたトレーを返しに行った。

「めちゃくちゃ美味しかったです」

「おう、それはなによりだ」

「お肉に使われていたスパイスって、オリジナルの物なんですか？　スープとか、他の物にも合いそうな味でしたけど」

気になって訊くと、おじさんがトレーを受け取りながらニヤリと笑った。

「鋭いな。幅広く使える調味料として開発されたスパイスなんだ。うちのオリジナルじゃないが、サンドで食べられるのはここだけだぜ」

「なる……ほど？」

どういうことなんだろう。何か契約が結ばれたりしているってことなのかな。

「ははっ、すまなかった。ちょっとわかりづらかったか。このスパイスは近所にある店の物でな。狭い範囲だが、ちょっとした人気になってきているんだよ。家庭でも使えるが、飲食店でも利用料を払えば……って、これはいいか。とにかく、地域で足並みを揃えて結構な数の飲食店が使い始めてんだ。ここらの特産を目指そうってな」

「えっ。じゃあ、普通の人も買えるんですか⁉」

「お、おう……まあな。どうしたんだ、そんなに興奮して」

まさかまさかの展開だ。

旅に備えて、食料や調味料もアイテムボックスにたくさん入れていっている。スープとかにも合いそうで、何よりかけるだけでこんなにお肉が美味しくなるんだ。正直、この最強スパイスを手に入れないわけにはいかない。

僕の興奮具合に困惑するおじさんだったが、それでもなんとかスパイスがどこで買えるのか尋ね、お店の場所を聞き出す。感謝を伝え、僕は早速その場所へ向かうことにした。

商店街を進み、二個目の角で右に曲がる。急に細い路地に入り、少し行くと新しめの木造建築が目に入った。

そこまで大きくないので、一見ただの家だ。だけど、ここで間違いはないだろう。開きっぱなしになっている戸の先に、木箱に詰められた果物や木の実が見える。

念のため、レイには外で待っておいてもらうか。

「ここで待ってて」

肩から下ろすと、入り口の横で座ってくれる。

やはりというか、なんというか。完全に言葉を理解してくれているので心配はいらない。

店の中に入ると、エプロンをつけた若い男性がいた。アンナさんの他に、極たまにしか見なかった眼鏡(めがね)をかけている。線の細い男性は僕に気付くと、少し眉(まゆ)を上げてこちらに来た。

「いらっしゃいませ。何かお探しですか？」

「すみません。先ほど近くのステーキサンド屋さんに行っていて」

「ああ、あそこですね。広場の近くの」

「はい。そこでスパイスが美味しかったので、お話を伺ったらこちらで購入できると聞きまして」

男性は納得いった様子で、「あーなるほど」と頷く。

「あそこで使われてるスパイスでしたら、うちで買えますよ。すみませんね、お若いから驚いてしまって」

「いえいえ。それと個人で使うのですが、かなり量を買わせていただけたら嬉しいなと思っていまして。あっ、もちろん所持金は十分にあると思うのですが、問題ないでしょうか」

「そんなにたくさんですか？　在庫に問題はありませんが……」

良かった。買えるには買えるようだ。

でも、スパイスは決して安価な物じゃないだろう。それを、いきなり現れた子供が大量に買いたいって言ってきたんだ。絶対に訝しがられてるだろうな。

「あー、実はですね……」

なので、正直にこれから旅に出ることを伝えた。さすがにアイテムボックスのことは言えないから、十数人の大所帯での旅ということにして。

これなら消費が早いと理解して、そこそこの量を買わせてくれるはずだ。

「なるほど、そういうことだったんですね。承知しました。『マイアのスパイス』は麻袋に入れて拳大で銀貨三枚ですが、いくつくらい購入されますか？」

「マイアの……？」

「ああ、スパイスの名前です。『マイアのスパイス』。うちの妻が考案した物で、私がそう呼んでいたら商品名になってしまって」

この方の奥さんが考案した物だったのか。天才だな、あんなに美味しいスパイスを思いつくだなんて。密かに尊敬の念を抱く。

やはりというか、拳大で銀貨三枚は高級品だ。頭の中で計算して、結局僕は銀貨三十枚分……大銀貨三枚分を購入することにした。最近は頑張って稼いでいたとはいえ、所持金がガクンと減る買い物だ。胃がキリキリするけど、け、決して暴走したわけではない。旅中の食事は大事。きっとこの『マイアのスパイス』が、野営とかに彩りを添えてくれることだろう。

「そうですね……たくさん買っていただきますし、銀貨でお支払いでしたら二十七枚でよろしいですよ。一つはおまけと言うことで」

「え。い、いいんですか？」

「はい」

しかし手持ちに銀貨しかなかったので三十枚渡そうとすると、男性が三枚返してくれた。フストでは値引き交渉をしたりするところを見たことがなかったから、びっくりだ。この額での一割引は大きい。

「ありがとうございます！」

「では奥の倉庫に置いているので今持ってきますね。すぐ戻ってきますので」

子供とはいえ、しっかりとお客さんとして丁寧に扱ってくれている。男性は頭を下げてから、足早に奥へ下がっていった。

しんとした店内。いくつもの木箱に入れられた商品のためなのか、あまり日当たりが良くない場所にあるからひんやりとしている。

外で待ってくれているレイが気になり、顔を出して覗いてみると、レイは小さな女の子にモフられていた。本当にかなり小さい、三、四歳くらいの女の子だ。危害がないとわかっているからか、レイも気にする様子もなく撫でさせている。

女の子は僕に気付くと、顔を上げて固まってしまった。

「……」

小さいと、十歳児も年上は年上として大きく見えるだろうからな。怖がらせないように、なんて声をかけるべきなのか。

僕が頭を捻っていると、女性の声が聞こえてきた。

「もう、先に行かないでって……あら」

女の子がバッと顔を向けた方に、野菜なんかが入った布の袋を抱えている女性がいた。この子のお母さんかな？

しゃがんでいた女の子は急に立ち上がったかと思うと、レイを見て笑顔になっている女性のもとへ駆けだした。そして、その途中で……。

僕や女性、突然撫でられ終わり顔を上げたレイの視線の先で、女の子が足を躓かせた。

「……あっ」

思わず声を出してしまうが、それで何かが変わることもない。ザッと勢いよく転倒した彼女は、しばらく静かにしていたが、小さく嗚咽を漏らし出す。次第に声は大きくなっていき、最終的には倒れたまま泣き出してしまった。

「あぁ～ママぁああ」

「いきなり走り出したりするからよ。ほら、大丈夫だから見せて？」

やはり女性は、女の子のお母さんだったらしい。立ち上がって傷がないか見せるように言って、優しく頭を撫でている。

「あらあら血が出ちゃって。水で洗わなきゃ」

僕も反射的に外へ出ると、お母さんがそう言っているのが聞こえてきた。様子を窺った感じ、膝を擦りむいてしまったみたいだ。

「大丈夫ですか……？」

「あ、ごめんなさいね。うちの子が」

声をかけると、お母さんが驚いた様子でこちらを見た。女の子が撫でていた犬の飼い主だと伝わるよう、お店の前で座っているレイに視線を向ける。

「いえ。僕の犬と遊んでくれていたようだったので、気になって見ていて。お怪我ですか？」

「ああ、君のワンちゃんだったのね。そうなのよ、この子ったら怪我しちゃって。ほーら大丈夫、大丈夫だから」

お母さんは持っていた袋を足下に置き、女の子の脇に手を入れ抱き上げる。ちらりと見えた膝には、たしかに擦り傷があった。思ったよりも大きめの傷だ。

わんわんと泣き続ける娘に、お母さんは困ったような表情を浮かべている。すぐに治癒の生活魔法で治さないってことは、使えないのか、怪我が大きすぎるってことなのかな。通常、使えたとしても生活魔法は爪ほどの大きさの現象しか生まないらしいし。

店主にスパイスを取りに行ってもらっているので、早くお店に戻らないといけない。他には自分にできることもないので、ここは僕が治癒の生活魔法で怪我を治してあげよう。

「僕が魔法で治しましょうか？　少しだったら使えるので」

「え、君が？」

「はい。もし、よろしければですが……」

許可がないと、いきなり魔法をかけるわけにもいかない。断られるかとも思ったが、子供の姿が警戒心を薄れさせたのか。お母さんは、本当にこの擦り傷を治せるだけの魔法が使えるのかと戸惑いつつも頷いてくれた。

「え、ええ。じゃあお願いできるかしら」

体を上下に揺らしながら、泣く我が子をあやす彼女のもとに行く。そしてほとんど口の中で呟き、一般魔法の詠唱をしているようにも見えるようにして、僕は治癒の生活魔法を使った。

擦り傷に添えた手から光が漏れる。

数秒後、手を離すとそこにはもう傷は残っていなかった。

「まあ、本当にっ！　……ありがとうね、助かったわ」

「いえ、お気になさらず。ほら、怪我も治ったからもう泣かないで」

そう言うと、女の子はきょとんとした顔で涙を引っ込めた。まだグスンっと鼻を鳴らしているが、どういう状況なのかと拍子抜けしたのかな。潤んだ目をパチパチさせている。

気になってお店の方を確認すると、ちょうど外に出てきた店主の男性と目が合った。

「じゃあ僕はこれで。買い物中だったもので、すみませんが失礼します」

急いで戻らなければならない。お母さんと女の子に会釈して、引き留められる前にお店へ戻る。

レイは相変わらず大人しく座ってくれているので、もうちょっとだけ待っていてもらおう。

「すみません、取りに行っていただいている間に外に出てしまって。女の子が……」

お店の中に入りながら謝るが、最後まで言い切る前に男性の目線が僕の後ろにあることに気付いた。言葉を止め、振り返ると……何故か、先ほどの女性と娘さんが立っていた。

あれ、なんで？

その疑問に答えるように、店主が「おかえり」と言う。

「え？　えーっと……」

女性たちと店主を交互に見てしまう。

よほど困惑が顔に出ていたのか、すぐに二人が説明をしてくれた。

なんとこの女性たちは店主の奥さんと、その娘さんだったらしい。二人で買い物に出かけていたのだそうだ。

「じゃあ、こちらが『マイアのスパイス』のマイアさん……？」

「はい、そうですよ」

僕が訊くと、店主は可笑しそうに微笑みながら答えてくれる。

彼はマイアさんにも、僕がスパイスを大量購入したことなど軽く話してから、夫婦揃って娘の怪我を治したことを感謝してくれた。

ぎっしりとスパイスが入った麻袋を受け取る。あ、中で小分けにしてくれているみたいだ。

重たくないか心配されたけど、力に問題はない。

「使うときは布で挟んで、軽く棒で叩いたりしてあげてね。小さな木の実もあるから」

マイアさんが、スパイスを使用する上でのアドバイスをくれる。

そうか。これは独自にブレンドされている素材だから、使う前に自分で潰さないといけないんだな。ちゃんと引き出すためには。

前世でスパイスが容器に入れて売られていて、あとは振りかけるだけだったのは有り難い話だったのか。今になって当たり前だった便利さを痛感する。

「わかりました。……あっ、これってユボスですか？」

すでに支払いも終わっており、商品は受け取った。あとは挨拶をしてからお店を出るだけだったが、ふと木箱に入っている果物が目に入った。

旦那さんが梨……というか、青りんごっぽいその果物を手に取って見せてくれる。

「はい、そうですよ。ついでにいかがですか」

やっぱり。ステーキサンドと一緒に飲んだジュースの元となっている果物で間違いなかったようだ。

「じゃあ……二つ頂けますか？」

「二つですね、承知しました。えー、二つでっと」

レイもお気に入りの果物なので、外で待ってくれている感謝を込めて二つ買っていくことにする。

いくらくらいだろうと待っていると、奥さんが店主を肘でつついた。

「ちょっと、あなた……？」

優しい口調だが、そこはかとない圧力を感じる声だ。奥さんに誘導されるように、二人の視線は愛娘（まなむすめ）へと向けられる。

「あっ、ああ、そうだね。では、これはおまけということで。どうぞ」

「え、よろしいいんですか？」

大量に買ったとはいえ、スパイスも割引してもらったのに。

「はい。うちの子がお世話になったお礼です」

彼は両手に持ったユボスを少し掲げてから、僕が持つ麻袋の上に置いてくれる。

「では……お言葉に甘えて。ありがとうございます」

ぺこりと頭を下げ、僕はお店を出ることにした。

「それでは失礼します」

「旅、ぜひスパイスと一緒に楽しんでください」

店主に声をかけられながら外へ出る。

家族三人で見送ってくれるらしい。手が埋まっているのでレイに肩へと飛び乗ってもらっていると、奥さんが手を振ってくれた。

「ほら、バイバーイって」

彼女がそう言うと、遅れて娘さんも気恥ずかしそうにしながらも、指先がちょっと動く程度に手を振ってくれた。最後に改めて会釈してから道を進む。

フストで暮らす、初めて出会った一家。買い物という一期一会に過ぎないけど、ここで生きている人々の生活を垣間見えたような気がするなぁ。今日みたいに来たことがない場所に足を運ぶと、新しい出会いがあるから楽しい。

行きに通った商店街に入る辺りで、周囲に目がないことを確認する。ずっと袋を抱えているのも邪魔なので、スパイスが入った麻袋だけをアイテムボックスに収納。両手で一つずつユボスをキャッチして、水の生活魔法で軽く洗う。

そして商店街を抜け、高台の広場に戻ってきた。

見晴らしの良い斜面の下も、後ろにある商店街にも人々が行き交っている。ここから最初に見たときよりも、一人一人がくっきりと、鮮明に生活しているように感じられた。

「帰りの時間も考えたら、そろそろ折り返して停留所に向かおうか」

日の位置を見て、レイに話しかける。片方のユボスをレイの口元に寄せると、「賛成だ」とでも言うようにムシャっと齧（かじ）り付いた。

僕も一段ずつ階段を下りながら、自分の分のユボスを口にする。

酸味があり、瑞々しい爽やかな味わいだ。後を追うように、ほんのりした甘みが広がる。

涼しい風が吹いて、気持ちのいい昼下がりだった。

◆

荷台であの日のことを思い出していると、カトラさんが馬車を道の端に寄せた。

夕暮れ時。記憶のせいで口内に広がるユボスの味を振り払い、夜が来る前に急いで野営の準備に取りかかる。

僕のアイテムボックスには、グランさんから貰ったホットドッグのように、すぐに食べられる物がたくさん入っている。だからそれを食べるのかと思っていたけど、カトラさんの提案は違った。

「そうね。せっかくの初日だし、焚き火で何か作りましょうか」

「料理……する？」

リリーの質問に、カトラさんが頷く。

「ええ。野営の醍醐味よ。トウヤ君に食材を持ってもらっているのに、料理しないのも味気ないじゃない」

まあ、たしかに。そう言われると料理も野営の楽しみの一つなのかもしれないな。

野営メシ。キャンプみたいで良いし。

と、なると……馬車の中で思い出していたこともあり、あれが食べたくなってくる。もう他に何が食べたいか思いつかないほどだ。

「じゃあ、ステーキなんてどうですか？　森オーク肉でしたらたくさんありますし」

完全にステーキの口になってしまい、提案してみる。

「いいわね、ステーキ！」

「……森オーク、間違いない」

二人から反対意見は出ず、旅で最初の夜は森オークのステーキに決まった。

ユードリッドの世話を済ませ、まずはカトラさんに焚き火を完成させてもらう。その間、僕はアイテムボックスからフストで購入していた簡素な机などを取り出した。

手早く準備するためにも、ステーキくらいなら自分でやった方が早いだろう。

まな板に、森オークのブロック肉を置く。豪快な一枚肉にカットしていって……。ここで『マイアのスパイス』の出番だ。

「トウヤ。なに、それ？」

隣で調理の様子を見ていたリリーが、僕が取り出した麻袋の中身を訊いてきた。

「スパイス。フストの西地区で見つけてね。気に入ったから買っておいたんだ」

小さめのタオルに適量のスパイスを挟む。それを包丁の柄で叩き、ある程度潰れたらステーキに振りかけ馴染ませていく。

「焚き火の準備、終わったわよ」

カトラさんに声をかけられて見ると、彼女は僕が用意していたスキレットを持って焚き火の側で待っていた。

馬車を降りて、無力化を解いたレイもわくわくした様子でこっちを見ている。なので追加でもう一つ増やし、ステーキは四枚用意する。

気付けば辺りは暗く、焚き火だけが周囲を照らしていた。

「お待たせしました。こっちも準備完了です」

まな板ごと持って移動する。カトラさんにスキレットを焚き火の上に置いてもらい、あとは……。

牛脂のように、森オークの脂を精製して固めている物がフストでは広く使われていた。そのストックもたくさんあるので、遠慮せずに投入。しっかりと溶け、スキレットの温度が上がったのを確認する。

「……じゃあ、いきますね」

三人と一匹が唾を飲み込む。

ステーキを持ち上げ、スキレットに入れると、その瞬間ジューっと幸せな音が鳴り始めた。焚き火の上で油が跳ねつつ、ステーキに火が通っていく。

この匂いだ。最高に美味しかったステーキサンドと同じ匂い。

お腹の虫を鳴かせる香りを乗せた煙が、空へと伸びていく。元から夜空が明るくない世界で、さらに僕たちは今、街から離れた平野にぽつりといる。煙に沿って頭上を見ると、輝く満天の星々が待っていた。

ステーキが焼き上がり、各々でカットして一斉に頬張る。

「う〜んっ‼」

熱々の肉汁と、味わい深いスパイス。レイが、豪快に一枚肉に噛みついている姿を微笑ましく思いながら、パチパチと弾ける焚き火の音に耳を傾ける。

こうして、ついに始まった旅の夜は更けていった。

あとがき

人生を変えるほどの強烈な何かを持った物語がある一方で、人生に寄り添い、安心してのんびりと楽しむことができる物語も良いな。そんなことを思い、この小説を書いてみました。

ぜひ肩肘を張らず、主人公であるトウヤと一緒に、異世界で同じ時間を共有しながら楽しんでいただけていたら嬉しいです。

この作品を導き、たくさんのサポートをしてくださった担当編集さん。登場人物たちを生き生きと、そして世界を美しく描いてくださったoxさん。その他にも制作や販売に関わった全ての方々に、心からの感謝を込めて深くお礼申し上げます。ありがとうございました。

そして今、本書を手に取ってくださっている貴方。のんびりとした異世界での生活を気に入っていただけていれば幸いです。

異世界旅行は始まったばかり。よろしければ、今後もお付き合いください。

それでは再会を願いつつ、今回はこのあたりで筆を置きます。

お読みいただき本当にありがとうございました。またお会いしましょう。

和宮（わみや）　玄（げん）

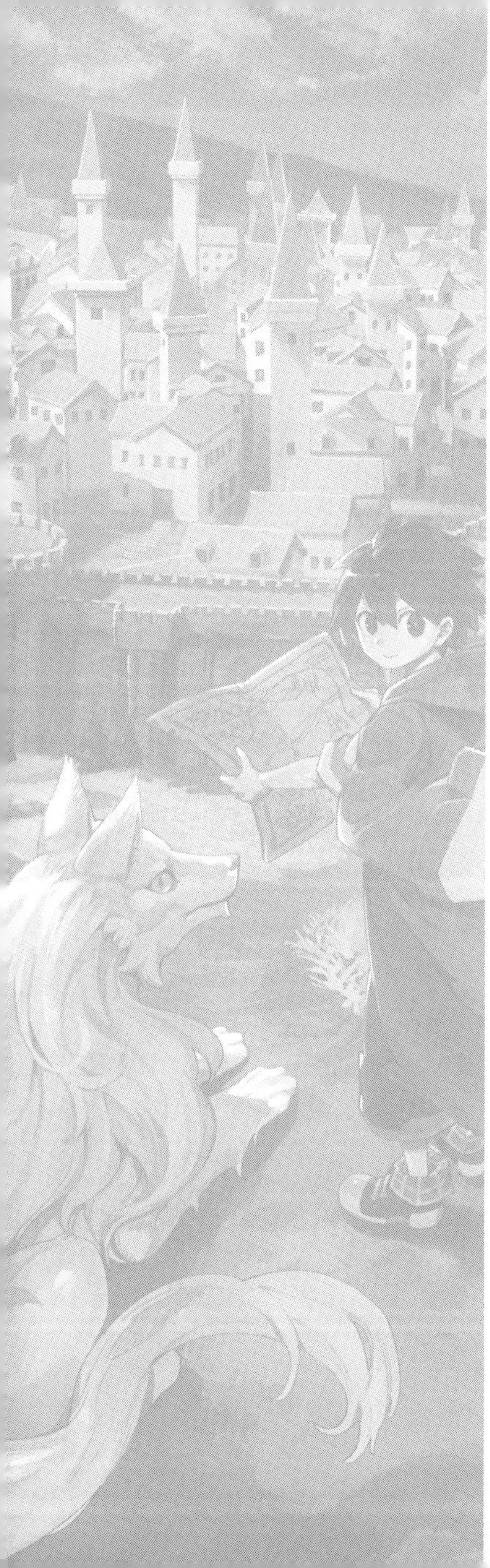

神の使いでのんびり異世界旅行
～最強の体でスローライフ。魔法を楽しんで自由に生きていく！～

2023年　5月31日　　初版第一刷発行
2023年10月12日　　　第三刷発行

著者　和宮玄

発行人　小川 淳

発行所　SBクリエイティブ株式会社
〒106-0032　東京都港区六本木2-4-5
03-5549-1201　03-5549-1167（編集）

装丁　AFTERGLOW

印刷・製本　中央精版印刷株式会社

ISBN978-4-8156-1848-3
Printed in Japan

ファンレター、作品のご感想をお待ちしております。

〒106-0032　東京都港区六本木 2-4-5
SBクリエイティブ株式会社
GA文庫編集部 気付

「和宮玄先生」係
「ox 先生」係

本書に関するご意見・ご感想は
下のQRコードよりお寄せください。
※アクセスの際に発生する通信費等はご負担ください。